「なんだっ？　俺はいま忙し——」

「こんばんは」

で……。

どこかで見た顔のような気がする……。どこだ……？

番号〇一七番エレミア・ノイ。

あなたを迎えに来たわ」

エレミア・ノイ
（エレミー・オウルディンガム）

ガリア国王キルプスの第三子。

剣聖ブライズの転生した姿。

アン王立騎士学校高等部の生徒たち
リョウカ・オウジン
東の大陸ヒノモト出身。
「空振一刀流」の使い手。
ミク・オルンカイム
辺境伯マルドの娘。
エレミアのことを気に入っている。

ヴォイド・スケイル
エルヴァのスラム街出身。
不良っぽい顔と口調と着こなし。

声――――！
彼女の声が、俺の脳を雷のように貫いた。
途端に記憶が蘇る。霞のかかった前世の記憶だ。
「失礼、自己紹介が遅れたわね。わたしの名はリリ・イトゥカ。
今年度付けで王立レアン騎士学校高等部への
着任が決まっている教官のひとりよ」
「リリ……っ」
リリ・イトゥカ
王立騎士学校高等部の教官に
着任した「戦姫」。

転生して
ショタ王子になった剣聖は、
かつての弟子には
絶対にバレたくないっ

—— 剣人帰還 ——

著 ぽんこつ少尉
イラスト しあびす

第一章　剣聖、王子に転生する――005
第二章　剣聖と戦姫――057
第三章　集い来るは個性の面々――099
第四章　獣とバケモノ――167
第五章　そこに息衝く剣――215

Reincarnated. The sword saint who became a Shorty Prince
To his former disciples I don't want my former disciple to find out.

CONTENTS

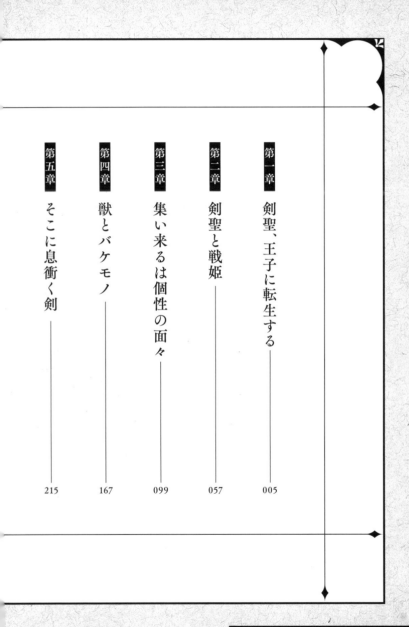

第六章　母ちゃんには内緒にしてくれ――253
第七章　正直者には悪知恵を――281
第八章　遙か遠き日の尻叩き――323
書籍版書き下ろし番外編　はじまりの邂逅――354
あとがき――375

この作品はフィクションです。
実際の人物・団体・事件などには関係ありません。

心配するな。どこにいても、捜すから。何度でも、俺がおまえを見つけてやる。

それが剣聖と呼ばれた男が遺した、最期の言葉だった。

男の亡骸にしがみつく少女の慟哭は、戦場の青い空に散って消えた。それから数年後、動乱の時代は少女の手によって終わりを告げた。

第一章 剣聖、王子に転生する

それはおそろしく奇妙な感覚だった。

初めて気づいたのは、己が言語を習得するより遙《はる》か以前だ。まだ咽頭部にろくな声帯もできあがっていなかった頃から、俺はすでに遙か遠い過去の思い出に浸っていた。己には思い出となる人生など未《いま》だないことを知っていながらだ。

思い出す。

戦場に吹き荒れた烈風の剣を。

獣に鎧《よろい》など要らぬ。

ただ鋭き牙があればそれでよい。

獣に型など要らぬ。

ただ肉を削《そ》ぎ骨を断てばそれでよい。

獣に名乗りなど不要。

ただ戦場に咆吼《ほうこう》を轟《とどろ》かせるのみ。

若き頃、騎士はみな、どこの流派にも属さぬ〝型無し〟の俺の剣術を揶揄《やゆ》した。

人のものに非《あら》ず。地を這《は》い泥水を啜《すす》り屍《しかばね》を喰《く》らう獣のものなり。

その通り、俺は言葉を解する獣だ。

騎士団には所属せず、何年にも及ぶ防衛戦を数名のみで構成されたはぐれ部隊を率いて戦った。傭《よう》兵《へい》や猟兵と呼ばれるものだ。

俺が集めたわけじゃない。俺を師と仰いだやつらが勝手に集まり、勝手についてきただけだ。

俺たちを獣の群れと嘲笑した騎士どもは戦いの中で多くの命を落としたが、獣は一匹たりとも死ななかった。どの部隊よりも多くの敵将を討ち取り、どのような過酷な戦場からも必ず生還した。

当初こそ俺たちの存在をやっかんでいた騎士どもだったが、やがてその軽い口もつぐまれる。

そんなことを繰り返すうち、やがて俺は敵国からは剣鬼と恐れられ、国家からは剣聖と呼ばれる存在になっていった。

剣聖ブライズ。あるいは英雄ブライズ。戦場の中で吼《ほ》える一匹の獣。

それが思い出の中の俺の名だった。

だが、剣の途《みち》に終わりはない。〝型無し〟であるがゆえに皆伝はなく、剣聖の称号を戴《いただ》いてからも、ただひたすらに果てなき剣の途を歩み続けた。

もっとも、その称号ゆえに国内政治に関わることになり、剣を振るう時間が減ってしまったのは悔やまれる限りだ。

概《おおむ》ね、血風吹き荒《すさ》ぶような人生ではあったが、それでも、楽しかった。

楽しかったんだ。

…………。

で、だ。なんと言うか。

どうやらどこぞでくたばったブフイズは、奇跡的に転生を果たしたらしい。

やつの記憶を持ついまの俺の名はエレミー・オウルディンガム。貧弱なただの子供だ。特大剣ではなく食器のナイフを右手に、左手には長槍《ながやり》ではなくフォークを持った子供。

おかげで人や魔物どころか、皿の上の肉すら上手には切れない有様だ。

う〜ん。切れん。

ギーコギーコと、皿の肉を挽《ひ》く。

ぬう、切れん。貴族の食う肉というものは、なぜこうも分厚いのか。切ってから出せと。

仕方があるまい。もう少し力を込めるか。

生まれ変わりなど信じたつもりはないが、ブライズの記憶は十歳になってなお、夢のように薄れることはなかった。

「エレミー」

父が威厳のある声で、皿の上の肉に悪戦苦闘している俺を咎《とが》める。

「もう少し力を抜きなさい。王族たる者、食事の際に音を立てるものではない。おまえは皿まで切るつもりか」

「……申し訳ありません、父上」

ナイフで皿は切れんよ、父上。

言いたいことはわかるが、力の加減がわからん。

おそらく頭に残った前世の記憶のせいだろう。俺の脳みそは、常に肉体の限界値まで力を引き出そうとする。この肉は、骨はおろか筋さえ取り除かれているというのにだ。意図して力を抜けば切れないし、どうしろというのだ。

「こうですよ〜」

わざわざ席を立って背後に移動してきた母が、俺の両手に自らの手を添えて、ナイフですぅっと肉を挽く。断面は美しく、音もなく、肉が分かれた。

断面から流れた肉汁が、茸《きのこ》のソースと混ざり合う。

「ありがとう、母上」

「いえいえ」

にっこにこで俺に手を振ってくれる母上とは対照的に、一番上の兄レオナールがナフキンで口元を拭いながら眉を顰《ひそ》める。

「まったく。おまえはいくつになっても野犬のようだな。血の繋《つな》がった弟とは思えん」

「いやいや、レオ兄。エレミーは手づかみでなくなっただけでも大した成長だよ。……くっく」

二番目の兄アランドがそう言うと、ふたりして俺を嗤《わら》った。

――顔面に一発イイのをぶち喰らわすぞ小僧ども！

レオナールは十八歳、アランドは十六歳。そして俺はまだ十歳だ。

次期国王候補どもがガキに向けてつまらんマウントを取りにくるあたり、この国の未来も知れているな。前世ではまだ豆粒のようで、可愛《かわい》げもあったというのに。

ナイフで喉を裂いてやるわけにもいかず、一発強烈な舌打ちでもくれてやろうかと思った瞬間、父がため息をついて、ふたりの兄を窘《たしな》めた。

「よさぬか。斯様《かよう》に責め立てるほどのことでもない。あの剣聖ブライズもそうだったのだからな。いや、あやつは皿ごと切りおったか。何にせよ、豪快で誠に気持ちのよい食いっぷりであった」

「……」

勘弁しろ、キルプスめ。そんな昔の失敗を己のガキに話して聞かせるやつがあるか。こちとらもう顔面大発火だ。

国王キルプス・オウルディンガム。

俺、つまりブライズが戦場で大暴れしていた前世では、まだ戴冠したばかりのなんとも頼りない若王だったが、いまでは髭《ひげ》を蓄えた立派な王様顔になっている。

質実剛健を地でいく生真面目な性格だが、貴族どもにありがちな嫌味ったらしい男ではない。そして驚くべきことに、今世では俺の父だ。

アランドが半笑いで口を開く。

「剣聖ブライズと言っても、しょせんは爵位すら持たない平民でしたからね。剣のみではなく礼儀も身につけるべきでした」

今度はキルプスが眉をひそめた。

「故人を、それも救国の英雄を、そのように言うのも礼に反しておるぞ、アランド」

「はは、これは失礼しました」

兄らを見ていると、かつての騎士どもを思い出す。

お上品で、型にはまっていて、面白みの欠片《かけら》もないやつらだ。趣味といえば他人を見下し楽しむ。かつての世では、そういった輩《やから》はたかだか騎士爵がほとんどだったが、いまでは王族までこの有様とは。稚拙極まりない。

死に物狂いで国を守ってやった甲斐《かい》がないぞ、キルプス王よ。

「そうですよ。よくないですよ、そういうの」

母が両手をドレスの細い腰にあてて、唇を尖《とが》らせる。

王妃アリナ・オウルディンガム。

前世から顔を見知ってはいたが、子として生まれて初めて内面を知った。彼女はほわほわしていて暖かい人だ。その雰囲気から周囲を笑顔にし、誰も彼女に対して悪意を抱く人はいないと思われる。

だからだろう。兄ふたりも、これにはばつが悪そうにしている。

元々は地方領主の次女だったらしいが、キルプスはいい伴侶を見つけたものだ。堅物には、これくらい空気の読めない緩い女が似合いだ。

「みんな仲良く食べましょうね」

キルプスがうなずいた。

「その通り。家族は助け合わねばならん。いがみ合うものではない」

優しい母親だ。

だが、そう。だが。

今世の俺にとってはこの母こそが、最も厄介な人物だったんだ。

我が母親ながら子煩悩がすぎる。

俺は前世の記憶に倣い、極みなき剣術の途をいま一度歩むつもりだったのだが、母アリナがそれに猛反対したんだ。

正直驚いた。大体のわがままは聞いてくれる人だったから。

表向き、王族が剣を握る必要はない、というのが理由だそうだ。それはそうだろう。キルプスであっても同じことを言う。

だがアリナにとってこの問題は、別の理由の方が大きかった。

我が子を愛するあまり、危険な剣術なるものに触れさせたくはなかったのだ。王族の嗜《たしな》みである乗馬でさえ、毎度ついてきてはチーフを咥《くわ》え、物陰から心配そうにじっと見守っているという過保護っぷりだ。

だがどうしても剣を握りたかった俺は、何度も母を説得して、どうにかお上品な貴族剣術の達人を王宮に招くことには成功した……が、これがなんともまあ。母の息がかかっているのだろう、修行とも言えないお遊びばかり。

俺に言わせりゃ、こいつから教わることなんて一つもなかった。そりゃそうだ。十歳とはいえ、剣聖の記憶を引き継いだ俺なのだから。だから無垢《むく》な十歳児らしく、先生には愛想を保つことだけで精一杯だった。

もう勘弁してくれ。笑顔も引《ひ》き攣《つ》るというものだ。

とにかく退屈な人生だ。まるで籠の鳥のように。

そんな折り、母の愛を独占する俺を疎ましく思ったらしい長兄レオナールから、おもしろそうな話を聞いた。

「おまえ、そんなに剣を振り回したければ、身分を隠して全寮制の騎士学校にでも入学してみてはどうだ？　俺たちは情けない弟の顔を見なくてせいせいするし、おまえは蛮族のように自由に剣を振れるようになるぞ」

「全寮制の騎士学校？　そのようなものがあるのですか？」

「そんなことも知らないのか？　父様が今年度、レアンに開校されたものだ。騎士学校では剣が重要カリキュラムだから、好きなだけ振れるぞ。ま、皿の肉も切れんやつに剣など扱えるわけもないだろうけどな」

キルプスが騎士学校を開校した、か。

俺は顎に手を当てて考える。

「ああ、いいな。それ」

実にいい。こうして猫を被《かぶ》る必要もなくなる。

女々しく嫌味な兄が、初めて役に立った。

「ん？　何がだ？」

王族の勉学は、大半が王宮内で行われる。大抵の分野の専門家は居館に住まわせているし、そうでなければ外部から信用のある者を雇う。王族が危険な王宮の外に出ることなど、公務以外にはほとんどないのだ。

だから公爵以上の王族が騎士学校や魔導学校に通うことは、これまでも歴史上なかった。もしもあったとしても、おそらく身分は明かさなかっただろう。それは暗殺者を呼び込む自殺行為にも等しいのだから。

「そうします。ありがとう、レオ兄様」

「は？　おまえ、それ本気で言ってんの？」

「ええ。これでようやく貴様ら兄弟の阿呆面《あほうづら》を見ずに済みますから」

「……へ？　え？　え～……？　え？」

呆気《あっけ》にとられている兄を置き去りに、その日から俺は母を説得し続けた。

レアン騎士学校は初等部から高等部までの一貫校だ。入学すれば十年近く王宮に戻ることはなくなる。正確には里帰りくらいは許可されているのだけれど。

当然、母からは反対された。だが兄ふたりの稚拙な生き方を見ていたキルプスが、意外にも俺に賛同してくれたんだ。

やつはある夜、俺を自室に呼びつけてこう言った。

「レオやアランのようにはなるな。身分を隠すことになるゆえ苦労はするだろうが、外の世界で多くを学び、存分に己を鍛えてくるがいい。王宮外でのことを学べ」

「いいのですか？」

「味方から剣技を笑われながらもこの国を救った剣聖ブライズのような男になれ」

もうなっているぞ。

俺だよ、俺。ブライズ。身分を超えた友情を忘れたか、キルプス。まあこの姿じゃわからんよな。

「あやつは剣術に纏《まと》わり付《つ》く旧態依然とした形骸を破壊した。貴族たちから理解こそされはしなかったが、たったひとりで数百年分の剣術史を進めた人物だと私は考えている。ゆえにこの国は救われたのだ」

だがあまり持ち上げてくれるな。さすがに恥ずかしくなる。顔面大発火だ。笑い者にされてた頃の方が気楽に思えてきた。

「おまえには、いや、この国に生きるすべての民に、そういう生き方をしてほしいと私は考えている。剣術に限らずともな。それが国を強くする。だから私はブライズの英雄像を建てるのだ」

勘弁してくれ。これ以上国内に俺の像を増やすな。

特に職人によってやたら美形にされていたり、若返らされたりしているものの前を通るときなど、馬車の中からであっても羞恥心を煽《あお》られ正視に耐えない。

これではもはや俺がブライズであるなどと名乗るに名乗れない。まあ、名乗ってみたところで誰も信用などしないだろうし、頭の専属医をつけられるのが関の山だろうが。

そんな俺の想いなど意にも介さず、キルプスは続ける。

「心配するな。母さんには私の方から言っておく」

「あ、ありがとう、父上」

「期待している」

厳しくはあったが、キルプスもまた良き父親だった。

最初から最後まで、ずっとだ。兄ふたりの育成に失敗したのは、王宮という閉ざされた環境が原因だったのだろう。そりゃあ歪《ゆが》みもする。なぜなら己に逆らえるものなど、父母以外にはいなかったのだから。

そうして俺は。

王都ガリアントが春を迎える頃、北方に馬車で三日ほど進んだところに位置する新設された学園都市レアンの、王立騎士学校へと入学試験を受けに行くことになった。

◆

「では、行ってまいります。父上、母上」

チーフで涙を拭いながら、馬車に乗った俺を地面から見上げて母が言う。

「わたしの小さなエレミー。そうだわ。護衛をつけましょう」

「いえ、王族であることは伏せねばなりませんので。護衛は自身で喧伝《けんでん》しているも同然です」

身分を明かせばそれだけ危険が増える。だからキルプスからは、下級貴族である男爵家を名乗るようにと強く言われている。

それ以前にお目付役などつけられてたまるか。俺は自由が欲しくて旅立つんだ。

「で、でしたら、つらくなったらすぐに帰ってくるのですよ？　そうだわ、衛兵に言って王都門と王宮門は常に開けておくようにしておこうかしら？」

だめに決まってるだろう。どこまで過保護だ。

そう言いたいのをぐっと堪《こら》えて、俺は笑顔を作る。これが最後の猫かぶりだ。

「母上。私なら大丈夫ですから。そのようなことをなさっては、王都門からは魔物が、王宮門からは賊が侵入してしまいます。物騒なので、ちゃんと閉めててください」

「そ、そんな無体なっ⁉　わたくしにあなたを閉め出すような真似をしろと言うの⁉　ヨヨヨ……」

ええい、めんどくさい……。なんとかしろ、キルプス……。

見送りの母は、俺が引くくらい泣いていた。

一方その背後では、父が顔を背けて笑いを堪えていた。

おい……。

それにしても楽しみだ。胸が高鳴ってしまう。これでようやく、再び剣を握ることができる。目指すは当然〝剣聖〟だ。俺は必ず力を取り戻してみせる。


面倒な母から逃げるように王都を馬車で出立した俺は、盗賊や魔物に襲われることもなく、途中何度か宿場町で宿泊しながら無事に学園都市レアンへと到着した。

初等部から高等部までの一貫校ゆえか、受験者の年齢はある程度ばらけている。当然、身分や性別もだ。それこそ上は王族から下は庶民まで様々だ。

貴族はこの学校を卒業するだけで騎士団内部での地位向上に繋がるし、庶民にいたっては準貴族である騎士爵を叙爵することができる。もっとも、その代償として他国との戦争の際には、戦地へと赴かねばならなくなるのだが。

その日は学園都市の宿で宿泊し、翌朝、俺は他の受験生らに交じって試験会場へと向かった。俺が入学予定にしている初等部の倍率はおよそ十倍程度らしいが、そこらへんは大した問題じゃあない。右を見ても左を見ても同じような年齢のガキばかりだ。さすがに前世の記憶があれば、解けない問題などないだろう。

実際試験が始まっても詰まる部分はなく、筆記試験を真っ先に解き終えた俺は、教室を後にすることにした。

答案用紙を試験官に渡す際、若い試験官に「もう諦めたのか」と半笑いで囁《ささや》かれた。だから俺は答案用紙をそいつの胸に押しつけるように渡してやった。やつは目を白黒させていた。

去り際「おまえのように世の中を甘く見ているガキを篩《ふるい》にかけるのが僕の仕事だ」というアレな捨て台詞を貰《もら》ったが、それは無視した。

だが昼休憩を挟んで剣の実技試験が始まると、先の言葉の意味が理解できた。

あの試験官が木剣を持って立っていたんだ。初等部の受験生らが、順番にやつに木剣で打ちかかる。しばらく打ち合い、動けていると判断されたものだけが通過する。

その判断は第三者が行っているようだ。離れた場所の木陰に別の試験官が立っている。

このグループの受け持ちは女性だ。濃紺色の長い髪に、眼鏡。遠目では顔までは見えないが、背筋の伸びた姿勢が美しい。

彼女は木剣を振るう受験生らを見ながら、羽根ペンで紙に何かを書き込んでいた。さすがに何を書いているかまではわからないが、合否判定に関する要素であることだけは間違いないだろう。

ふと、その女がこちらに視線を向けた。

「……」

「……」

見ていたことに気づかれたか。鋭いな。よい剣士になりそうだ。

彼女は視線を逸《そ》らさない。眉を顰め、訝《いぶか》しげに首を傾《かし》げている。

なんだ？　なぜ俺を見ている？　オウルディンガム家の人間であると気づかれたか？

そんなことを考えて冷や汗を掻《か》いた瞬間、女は興味を失ったように、また視線を紙へと落としてペンを走らせ始めた。

そうこうしている間に俺の番がやってきた。

例の試験官が俺を見て、親しげに目を細める。

「やあ、さっき途中退室した坊やじゃないか」

「……」

俺以外の周囲に、いい人アピールでもしているかのようにだ。特に、あの女の方をチラチラと見ながら、彼女にまで届く程度の大きさの声で。女の方は紙に視線を落としたままで、あまり興味はなさそうだが。

「ええっと、受験番号〇一七番、エレミア・ノイくんか。ノイくんは男爵家の出身らしいが、聞いたことのない家名だね。辺境の地方領主かな。王都内の貴族なら大体わかるんだけどな」

何が言いたいのやら。

ちなみにエレミア・ノイは学園で使用するためにあらかじめ決めておいた偽名だ。オウルディンガム家は名乗れない。念のためエレミーもだ。

「ええ、まあ」

「ああ、失礼。緊張する必要はないよ。さあ、木剣を受け取って好きに打ち込んでくるといい」

気に入らん。ああ、気に入らんとも。

俺を衆目の面前で打ちのめす気であることがわかる。殺気がダダ漏れだ。筆記試験の際にちょっとばかり早く教室を出ただけで目をつけてくるとは、なんと性格のねじ曲がった生き物か。まるで我が兄たちのようではないか。

いいさ。少し遊んでやろう。王城からは出た。王都からも離れた。もはや猫を被る必要もない。

別の試験官から、俺は一振りの木剣を受け取った。

「あんたは構えなくてもいいのか？」

「こらこら、あんたじゃない。こう見えて教官だよ。初等部を教えることになっているローレンス・ギーヴリー教官だ」

「そうか」

「ギーヴリー家は王都の伯爵家だけれど、地方領主の出身では知らないのも無理はないね」

だから何だ？　中央の貴族であることをひけらかしたいのか？

くだらんやつだ。こちとら危険がなくとも、王族であることは隠したいくらいなのに。

黙っていると、勝手に理由を説明してくれた。

「当然、幼少期より貴族剣術を嗜んでいる本物の正騎士だ。腕にもそれなりに覚えがあるから、こうして教官を任されている。だから、構えなくたって子供に負けるような鍛え方はしていないよ」

またあの女の方を横目で見ている。

おまえは誰と話しているんだ。俺を見ろ。その縮れた前髪をつかんで、強引にこちらを向かせてやろうか。

猫を被るのをやめた途端に、前世以来、死んでいた己の中の獣が息を吹き返したようだ。血が熱くなっていく。

「そうか。ならば遠慮は無用だな」

「いつでもいいよ。さ、かかってきたまえ」

受け取った木剣を右手で数回振った。

軽いな。軽すぎる。十歳のこの身にも軽すぎる。使いづらそうだ。さっさと真剣を持ちたいものだ。お遊びではこの渇望は満たされない。

「おいおい、どうしたんだ？　そんなところで振っても僕には届かないよ。もしかして、僕が正騎士と聞いて怖《お》じ気《け》づいちゃったのかな？　大丈夫、手加減くらいしてあげるから」

「いや、そういうわけではないが……」

クスクスと、他の受験生らが俺を笑った。

だがいちいち気にはしない。慣れている。剣術を笑われ続けた前世で。そういった輩は剣で黙らせてきた。ローレンスのように口先ではなくな。

「こないと選考通過できないよ？　それとも、ケガをしないうちに田舎に帰るかい？　それもまた人生だよね～？」

よく囀《さえず》る。

呆《あき》れたものだ。俺をガキと侮り、構えもしない。やつは余裕ぶって、未だヘラヘラ笑っている。女を見ながらな。よほどのお気に入りらしい。

まあ、いい。

俺は木剣の峰を肩にのせて、左足を前に出し、右足を引く。

「へえ、変わった構えだ。騎士剣術でも貴族剣術でもないな。田舎剣術かな」

「さて、どうかな」

「わかっていると思うけど、ここでは棒きれを振り回すような遊びではなく、ちゃんとした貴族剣術を習うことになるんだよ。合格できればね。キミには難しそうだけれど」

ローレンスが笑うと、釣られて他の受験生らも俺を笑った。

そうやって好きなだけ小馬鹿にしているがいい。どうせすぐに静まりかえる。

俺は静かにつま先へと体重を移動させる。

やつは未だにヘラヘラ笑って、構えようともしていない。肺いっぱいに空気を吸い込み、視線を上げた。そうして、やつに負けないくらい嗤ってやる。獣のように歯を剥《む》いて。

「……糞《くそ》間抜けが……」

「あ？　聞こえたぞ、おまえ、いま何て言った？」

地を蹴った。七歩先まで一息に迫り、否、やつの眼前で着地することさえなく、一瞬の後には俺はもう疾風のようにやつの背後に足をつけていた。

振り切った木剣を、肩に戻す。

遅れて風が渦巻いた。

「か……っ……あ……っ!?」

木剣を取り落としたローレンスが、自らの胸を両手で押さえながら両膝を地面につく。交差の瞬間に胸を打ってやっただけだ。

だがやつは白目を剥いて泡を噴き、そのまま前のめりに倒れてしまった。どうやら気を失ってしまったようだ。

少しやりすぎたか。軽い木剣であることをちゃんと考慮したつもりだったのだが、力を込めすぎたようだ。この駄剣士が、皿の上にのってる肉よりも遙かに切りやすかったせいだ。

「……」

他の教官らが倒れた彼に慌てて駆け寄り、受験生たちがどよめく。俺を笑ったやつらは、一斉に黙

り込んでいた。

前世と同じだ。俺はいつも己の剣で、獣の剣技を馬鹿にする騎士どもを黙らせてきた。そうやって剣聖にまで上り詰めたんだ。

隣で実技を行っていた別の教官が、気絶したローレンスを抱き起こして頬を叩《たた》く。

「大丈夫かっ!? ギーヴリー教官！ おい！ ——誰か、誰か水を持ってきてくれ！」

やつは泡を噴いたまま、ビクンビクン痙攣《けいれん》している。笑える顔だ。

まあ、人体の急所は外しておいた。骨は知らんが、内臓は無事なはずだ。命に別状はないだろう。

そんなことよりも、己の合否の方に心配が出てきた。

男の教官が俺を一瞥《いちべつ》して、口を開く。

「こんなになるまで……やりすぎだぞ！ 受験番号〇一七番、子供とはいえ、おまえに騎士道精神はないのか！ 覚えておけ！ 剣の強さだけが騎士たり得る資格ではない！」

「待ってくれ、俺は——」

こんなになるまでも何も、俺は木剣を一度しか振っていない。しかも全力で叩いたわけですらない。

そいつが度を超えて弱すぎるだけだ。

そう言おうとした瞬間、怒声で遮られた。

「宿に帰れ！ 合否は追って通知させる！」

「……ぅ、わかっ……た……」

おいおい、嘘《うそ》だろ。ブライズとして生きた時代とは違って戦時下ではなくなっているとはいえ、いまの正騎士というのは、こんなにも弱いのか？

夜。

俺は宿のベッドの隅っこで、膝を抱えてうなだれていた。

やってしまった。ムカつきすぎて、自分でも無意識に力を込めすぎてしまっていたようだ。つい先ほど初等部からの使いがやってきて、ローレンスの軟弱野郎の肋《あばら》が五本もイってしまっていたことを知らされた。てっきり二本くらいかと思っていたというのに。

俺は枕をぶん殴りながら毒づく。

「仮にも正騎士が、ひ弱すぎるだろうが！　大口を叩いたくせに、貴様の肉体はスライムか！」

追って通知された言葉は。

――筆記も実技も力量に問題はなかったのだが、他の生徒らの安全を鑑みて、キミを当校の初等部に入学させるわけにはいかない。

だそうだ。

正式な沙汰はまだらしいが、絶望的といって過言ではないだろう。

「はあぁぁぁぁぁ～～～～～～～～……………」

兄に、母に、父に。あれだけ勢いよく啖呵《たんか》切ってやってきた初日からこれだ。

いまさらおめおめと王城になど帰れるものか。母は手放しで喜んでくれるだろうが、糞兄どもには小馬鹿にされ、入学前から制服の用意までしてくれた父にはきっと呆れられるに違いない。冗談ではない。

だが、だからといってどうする。

しばらく考えた。考えてから、俺は決めた。十歳らしく涙目で。

「いっそこのまま旅にでも出るか」

王族の末子の一匹や二匹いなくなったところで、国家はそんなに変わらないだろう。そうだな、そうしよう。もういい。十年耐えたのだ。これ以上はもういい。

そうと決まればさっさと荷物をまとめて――。

部屋がノックされた。

宿代はすでに前払いしたはずだ。騎士学校初等部からの合否はもう決定してしまった。ならば誰が何の用で、この妄想かもしれない落ち目の剣聖の部屋など訪ねてくるというのか。

ちんまりと立ち上がり、俺はドアを開ける。極めて不機嫌に。

「なんだっ？　俺はいま忙し――」

「こんばんは」

そこには女性が立っていた。

年の頃は二十代中盤といったところだろうか。濃紺色の長い髪をうなじで一本に束ねている。美しく整った顔立ちだ。

背丈は高くもなく低くもなく、けれども身体のラインを表す湾曲は、春用にこしらえられた外套《がいとう》の上からでもわかる。そこから伸びるわずかに焼けた小麦色の肌が、なんとも艶っぽい。

黒目がちながら切れ長の目が、静かに俺を見下ろしていた。

どこかで……。この女、どこかで見た顔のような気がする……。どこだ……？

「あー……」

そうだ、教官のひとりだ。受験生らのメモを取っていた女。眼鏡を掛けていないから、すぐにはわからなかった。

いや、それ以前にもどこかで。どこだ。王宮にいたか。

脳がこそばゆい。

俺は頭を振った。

「何か用か？　初等部からの入学拒否なら、先ほどすでに通達されている」

すでにわかっていることを、そう何度も言われたくはない。

俺の無遠慮、ぶっきらぼうな物言いに動じることなく、女が告げる。

「受験番号〇一七番エレミア・ノイ。あなたを迎えに来たわ」

声——！

彼女の声が、俺の脳を雷のように貫いた。

途端に記憶が蘇《よみがえ》る。霞《かすみ》のかかった前世の記憶だ。

「おまえは……」

ひとりで戦場を駆けるブライズの後ろを、許諾もなくついてくる者が数名いた。その中のひとりだ。痩せ細った小さな身体で、重い剣ではなく錆《さ》びたナイフを持って、危険な戦場を走ってついてくる犬ころのようなガキ。

ブライズ最後の弟子だ。

といっても、弟子は全員〝自称〟だが。ああ、記憶が霞がかっていて、名前がどうしても思い出せない。

「失礼、自己紹介が遅れたわね。わたしの名はリリ・イトゥカ。今年度付けで王立レアン騎士学校高等部への着任が決まっている教官のひとりよ」

「リリ……っ」

そう、そうだ。確かそんな名前だった。

驚いたな。こんなところで再会するとは。しかし大きくなったものだ。あの痩せぎすのチビが。俺の腹のあたりまでしかない細枝のような肉体だった頃とは違い、ずいぶんとその……女性らしくなっている。

それより、リリはいまなんと言った？

高等部？　高等部への着任が決まっている教官が、初等部への入学希望の俺に何の用だ？

「あ、ああ、えと。リリ、俺に何の――」

「――イトゥカ教官と呼びなさい。それと、女性をそうじろじろと見るものではないわ」

「ああ、そうだな。ああ。……イトゥカ教官」

物言いには動じないが、さすがに呼び捨てまではダメのようだ。おそらく教官として、他生徒への示しといったところか。

「よろしい」

しかし――……。

そうだ。そうだった。リリ・イトゥカだ。

あの男とも女ともわからんほどに痩せこけた泣き虫のチビだ。流浪の民、旅芸人一座の孤児。ようやっと思い出した。

呆然《ぼうぜん》としている俺の反応に、一瞬だけ怪訝《けげん》な表情を示した彼女だったが、すぐに元の顔へと戻った。

「荷物をまとめてついてらっしゃい。宿の前に馬車を停《と》めているわ」

「あ、ああ。――いや、どこへ？」

「何を言っているの？　レアン騎士学校以外のどこへ行くつもりなの？」

それだけを告げると、リリはさっさと部屋から出て行った。あの頃にはなかった果実のような甘い香りが、宿の一室には残っている。

しばらく余韻に浸るように立ち尽くしていた俺だったが、慌てて荷物をまとめ、リリを追いかけた。

宿屋前に停車していた小型の馬車に飛び乗ると、リリは物憂げな表情で馬車の窓から外を眺めていた。

彼女の目がこちらに向けられる。

「立ったままだと危ないわ。隣、座って」

「ああ」

俺はリリの隣に腰を下ろした。同時に馬車が蹄《ひづめ》の音を響かせて、ゆっくりと走りだす。

俺は隣に座るかつての弟子を見上げながら尋ねた。

「えと、これはどういう……。騎士学校に向かっているのか?」

「エレミア・ノイ。あなたの入学は、他の初等部生徒への安全面を考慮して認められなかったのだけれど、試験結果では知識と肉体の両方において飛び抜けた成績を残していたから、特例として高等部への入学ならばという条件が提示されたの」

いきなり飛び級ということか!

「もちろん、あなたは断ることもできるけれど」

まあ、こう見えて剣聖の記憶を継いでいるんだ。

当時の歴史的変遷の知識や、肉体の動かし方などは、正直そこいらの若い教官よりはよほど識《し》っているつもりだ。俺が思い出せなかったのは、弟子の名前と親の顔くらいのもので。

いや我ながら人でなしだな……。

もちろん、俺には断る理由などなかった。むしろ望むところだ。初等部のお遊びで数年を無駄にしなくて済んだと思ったくらいだ。

そんなわけで俺は、十歳にして高等部への入学が決まり、その日のうちに寮へと移されることとなった――わけだが。

俺は十代中盤と思《おぼ》しき小娘どもに囲まれていた。

「きゃあああ、かわいい～っ」

「この子、うちらと同い年じゃないよね？」

「そりゃそうでしょ。こんなに小さい子がいるわけないじゃん」

ええい、頬をつつくな。

俺は小娘の指を払いのける。

「ちっちゃい……かわいすぎる……」

「ぬいぐるみみたいよね」

噎《む》せ返《かえ》るような匂いに、げんなりするな。

おそらく前日に実施されたという中等部か高等部試験の合格者たちなのだろう。どいつもこいつも寝間着姿だ。嫁入り前が、寮内とはいえそのような格好でうろつくものではない。

少女が中腰になって、俺に目線を合わせてきた。

「ねえねえ、お名前は？　何ていうの？」

「……」

答える義理はないな。猫を被るのはもうやめたんだ。

「怯《おび》えて喋《しゃべ》らないじゃぁん。あんたのこと怖がってるんだよ」

「そんなあ。怖くないよ～。優しいよ～」

レアン騎士学校には男子寮と女子寮がある。ふたつの寮は渡り廊下で繋がっているが、基本的には異性の寮への立ち入りは禁止らしい。共有されるスペースは、ふたつの寮の間に建てられた本校舎と食堂、そしてグラウンドくらいのものだ。

男女の比率は男子が八割、女子が二割。近隣にある魔導学校では女子の割合はもっと高いらしいのだが、騎士学校というものは大体がこんな比率となる。ちなみに入学者の数は、初等部、中等部、高等部ともに男女合わせて百名ずつだ。

それはまあいい。問題はだ。

俺がリリに連れてこられたのは、女子寮の方だった。人数差があってのことか、男子寮の建物よりは、ずっと小さな建物だ。

小娘どもが興味津々で俺を取り囲む。

「で、誰これ？　誰かの妹？　初等部よね？」

「あたしじゃないよ。どう、似てる？」

顔を近づけるな。あと、妹とはなんだ。俺は男だ。

「おまえよかこの子の方が全然美人じゃん？」

「うるっさ」

「え～？　でも男の子かもしんないじゃん？　あーでもわかんないかも？　綺麗《きれい》な顔してるからどっちだろ？」

「女子寮にいるんだから、そりゃやっぱ女子っしょ。男子禁制だかんね」

ふん、おまえの目は節穴か。

「た、た、確かめてみる？」

「……いいかも」

やめろ!?

両手の指をワチャワチャさせながら俺に迫ってきた小娘の頭に、クラス名簿らしきものがポスンとのせられた。

俺を寮のエントランスで待たせてどこかへ行っていたリリが戻ってきたんだ。

「やめなさい。ほら、もう就寝時間が近いわ。各自親睦を深めるのは結構だけれど、今日はもう部屋に帰って」

「はぁ～い……。リリちゃんお堅ぁ～い」

小娘らが俺に手を振りながら去っていく背中に、リリが声を投げる。

「イトゥカ教官と呼びなさい」

「はいは～い」

「返事は一回」

「は～い」

「伸ばさない」

「はいっ。――んじゃ、またね、ボクちゃん」

やつらの背中が見えなくなってから、俺はリリを睨《にら》み上《あ》げた。

「おい、リリ」

「教官をつけなさい」

前世では立場が逆だったんだが？　おまえが俺を先生と呼ぶ立場だったんだが？

いや、そう呼ばれたことは一度もなかったか。ブライズと名前で呼ばれていたな。他の弟子どもは師匠だの先生だのだったのだが。

まあ、そのようなことを言ったところで仕方があるまい。

「イトゥカ教官。質問がある」

「何かしら」

何が哀《かな》しゅうてかつての弟子を教官呼ばわりせにゃならんのだ。弟子といっても剣術を教えたことなど一度もなかったが。いや、むしろ何も教えた記憶がないな。

ブライズの側《そば》で生きていただけだ。こいつは。

「何も糞も、なぜ俺は女子寮に連れてこられたんだ。男だぞ」

エレミアと名乗ったのは失敗だったか。男子とも女子とも取れる名前だ。エミリオかなんかにしておくべきだった。

ちなみにこの名を勝手に決めたのは母であるアリナ王妃だ。

リリが答える。

「一つは、つい先ほどまで、わたしはあなたを女の子だと思っていたからよ」

「ほう。……なんてっ⁉」

俺はリリを二度見した。

「実技試験であなたに負けたギーヴリー教官は気づいていたようだけれどね」

「ああ？」

名簿に挟まれていた紙を一枚取り出して、リリは俺に見せつける。

俺の入学願書だ。

「あなたの入学願書の性別欄には女性と記されていたのよ。誰かの悪戯かしら。よく見たら一度書かれたインクを削って書き直されたような痕跡があったわ。筆跡も別人ね」

あの母《ババア》！　書き換えやがったな！

この男とも女ともつかない名前を押しつけられたときから、態度が少々妙だとは思っていたが。それで俺が諦めて帰ってくるとでも思ったのか。

まったく。なんという執念深さだ。強すぎる愛が恐ろしい。

リリが名簿に俺の願書を戻した。

「それと、あとは部屋が空いていたからよ」

「……はあ？」

「全寮制のレアン騎士学校では、寮の部屋数を加味して新入生を採ってるの。特例的に入学させたエレミアにはすでに部屋がなかった。それだけのことよ。カリキュラムの最中に亡くなったり、学校を去る男子生徒が出たら、男子寮に移してあげてもいいわ」

事故物件に俺を突っ込むつもりか。ひどい弟子だ。まあ前世で散々敵を斬り殺してきたから、そういった類のことは信じていないが。

俺は額に手を当ててうつむいた。

「やむを得んというわけか。どうせ拒否をすれば居場所がないのだろう？」

「そうね」

リリの口角が少しだけ上がった。

「どうした？　何を笑うことがある？」

「以前、そういうふうに落ち込む人がいたのを思い出しただけよ。あなたも名前くらいは識っているかしら。剣聖ブライズよ」

俺だよ。

そうか。迂闊《うかつ》だったな。俺がリリの過去を識るように、こいつも前世の俺を識っている。

こんなみっともない姿になったのを見られるのは、気恥ずかしいものがある。とはいえ明かしたところで信じはしないだろうが。

「歴史の文献にある程度なら」

「その歳で文献を読むのなら、あの試験の成績にも納得ね。正直驚いたわ。わたしがあなたくらいの頃は……」

リリが言葉を切った。

戦場を駆けていた。すでに。ナイフを持って。ブライズの後を犬のように追って。剣技を真似、敵を討ち、そうして生き残った。

師を喪《うしな》った後もだ。

脳にモヤがかかる。

「……？」

……そういや俺、なんで死んだんだ……。

記憶の霞が深くなる……。

頭を振った。

まあいい。とにかくいまは寮の話だ。

若ければこの女子寮という環境も楽しめるやもしれんが、あいにくこちとら精神はおっさんだ。小娘どもよりは、いまのリリの方がまだ対象というもの。

とはいえ、痩せた野良犬のような過去の姿を見ていた以上、あり得ないことだ。俺にとっては、最も手のかかった弟子以上の何者でもない。

「とりあえず、俺の部屋に案内してくれないか」

「そうね。もう夜も遅いわ。子供は寝なければならない時間だったわ。……エレミア、夕食は？」

「宿で食った」

「なら、ついてらっしゃい」

俺はリリに続いて女子寮を歩く。ときどき出くわす女子が、好奇の目でこちらを見てくる。

前世ではほとんどむさ苦しい男どもにしかモテなかった俺だが、どうやらこの小さな肉体というものは若い女の興味を惹《ひ》くものらしい。顔立ちも、典型的な臭い立つ武人顔から、中性的なものへと変わってしまったというのもあるのだろう。

ええい、面倒な。

それにしても、出くわす女生徒らはみな、リリに挨拶をしている。開校されたのは今年で、リリの着任も今年度からだと言っていたはずだが、ずいぶんと顔が広い。

「おい、リ――イトゥカ」

「教官」

「イトゥカ教官」

「何？」

「すでにずいぶんと馴染《なじ》んでいるようだが、元々の知り合いが多いのか？」

「いいえ、ほとんどの生徒たちとは昨日が初対面よ」

んん？

リリが眉間に皺《しわ》を寄せてつぶやく。

「わたしは共和国との戦場で割と派手に戦ってきたから。少し有名になってしまったみたい」

「ほう、そうなのか」

あの後、ブライズとしての俺が死んだ後も、どうやらリリは戦い続けていたようだ。共和国との戦いにおける最前線で、俺の真似をして。

女だてらに、よせばいいのに。阿呆が。

「キルプス王はわたしを二代目の剣聖に仕立て上げたかったみたいだけれど、ブライズに遠く及ばぬ身であることを理由に、丁重にお断りしたのよ」

「ほう……。…………二代目剣聖⁉」

ちょ、ちょちょ、ちょ、俺がくたばってからどれだけ活躍したんだ、こいつ⁉

剣聖の称号は、俺以外に受け取ったやつはいなかったはずなのだが。

他の自称弟子どもも同じだが、俺はリリに剣を教えたことなど一度もない。彼女はただついてきて見ていただけだ。

俺の背中を。獣の〝型無し〟と蔑まれた俺の剣を。

「ええ。いいえ。さっきも言ったけれど、お断りしたわ。ただこのままではいつか押しつけられて祭り上げられそうだったから、共和国との停戦協定が結ばれたときに軍から身を退《ひ》いたの。そうしたらキルプス王から、せめてブライズのように後進を育ててくれないかと強く要望されてしまって――」

「お、おお……。それでレアン騎士学校に……」

「王命だから仕方なくよ」

おい、父。俺の弟子は、とても迷惑しているぞ。両親揃《そろ》って何をしているんだ、まったく。

リリが物憂げにため息をつく。

「その話が軍部から騎士学校にまで噂《うわさ》として伝わったのね。だからみんなすでにわたしのことを識っていたのだわ。とてもやりづらい」

「すまん」

「なぜあなたが謝るの？」

名前のことといい、剣聖のことといい。うちの国王夫妻と俺の前世が、迷惑を掛けまくってるからなのだが、当然そんなことを言えるわけもなく。

「それもそうだな……」

前世からの因果が絡まりすぎていて頭が混乱する。

とにかくキルプス王、つまり父の見立てでは、リリはすでにブライズと並ぶ剣士というわけらしい。いったいどれほどの活躍をしたのか。

それとも、多少の政治的宣伝《プロパガンダ》も含まれているのだろうか。剣聖を有する国というだけで、敵国は警戒せざるを得なくなるから。ブライズのせいでな。結局俺のせいか。

だがそう考えると、キルプスは昔から案外したたかだったのかもしれない。ブライズをこの国の英雄へと祭り上げることで、他国を牽制《けんせい》できる〝剣聖〟なる存在を作り出したのだから。

果たしてリリは本当に剣聖級なのか、あるいは政治的宣伝を担う役割にすぎないのか。

しかしあのガリチビが――いや、いまやナイスバディの美人なのだが――剣聖級とは。いったいどれほどのものか剣技を見てみたいものだ。見てみたい。

何となく尻を見ながら、彼女についていく。

いや、勘違いするな。俺の身長が低いからだ。下心があるわけではない。断じてだ。

やがて尻が止まった。違った。足が止まった。

「ついたわ。ここが今日からあなたが暮らすことになる部屋よ」

「ああ」

まだ先ほどの話の衝撃から抜けていない俺のことなど意にも介さず、彼女は部屋のドアに鍵を差し込んで回した。

ドアが開かれる。

目が痛くならんばかりの煌《きら》びやかなピンク色の壁紙と、やや大きめのクローゼット、奥の部屋には簡素なキッチンも備え付けられていた。

だが。妙に生活感がある。ベッドの上など小娘が好きそうなぬいぐるみだらけだし、バルコニーには女性ものの洗濯物が干してあった。

しばし考えて、俺はリリを見上げる。

「女子寮というものは、最初から色々と揃っているのだな」

日用品に制服となる衣類、食器に――壁には立派な剣まで掛けられている。そういった必須のものから、無駄に思える無数のぬいぐるみ類まで。

気のせいか、果実のような匂いまで漂っている。

ブライズだった頃には軍部の用意してくれた様々な寮や宿舎に泊まったものだが、ここまで至れり尽くせりだった部屋はない。

「男子寮は殺風景だと聞く。男どもが見たら嫉妬しそうだな。これは女子の数の少なさゆえの優遇措置か？」

使え、ということだろうか。

いやしかし、干された洗濯物など使い道が――……。

「あら、それは誤解だわ。これらはわたしの私物と趣味だから」

「ほう?」

「受験番号〇一七番エレミア・ノイ。あなたは今日からここでわたしと暮らすのよ」

「ふむ」

しばし考えてから。

俺は勢いよくリリを二度見したのだった。


俺とリリが相部屋。

王立レアン騎士学校では、生徒は基本的に全員が相部屋となることが決まっている。だが、教師と教師、教師と生徒の相部屋は当然ながら存在しない。

なぜそうなったのか。

実技試験時の教官ローレンス・ギーヴリーに対する暴行疑惑がことの発端だった。

どうやらローレンスのやつは、俺が卑怯《ひきょう》な手を使って開始前に自身を叩きのめしたと、他の教官連中に吹聴《ふいちょう》していたらしい。

騎士道精神に反する行為として、俺は不合格になるところだった――のだが、それに反論を唱えた人物がいた。

国王キルプスの勅命により、俺と同じく特例中の特例で赴任してきた剣聖級の新任教官リリ・イトゥカだ。彼女はローレンスとの立ち合いの際、俺に一切の非がなかったことを証言してくれた。

だがそれはすでに、合格者の名が貼り出された後のこと。つまり俺を受け容れる寮の部屋がすべて埋まってしまった後のことだったのだとか。

国王の使いで、且つ剣聖級とも言われるリリ・イトゥカの意見を無下《むげ》にすることもできず、一度は困り果てた教官連中だったが、リリの「自身の部屋に住まわせる」という鶴の一声で事なきを得たというわけだ。

ローレンスだけが最後まで猛烈に反対していたようだが。

「そういうわけだから、しばらくは我慢なさい」

断固固辞したいところではあるが、そうなれば俺は入学を迎える前に退学扱い、否、門前払いだ。

ああ、しかし――。

目のやり場に困る。干された洗濯物のことではない。そんなものはただの布きれにすぎない。リリ本人のことだ。

かつての面影を残しながら、ずいぶんと……その……育った。

あれから十年。元々生まれ月などは知らんが、六年あまりもの間、俺の後をついて戦場を駆けてきていたガリチビの年齢は、最終的に十代中盤にまでなっていた。少なくとも俺の記憶ではそうだ。となれば、いまは二十代中盤か。

「リリ」

「イトゥカ教官と呼びなさい」

ええい、いちいち面倒な。

「イトゥカ教官」

「何？」

「おまえ、結婚はしたのか？」

「していないわ」

〝おまえ〟は良くて、〝リリ〟はダメなのか。基準がわからない。

「なぜ？」

「キミに言う必要がある？」

「そうか。そうだな」

未婚か。嫁ぎ《いき》遅れてるではないか。戦争などにうつつを抜かしているからだ。この阿呆が。ええい、阿呆は世間の男どももだ。何を見ているのだ。まったく。顔に張り付いた眼球がただの節穴ならば、いっそ埋めてしまえばいい。腹の立つ。

そもそもこいつとて、兄弟子の誰かに貰ってもらえばよかったんだ。糞。

「俺は男だぞ」

「入学願書の一件で知ったわ。さっき話したでしょう」

嫌になるくらいわかっている。母アリナ王妃の願書改ざん事件のせいで、いまとんでもなくややこしい事態になってしまっているのだから。

「ならば一緒に暮らすのはおかしいだろう！」

ピンときていなさそうな顔が斜めに傾いた。

「そうかしら？　わたしにはもうキミくらいの子がいてもおかしくないけれど……？」

それはッ！　そうだがッ⁉　んんッ⁉

どうやら嫁ぎ遅れの自覚はあったようだ。うん。

「そうではなく！　おまえに危機感はないのか！」

「……？　婚期を逃したという……？」

「違うッ！　そういうこと言うのやめろ、胸が痛い！」

不思議そうな表情をするな！　先ほどの小娘どもといい、まさかブライズの死後に世界中の貞操観念がぶっ壊れたんじゃあないだろうな!?　未婚の女性が男と住むのは当然なのか!?

いや、俺はリリの親父《おやじ》か。前世からこんな気分だったか。もう思い出せない。

「ああ。そういうこと。そうね。でも、平気よ。キミ程度なら簡単に組み伏せられるわ」

「う……」

確かに。

いくら剣聖ブライズの記憶があったとしても、剣を日常的に持ち歩いているわけではない。女性とはいえ大人、ましてや最後まで成長を見届けられなかったとはいえ、俺の〝型無し〟を嚙《かじ》っていた女だ。丸腰ではとても敵《かな》わないだろう。ましてやキルプスが認めるくらいの剣の腕前ならばなおさらのこと。

リリが微《かす》かに笑った。

「それに、ふふ。エレミアくらいの子から見れば、二十五歳のわたしなんて、もうおばさんでしょう」

俺の方が、ぃよっっっぽどのオッサンなんだよォッ!?　……と言えればどれだけ楽なことか！　グギィ！

ギチギチと歯がみする。こめかみのあたりで血管が脈動している。

「おもしろい顔ね」

「やかましいわ！」

いや、馬鹿馬鹿しいか。

たかが弟子を、この俺がどうして意識などせねばならんのだ。そうだとも。俺はこいつを女だと思ったことなど一度もない。

まったく。若返ったことで俺が浮き足立ってどうする。大人の余裕を見せるだけだ。そうだろう、ブライズ。

「とにかく今日はもう遅いわ。顔を洗って着替えて先に寝ていなさい。あのベッドを使ってもいいから」

「イトゥカはどうするんだ？」

「教官」

ちっ。面倒な。

いや、いちいち怒るのもやめだ。ムキになるな。いまの俺は子供なのだから。

怒りを垂れ流すようにため息をついてから、俺はリリに尋ねる。

「イトゥカ教官は寝ないのか？」

「まだ少しやることが残っているから」

リリが名簿らしきものを持ち上げて指さした。

中身は名簿ではなく、入学願書の束だったようだ。どうやら合格者の願書から、自身の受け持つクラス名簿を自作するらしい。

「わかった。ほどほどにしておけよ。寝なければいくら鍛えたところで強くは育たんからな」

「……」

言ってしまってから気づく。

しまった。リリはもう成長しきった二十五の女で、俺は十歳のガキだった。逆ではないか。俺が育たんでどうする。

何やら昔に戻ったような気がして、余計なことを口走ってしまっていた。

俺は発言を取り消すように、自身の顔の前で手を振る。

「すまない。余計な世話だったな」

だが、リリは――。

眉間に皺を寄せて、不思議そうに俺を見つめていた。

「あ、いや、忘れてくれ」

「ええ。いいえ」

どっちだ？

「？」

リリが頭を振る。

濃紺色の長い髪が左右に揺れた。

「不思議ね。エレミアといると、ときどき昔を思い出してしまう。ずっと昔」

一瞬ヒヤリとした。

こいつ、ブライズのことを思い出しているな。気をつけなければ。正体がばれてしまっては先々面倒だ。というか恥ずかしい。

俺はクローゼットの横に荷物を下ろして着替えを取り出す。

基本的に一部屋ではあるが、洗面用のスペースは確保されている。そこで着替えて顔を洗い、部屋に戻ると、リリは机に向かって羽根ペンを走らせていた。

名簿作りだ。昔からそうだが、生真面目な女だった。

剣術を教えることはできなかった。なぜなら俺の剣には型がないからだ。

型が欲しければ他流を見て己に取り込め。

ただ剣を振り続けろ。

敵が音を上げるまで休むことなく振り続けろ。

足を止めるな、走れ。

心で負けるな、折れそうになったら吼えて己を鼓舞しろ。

手強《てごわ》い相手ならば肉を削げ、骨を断て、やがておまえの牙は命にも届くはずだ。

諦めるな、敵の刃《やいば》が己を貫くその瞬間まで、地べたを這ってでも動き続けろ。

生きろ、生き方に型などない。

教えはそれだけだ。それがすべてだ。ほとんど暴論精神論だ。

だが俺の弟子はどれほど過酷な戦場でも、誰ひとり死ななかった。型にこだわり、騎士道にこだわり、俺たちを獣と嘲笑った騎士が山ほど死んでいっても、俺の弟子はみんな生き残った。

それが前世に遺してきた俺の誇りだ。

そして俺の弟子たちは、多くの命を奪い、それ以上の数の命を救った。

やがて俺は認められた。

剣聖として。救国の英雄として。王都内の公園に彫像が建てられるくらいには。

「……よくぞ……生き残ってくれた……」

つぶやく言葉に、リリが振り返った。

「何？」

「いや、何でもない」

俺はベッドに歩み寄る。リリはそれを視線で追ってきた。

ベッドの中央で豪快に横になると、彼女が口を開く。

「もう少し端に寄って。ぬいぐるみを退《ど》けてもいいから」

「ん？　ああ」

言われるままに、俺は犬や猫、鳥といったデフォルメされた動物のぬいぐるみらを枕元に寄せた。

丁寧にだ。投げたりはしない。

多いな。いくつあるんだ。俺はそのうちの一つ、丸々と太った黄色い鳥を両手に持って眺める。

「……」

このようなものが好きなのであれば、前世でねだってくれても構わなかったのに。剣聖の称号を得たあとならば、金など腐るほど貯《た》まっていた。あの頃のブライズなら、ぬいぐるみなど好きなだけ買ってやれただろう。

引き換え、いまの俺は王族ではあるが子供だ。キルプスの教育方針によって、自分で動かせる金など微々たるもの。

ため息が出るな。

ブライズがリリに与えてやったものなど剣くらいだ。いまにして思えば、むしろ彼女の人生から奪ってしまったものの方が遥かに多かっただろう。婚期とかな。

俺は丸く太った黄色い鳥のぬいぐるみを、他のぬいぐるみどもの中央に置いた。

……並べるとかわいいな……。

「これでいいか？」

「ぬいぐるみだけではなくって、エレミアももう少し寄ってくれるかしら。中央で寝られるとわたしが入れないわ」

「ああ、そうか」

リリの居住スペースは女子寮のこの部屋だ。生徒とは違って教師に相部屋はない。

当然クローゼットは一つ。ベッドも一つだ。

…………。

俺は首がイカれそうな勢いで、再びリリを二度見した。

「馬鹿野郎！　なんで一緒に寝る前提なんだ⁉」

「狭いけれどベッドがくるまで我慢なさい。半月ほどだから。ああ、遠慮をしているのかしら」

「そうではない！　いや、それもあるが！」

「わたしのことなら気にしなくていいわ。かわいいものは、好きだから」

あいつはそう言って、ぬいぐるみを指さした。

かわいいものッ⁉

俺の扱いがッ、ぬいぐるみッ⁉


結局俺はカーペットで眠ることにした。

前世では硬い床どころか岩場で寝ることさえあった。最悪なときは立ったままだ。それに比べればカーペット程度、どうということもない。

……と、そう思ったのだが、今世の王子生活ですっかりなまっていた俺は、なかなか寝付くことができなかった。

けれどもやがて、うつらうつらと意識が混濁し始めた頃。

魔導灯の明かりが消されて、窓から射《さ》し込《こ》む月明かりのみとなった。どうやらリリも雑用を終えて、そろそろ眠るようだ。

そんなことを夢現《うつつ》で考えていると、俺は上体を抱き起こされて背中と膝の下に腕を入れられ、あっさりと持ち上げられた。

浮遊感に驚き、一気に覚醒する。

「ぬあっ⁉」

リリだ。

意外に力がある。いや、意外でもないか。彼女は剣聖級で、俺はいまや見事なまでの子供だ。手足は短く、身長は低く、体重も軽い。

見上げると、近くに彼女の顔があった。前世とは反対で、大人のリリに子供の俺が見下ろされている。

俺は半眼でリリを睨み上げる。

「……おい」

「ごめんなさい。起こしてしまったわね。でも、こんなところで子供を寝させるわけにはいかないわ。風邪をひかせてしまう」

リリはそう言うと、俺を抱いたままベッドの上へと腰を下ろした。持ち上げられては足がつかない俺は、ジタバタする他ない。

「暴れないで。無駄だから。いいから今夜は隣で寝なさい」

「馬鹿なことを言うなっ」

おまえをそんなふしだらな娘に育て上げた覚えはない、と言いかけて、かろうじて押しとどめる。

しばらくジタバタしている俺を眺めていたリリが、微かに苦笑した。

「……ふふ、昔のわたしのよう」

「ああ!?　わけのわからんことを言っていないで俺を降ろせ！」

「構わないけれど、逃げてはだめよ」

「おまえ次第だ」

リリが俺をベッドの上に降ろす。

どうせここで逃げたところで根本的解決にはならない。それにエレミアの肉体性能では、すぐに追いつかれる。

俺は両腕を組んで、その場にあぐらを掻く。

リリが目の前に座った。子供でも手を伸ばせば触れられる距離だ。

「昔……」

いつの間にか寝間着用の薄着に着替えている。

髪、伸びたな。背も高くなった。体つきも美しく変わった。

変わらないのは顔つきと捉えどころのない態度だけだ。リリ・イトゥカは昔からずっとこんなだった。概ね、何を考えているかわからない。ぼんやりしているようで。

「わたしはいまのエレミアと同じことを言ったことがある」

「俺と？　同じ？」

リリが視線を逸らした。

「その人がわたしを自分の宿に連れ込んだから」

なんだと!?　聞き捨てならんぞ！

俺は内心の苛立《いらだ》ちを押し隠し、リリを睨む。

「ずいぶんと乱暴なやつだな。だがおまえのことだ。もちろんぶった斬ってやったのだろうな」

馬鹿なやつだ。剣聖級と呼ばれる女に手を出すとは。頭から真っ二つに割られてオークの餌にされていても不思議ではない。

だが、リリはゆっくりと首を左右に振った。

「ふふ、当時はまだ十歳くらいだったから。男の人に抵抗もできないままに服を剥ぎ取られ、頭から水を掛けられて、与えられた薄着にされて、ベッドに放り投げられ――」

「待て待て待て！　おまえはガキに何を話すつもりだ!?　俺はまだ十歳だぞ!?」

きょとんとした顔をしている。

おそらくブライズと出逢《であ》う前、旅芸人の一座時代の話だろうと思うのだが。

しばらく見つめ合っていると、リリが得心したように「ああ」とつぶやいた。

「そうね。最初に言っておくべきだったわ。変なことはされていない」

「んん？」

「わたしはその人のベッドで眠ってしまったのだけれど、何もされなかった。その人はただ押しつけがましく親切に暖かい場所でわたしを眠らせてくれただけだったわ。有無を言わさずにね」

「あ～……」

わかった。ブライズだ。言われてみれば、そんなことをした記憶がある。

ああ。だんだん思い出してきたぞ。リリは名前すら名乗らん無表情なガキだったし、俺も犬猫程度にしか思っていなかったから、面倒になって強引にひん剥いて洗い、宿に余分な部屋がなかったから隣で眠らせた。風邪でもひかれたら翌日からの里親捜しもままならない。

そうか。この状況はブライズが招いたのか。恨むぞ、ブライズ。

……俺だよ。

「でも、何もされなかったということはなかったわ」

「ああ……？」

記憶にないぞ。そもそも小娘はもちろんガキに興味はない。

「その人ったら、寝相が悪くって、結局キルトを巻き取ってしまうのだもの」

「う……」

まあ、当時は毎日のように戦いに明け暮れていたから、疲労が溜《た》まっていたのだろう。寝相くらい許せ。

恥ずかしくて死にそうだ。

「……すまん……」

「ふふ、どうしてエレミアが謝るの？」

「ぬ!?」

「あなたもキルトを巻き取るのかしら？　別にいいわよ。あのときみたいに、くっついて眠るだけだから」

そんなことをしていたのか。

そういえば、初日のリリには、ずいぶんと抵抗された記憶しかない。

冷静になっていま考えれば、当時のリリは旅芸人一座の生き残りだ。彼らの生業は踊りや芸に加えて、踊り子や芸人が夜に客を取るというものもある。

子供だったリリはそのような経験こそなかっただろうが、一座の踊り子が夜な夜な客を取っている姿を知っていても不思議ではない。さぞや不安だったことだろう。

なるほどな。ブライズに欠けていたのはデリカシーだ。

適当にひん剥かれて頭から水を掛けられて洗われ、あげくの果てにベッドに運ばれた少女の不安など考えもしなかった。あンのど阿呆め。

だから俺だって。

「ブライズは戦い以外知らん男だったからな。許してやれ」

「……わたしはブライズとは言っていないわ」

「へあっ⁉」

眉を顰めて俺を見ている。

実技試験でローレンスを叩きのめしてしまったときと同じ、だ。訝しげな表情だ。もしかしたら、俺をブライズだと疑い始めているのかもしれない。

心臓が胸の内側を強く叩く。

けれどもしばらくすると、リリは少し微笑《ほほえ》んでつぶやいた。

「ブライズで合っているけれど、どうしてわかったのかしら」

「お、おまえは、あいつの弟子だったのだろう。そこから推測しただけだ。ブライズは、いかにも無骨という感じだしな」

「確かに、無骨で雑で適当だったわね」

そ、そこまで言わんでも……。

「わたしは彼の最後の弟子だった。だから――」

リリが俺の額へと人差し指を押し当てて、トンと軽く押す。

俺は背中からベッドに倒れてしまった。

そのすぐ隣にリリが寝転ぶ。

「わたしは師と同じことをする。逃げられないわよ」

近い距離だ。拳ふたつ分ほどの距離を開けて、目線が合っている。

綺麗になった。あの頃からは考えられないくらいに。

「そのようなわけだから、あなたもあまり気にする必要はないわ。その悩みや不安は、わたしが通ってきた、不思議と安全だった途だから」

人によるんだ、大馬鹿野郎。と言いたいところだが、わかってしまう。今回に限っては、その言葉が正しいということが。

「……リリが言うならそうなんだろうな」

「イトゥカ教官」

「ああ、もうわかってるよっ!! 突発的に言っちまうんだって！」

「ふふ。やはり似ているわ、あなたたち。無骨で雑で適当。違うのは顔つきと年齢くらい」

同一人物だよ。糞ったれ。

リリが目を細める。

「もっとこうしていたかった。何年も、何年も、ずっと」

これもエレミアのことではない。つくづく嫌になる。

「ブライズとか。だが彼は、おまえが剣など捨ててさっさと身でも固めてくれた方が、よほど安心したと思うぞ。ブライズとは親子かそれ以上の年齢差だったのだろう」

ああ、しまった。我ながら十歳の言葉ではないな。

だがリリは疑うことなく。

「形なんてどうだってよかったのよ」

俺は眉の高さを変えた。

「何の形だ？　意味がわからん」

リリが口を開き、だが何かを迷うようにすぐに閉ざした。

一枚のキルトを引き上げて、俺には胸まで掛け、自らは頭から被った。

キルトの中から吐息のような囁き声がする。

「関係性よ。ブライズとわたし。関係が進んで妻になっても、そのままずっと娘のような扱いでも、何だってよかった。だってどうせわたしたちは〝型無し〟なのだから」

「……っ」

その言葉が、俺の胸を穿《うが》った。

リリがそんなふうに考えていたことを、ブライズは知っていたのだろうか。死の寸前、ほんの一瞬でもリリのことを思っただろうか。

俺には死に際の記憶がない。つくづく嫌になる。

リリの息遣いと、夜風が窓を穏やかに揺らす音だけが響いていた。

そうして、しばらく。

「ただもう少し、長く生きていてほしかった。形のない関係でも一緒にいてほしかった。けれどもう、ずっと追いかけてきた背中にわたしの手が届くことはない。あの頃のように走って走って追いかけても、指先で触れることさえ叶《かな》わない。……遠い……ずっと遠い……」

リリがキルトを被ってくれてよかった。

それでも俺は彼女に背中を向ける。目頭が急激に熱くなって、わけのわからない涙がこぼれ落ちてしまったせいだ。

ちくしょう。大の大人がみっともない。拭いても拭いてもこぼれ落ちる。

背中からまた囁き声がした。

「……夫も子供もいらない、他の何を捨てても構わない……」

俺にはもう、眠ったふりで寝息を立てることしかできなかった。

わかっている。子供じゃないんだ。

リリの声が揺れていることくらいは気づいている。阿呆の俺にだってわかる。キルトで隠されたこいつがいま、どんな表情で過去を語っているかくらいは。

腹立たしい。ブライズが憎い。だがもう、どうすることもできない。俺はブライズではなく、エレミー・オウルディンガムなのだから。

ブライズは、もう、死んだ。

「……妻でなくても、娘でなくても……」

それでもリリは続けた。俺が必死に寝息を立ててもだ。

きっとそれはもう、俺に聞かせるためではなかったのだろう。

だからこそ、これ以上はだめだ。聞くべきではない。やめてくれ。俺はもうブライズではない。おまえに何もしてやれない。

けれどリリは、その言葉を静かに囁く。

「……わたしはただ……ブライズの家族でいたかった……」

隣で寝息を立てる俺を、リリはすでに眠っていると思ったのだろう。まるで独り言であるかのように、彼女はキルトの中で続けた。

愛憎入り交じる感情のこもった声色で、恨み言を。

「……自分で言ったくせに……ここにいるやつらと俺を家族だと思えって……自分から言ったくせに……。……どうして……」

神よ。もしも本当にあなたが存在するのであれば、どうか俺のことなど、いますぐにでもリリの記憶から消し去ってくれ。

そして、この娘を幸せにしてやってくれよ……。頼むから……。

第二章 剣聖と戦姫

少女は眠る男の頬を、小さな手で恨みがましく叩く。ペチペチ。男は目を覚まさない。

寒い夜。自分でベッドに連れ込んでキルトをかぶせてくれたくせに、眠っているうちに自分で巻き取ってしまうなんて。

取り返そうと引っ張っても、幼い少女の力ではびくともしない。

悪戦苦闘していると、眠っているはずの男の腕が伸びてきて、突然少女をキルトの中へと引きずり込んだ。

少女はしばらく抵抗したけれど、寒い夜には心地がよくて――そのまま眠ることにした。

結局ベッドの上で目を覚ました。

隣にリリの姿はすでにない。

「ああ、糞《くそ》」

よく眠れたせいか、それとも詰まっていた涙腺から余分な涙を流したせいか、すこぶる体調がいい。

ただ精神だけが曇天のように重い。

「ふー……」

伸びをして息を吐くと、ふいにベッドの向こう側から声がした。リリだ。

「おはよう」

「ああ、おは――」

返事をしかけて、俺は阿呆《あほう》のように口を開いた。

交叉《こうさ》した手で寝間着の裾を頭頂部まで持ち上げ、脱ぎかけの状態だ。どうやら着替えの最中だったらしい。むろん寝間着の下は素肌というわけではない。だが、身体のラインが浮き彫りになる肌着では、鼠径部《そけいぶ》まで丸出しだ。

俺は額に手を当ててうなだれた。

「……昨夜、俺が言ったことを覚えているか？」

「ブライズは戦いしか知らん蛮族だから許してやれ？」

「そこまで言ってないぞ!?　いやそういうことではなく！」

俺はベッドの足元に置かれていた教官服とコルセットを手に取って下り、肌着の背中を押してリリを東方の衝立《ついたて》の向こう側へと追いやった。

「今度から着替えはそこでやれ！」

「気にしなくても別にいいのに……」

教官服とコルセットを勢いよく、リリの大きな胸へと押しつける。

「おまえはよくとも、俺が気になるんだ！」

「………早熟……？」

こいつ……。ああ、糞。眼福、いや、目の毒だ。

俺はため息をついてベッドを挟んだ反対側に回り、前世からの日課のストレッチをこなす。

心頭滅却。とりあえず気を紛らわせなければ。

伸ばせる筋肉はすべて伸ばす。固まる関節はすべて解《ほぐ》す。朝にこれをするとしないとでは、一日の動きがまるで変わってくる。常在戦場の身では生命線でもあった。

まあ、ここは王立レアン騎士学校の女子寮なのだが。

「……」

「……」

衝立に隠れて身支度を調えていたリリが大きな胸の下で両腕を組んで、いつの間にかじっとこちらを見ていた。

すでにブルーの教官服に着替え終えている。男性用はパンツだが、女性用はスカートだ。俺の前世、ブライズの時代にはまだ存在しなかった金属糸というもので編まれているらしい。メリットは軽量で斬撃に強く、デメリットは打撃に弱いのだそうだ。

ちなみに俺たちが着用することになる学生用の制服も、同じ素材でできている。

それはともかくとして。

またしても眉間に皺《しわ》を寄せている。時々俺に向けられるあの表情は何なんだ。やはりブライズではないかと疑われているのだろうか。

「何か用か？」

「エレミアのご両親はブライズと知り合いかしら？　あるいは関係者？」

「ひっ⁉」

心臓が跳ねた。

訝《いぶか》しげにこちらを凝視している。肝が冷えた。

「大丈夫？」

「……ただのしゃっくりだ」

「そう。横隔膜を全力でぶん殴ると止まるらしいわ」

なんだその恐ろしい民間療法は。どこの蛮族の言い伝えだ阿呆め。

「ブライズが昔そう言っていたのよ」

まるで覚えてない。たぶん酒にでも酔っていたと思われる。

粘ついた汗がじんわり額に浮いた。

落ち着け、俺。

「なぜ俺とブライズに関係があると思った？」

「ストレッチ。ブライズと手順が同じだから。そもそも、ほとんどの人は起き抜けにそんなことはしないものよ」

「こ、これは……とある文献で剣聖の記事を見てな。剣の途《みち》を志す以上、やつの文献は避けては通れん」

　んん。苦しい。

「手順まで？」

「事細かに書いてあった」

「興味があるわ。本人が書いたものかしら。題名は？」

　珍しく食い下がってくるな。

「すまんが、文献名は忘れてしまった」

「そう。残念だわ」

　迂闊《うかつ》だった。

　話題を逸《そ》らさねばと考えていると、リリが俺の隣でストレッチを開始した。

「……」

　思い出す。そうだ。昔もそうだった。

　あいつは俺の行動を見て、同じように動こうと真似をしていた。

「……リ――イトゥカ教官はずっと続けてるのか？」

「身体に染みついてるから。昨夜も言ったけれど、わたしは剣聖ブライズの最後の弟子だったから、せめて彼の教えくらいはね」

　教えてなどいない。何もだ。ただおまえが俺の真似をしていただけだ。

　腰を下ろして足を開き、息を吐いて床に胸をつける。

「そうか」

リリが並んで同じ動きをした。

昔は俺の方が身体が大きかったが、いまは逆転している。なのにかつてのように、並んで同じようにストレッチをする。

何とも奇妙な気分だ。

しばらく腱《けん》を伸ばし、身を起こす。同時に身を起こしたリリが、視線を外したままつぶやくように言った。

「時々――」

「ん？」

「エレミアがブライズと重なって見えることがある。実技試験のときもそう。あんなでたらめに木剣を振るうだなんて」

型無しか。答えあぐねるな。

「……お、俺も、あいつ――ブライズの真似事をしているから、だな。イトゥカ教官と同じだ」

「そのせいかしら。顔も声も年齢も全然違うのに、不思議。彼はもういないけれど、わたしよりもあなたが最後の弟子みたいに思えるわ」

腰をつけ足を開いたまま、身体を左に倒す。同じようにリリも左に倒した。

「だから隠し子でもいたのかしらって思って」

「ふざけるな。俺はあんな岩石みたいな顔面をしたオヤジとは似ても似つかんだろうが」

いまじゃシュっとした美少年だ。

自分で言うのもなんだが、服装次第では女と見間違いされるくらいだ。キルプスも整った顔立ちだが、それよりもおそらく母の血が濃いのだろう。

「が、岩石みたいな顔面……」

「ああ。当然だが直接見たわけではないぞ。俺はブライズの死後に生まれたからな。ほら、いっぱいあるだろう、王都には」

英雄像があるんだ。王都の公園や広場には。いくつも。

造形の不出来なものにはよくガキがよじ登ったり、顔面に落書きなんかがされている。それでもまあ、妙に美形にされているものよりは親しみやすい。だが公園管理者の仕事が増えてしまうのは心苦しい限りだ。落書きなど、停戦で暇になった騎士団にでも消させておけばいいものを。

「それはそうでしょうけど。でも、ふふ、岩石って。ふふふ」

今度は右に倒す。左の脇腹が伸びる。リリも右に倒す。

まるで前世で迎えた朝のようだ。妙にしっくりくる。

「ふふ、そうね。わたしから見てもジャガイモみたいな顔だったわ。最初の夜なんて、本当に怖かったのだから」

笑った。再会してから、初めて笑顔を見た気がする。

昔と変わらない笑顔だ。

ああ、再会してから少しずつ前世の記憶が蘇《よみがえ》ってくる。

「ふふふ、あははは……。ぅ、くっ、あはははははは」

「……」

笑いすぎだろう。

顔面の話でそこまで笑われると、俺は逆に哀《かな》しくなるのだが？

女子寮を出て、高等部の教室にやってきた。

一年一組だ。

わかってはいたが、全員俺より遙《はる》かに年上だ。男子も女子も俺の倍近くの身長があり、誰と話すにしても見上げる必要がありそうだ。

「……あん？　おい、あそこ見てみろよ」

ひとりの男子生徒が俺を指さした。

「子供？」

「……か、かわ……っ!?」

「初等部がどうしてここに……迷い込んだのかな？」

「見て見て、あの子の髪の毛綺麗な金色！」

いや、むしろやつらの視線が下がっている。ほぼ例外なく、全員が俺を見ている。特に女子は、それまでしていたおしゃべりを止めてまでだ。

視線がむず痒《がゆ》い。この幼い魅惑のボディと中性的な顔面は罪深い。

今朝方、散々リリに前世の顔面を笑われたからこそ、嬉《うれ》しいやら哀しいやら複雑な気分だ。

だが俺の後に続いてリリが入室すると、教室内の空気は一瞬で激変した。

「お、おい、いらっしゃったぞ！」

みな慌ててその場で直立する。正騎士のようにだ。

「……あ、あの方が剣聖級と言われるリリ・イトゥカ……」

「……すげえ、本物の戦姫様だ……」

戦姫？　剣聖の称号を辞退したから世間に勝手につけられた称号、いや、渾名《あだな》か？

だとしたらすごいな、俺の弟子。俺が腑《ふ》抜けた王子生活をしていた数年間で、いったいどれだけ戦場で暴れたんだ。

不思議と、自身のことより誇らしく思える。リリが褒められると嬉しくなる。

母アリナが俺を戦争や剣といった暴力沙汰の話題から過剰に遠ざけていなければ、俺はもっと早くに、リリ・イトゥカという存在を思い出せていたのかもしれない。

「……イメージとまるで違うね……」

「……てっきりブライズ様みたいに、肩幅メスオーガな女かと思ってた……」

おい。俺の弟子をそんなふうに言うな。あと、ついでみたいに俺の悪口を言ったな。許さんぞ。

「……すんげえ美人、腕とか身体とか細くね……？」

そうだろう？　信じられんだろうが、こいつを育てたのは蛮族みたいな顔面と体型と性格した前世の俺なんだぜ？

「……あれで戦姫って、憧れるわ～……」

「……剣聖と並ぶ英雄だもんな……」

「……綺麗《きれい》……」

剣聖級の英雄リリ・イトゥカの初登壇だ。

聞こえよがしに褒められすぎて、少々、むず痒そうな顔をしている。

それでもリリは視線を巡らせてから、手製の名簿を教壇の上に置いて広げた。そうしておもむろに顔を上げる。

緊張でもしているのか、小さく一度、深呼吸をしてから。

「本日よりこのクラスを受け持つことになりました、リリ・イトゥカです。みなさんと同じく今年度からレアン騎士学校にきた新任ですので、まだあまり学校生活というものには詳しくありませんが、どうぞよろしくお願いいたします」

リリが静かに頭を下げると、長い濃紺色の髪が背中から肩越しに流れた。

ほとんど無意識だろう。雰囲気に呑《の》まれたように、大半の学生が同じようにリリに頭《こうべ》を垂れる。

リリの頭が上がった。

「それで、出席を取る前に、ですが——」

隣に立ったままの俺に、リリが視線を落とした。

「こちらはエレミア・ノイ。見ての通りまだ十歳の子供ですが、頭脳・体力面を考慮して初等部・中等部の数年を免除され、飛び級でこの高等部への入学が決定した生徒です。みなさんよりは年下になりますが、クラスの仲間として色々と教えてあげてください」

「おう。よろしく頼むなっ」

俺はふんぞり返る。初っぱなで舐《な》められたら終わりよ。

教室中が静まりかえっている。俺は何か失敗でもしてしまったのだろうか。

リリが前列窓際の席を指さした。

「じゃあ、エレミアはその席へ。その他の者はとりあえず受験時の番号順に座ってください。エレミア以外の正式な席は、明日以降に決めましょう」

「待て、リリ」

「イトゥカ教官と呼びなさい」

ああ、もう面倒な。

「待て、イトゥカ教官。なぜ俺だけ席が決められている。飛び級だからといって特別扱いなどすべきではない。人を導く立場であるならばなおさらだ」

リリがあんぐりと口を開けた。

何を間抜け面をしている、と思っていたら、他の生徒らもだ。

しばらくしてリリがつぶやく。

「背が低いからだけど」

あ……。

前列真ん中の席では教壇と教官が邪魔して黒板が見えないし、二列目以降では他の生徒らの頭が邪魔で同じく見えない。だから前列窓際の席か。

んなぁ～るほどねっ。

照れながら視線を泳がせると、学生のひとりと目が合った。

「主張が……か、か、かわいすぎる……」

「……ウ、ウケる……」

「ぷぷ……っ」

「ぶはっ、ふ、ふふ……くぅ～！」

クラスの生徒の数名が吹き出すと、それが伝播《でんぱ》して一気に笑いの渦が巻き起こされた。しばらくしてリリが二度ほど手を叩くと、笑いは徐々に小さくなって消えた。

リリが真顔で俺につぶやく。

「毎日ミルクを飲みなさい。背が高くなるし、骨も強くなるわ」

「く……っ、ほ、本気のアドバイスはやめろっ!?　わざわざ教室を静まり返してまで言うことか!?」

声が裏返った。またクラス中に笑いが巻き起こる。

赤っ恥を掻《か》かされた元剣聖の俺は、本物の幼子のように涙目になるのだった。


その日は自己紹介とクラスメイトとの顔合わせだけで終わった。

リリが教室を後にすると、生徒らは思い思いに帰り支度を始める。配布された座学用の教科書を鞄《かばん》に詰める。初等部や中等部であれば不要だが、高等部ともなれば前世の記憶を活用してもアヤシい知識ばかりだ。せいぜい落ちこぼれんようにせねば、などと考えていると。

「こぉんに～ちはっ」

「……」

「ねえ、ねえねえ。こっち向ぅ～いて？」

「……」

「お～いっ、はじめまして～！　ノイノ～イ？」

教科書を鞄に詰め終えて寮に帰ろうと立ち上がる。偽名を呼ばれるにいたってようやく、その声が俺に向けられていたことに気づいた。

「ん？　ああ、すまない。俺に言っていたのか」

視線を上げると、後ろの席に座っていた女子が、俺の席の横に立っていた。俺を見下ろすようにだ。

「そうだよぉ」

背が高いわけじゃない。俺が小さいだけだ。

ややつり上がった目は猫のようだ。髪は炎のように赤く艶を帯びていて、肩口あたりで切り揃《そろ》えられている。直毛ではなく、癖のある猫っ毛だ。

「何か用か？」

そいつは腰を曲げて俺に顔を近づけ、耳元で囁《ささや》いた。

「ねえ、エレミアくん。あたしと組まん？」

帰り支度をしている他の生徒らに聞かれることを警戒するようにだ。

「組む？」

何のことだ？

尋ね返そうとした俺の口に掌《てのひら》を当てて黙らせ、猫目の小娘はキョロキョロと周囲を見回してから、また囁いた。

「しー」

「……ああ？」

「こっち来てぇ～ん」

やつは俺の手を引いて教室の隅に連れて行くと、にんまり笑いながらこう言った。

「まだ誰も知らない秘密の話なんだけどさあ、レアン騎士学校の高等部では、中等部までと違って実戦がカリキュラムに組み込まれてるんだぁ」

語尾を伸ばしてはいるが、決してゆったりとした口調というわけではない。むしろ理知的、理性的。幼い俺に合わせるためか、あるいは警戒をさせないためか。そうでなければ詐欺師特有の、情報をたこ詰めにした早口を自ら制御しているかだな。

いずれにせよ、わざとそういう話し方をしているように見える。

「実戦？　実戦とは剣術の実技のことか？　それならば高等部だけではなく、初等部からすでに真剣に慣れさせる方針だと入学要項にあったはずだが」

木剣ではなく、真剣だ。

猫娘が首を左右に振る。赤い猫っ毛がふわふわと揺れた。

「ん～ん。実技じゃなくって実戦のことだよ」

「ハッ、馬鹿馬鹿しい。戦場投入されるとでも言うつもりか」

学徒を徴兵するなど、あのキルプスが許可するはずがない。そもそもそんな方針なら、キルプスといえど俺の入学など認めるはずがないのだ。

それに目下のところ、王国最大の脅威であったエギル共和国とは停戦協定が結ばれている。これは一昨年ほど前の話であり、リリが軍を離脱したタイミングでもある。

むろん、水面下では激しい諜報《ちょうほう》戦が繰り広げられている。国境を挟む戦争ではなく、潜り込んだ共和国の諜報員と王国騎士団との小競り合いだ。しかしまさかそんな重要な場に、学徒ごときを起用するとは思えない。

それを肯定するように、猫娘がパタパタと手を振った。

「あはっ、ないない。ダンジョンでのカリキュラムのことだよ。だから魔物退治だね」

ダンジョン。ダンジョンカリキュラムか。

「ほう。そんなものがあるのか」

「これ、まだ秘密だよぉ～？　他の人に話しちゃだめだよぉ？」

猫娘が人差し指を立てて得意げな顔をした。

興味が出てきた。

「ああ」

「他校では実施されていない、試験的に導入されることになったカリキュラムなんだよぉ。発見されたダンジョンの魔物を倒して、付近の安全を確保するってのが表立った名目なんだって」

俺は猫娘の言葉の一部のみを切り取って、あえてつぶやく。

「表立った」

「あはっ、そそ。さっすが飛び級ちゃん」

ダンジョンの攻略。本来それは騎士の仕事の領分だ。

ダンジョンによっては、とてつもなく危険な魔物がいないとも限らない。極論、太古の宝物を守る古《いにしえ》の魔物などがいた場合、素人では何もできずに全滅することだってある。

それで済めばまだよい方だ。

この国ではないが、盗賊によって宝物を奪われた眠り竜が覚醒と同時に怒り狂い、一国家が国民もろとも炎に包まれたという逸話も残っている。ちなみにその国は地図から消失した。いまは不毛の大地となっているはずだ。

むろん、人類とて馬鹿ではない。

例の一件以降は、そういった場合には宝物には手をつけず、魔物を起こさぬようにそっと立ち去り、賊の侵入を防ぐために入り口を埋めてしまうのが各国の定石となった。

だがこの定石という対処法は発見される魔物の強さによって変わる。

ゆえに、間違っても認識を共有できない狩人《かりゅうど》や傭兵《ようへい》、猟兵、冒険者などといった外部のゴロつきには依頼できない内容だ。だから紆余曲折を経て、騎士団に一任されるようになっていった。

そんな重要な役割を学生に頼るのは、にわかには信じがたい。だがダンジョンカリキュラムが要項にさえ伏せられていたとなれば、猫娘の話の信憑性《しんぴょうせい》も高くなる。

それだけ新設されたレアン騎士学校に対する期待が大きいということだろうか。

……あるいは、騎士団にはもはやそのようなことに割く人的余裕がない……？

各国がそうまでしてダンジョンに潜る理由とは、過去それらが国家の発展に大きく寄与してきたからだ。特に軍事面で。

強力な魔法をも弾《はじ》く未知の金属、百年をおいてしても錆《さ》びぬ鋼、未《いま》だ見たことなき魔法の記された魔導書に、未踏領域を示す大陸外の地図、軍資金を大きく上回る金銀財宝が発見された例もある。俺たちの制服に使われている金属糸も、ダンジョンの失われた技術のひとつだ。

危険と隣り合わせのダンジョンではあるが、同時に紛《まが》うことなき国家の財産でもあるのだ。

しかし、魔物退治か。おもしろい。この弱体化した肉体を試すには、ちょうどよい機会だ。だが、足手まといは不要。俺は誰とも組むつもりなどない。自由に動くんだ。

俺は猫娘を見上げる。子供のようにあどけない、無垢《むく》なる瞳で。

「それで、なぜ俺と組みたいなどと？　見ての通り俺は頭でっかちのガキだ。期待するような戦力にはなれん。不本意ながら足を引っ張ってしまうこともあるだろう。命がけともなれば、貴様ら糞ガキどもに迷惑をかけるわけにはいかない。泣く泣くひとりで動こうと思――」

猫娘がニヤっと笑って、指先で俺の頬をプニプニとつついてきた。

「まぁ～たまたぁ。知ってるよぉ？」

「よせ。頬をつつくな。何をだ？」

俺はその手を払い落とす。

猫目が微《かす》かに細められた。

「キミ、実技試験でギーヴリー教官を殺《や》っちゃったんでしょ？　それもたったの一撃で？」

「こ、こ、殺してないわ！　人聞きの悪いことを言うなっ!!」

入院したと聞いたが、生きてるんだよな？　え？　あいつ死んだの？

猫娘が人差し指を俺の唇の前で立てる。

「ちゃ〜んと生きてるよ。大声はだめ。だめだめ、だぁ〜めっ。わかってるからぁ」

どうやら尋常な立ち合いであった場合、俺の剣は正騎士ギーヴリーを殺せるほどの腕前だと言いたかっただけのようだ。紛らわしい。

しかしよかった。一応生きてはいたようだ。あの貧弱騎士め。いま思い出しても地獄に叩き落としてやりたいほど嫌いだが。

「ちっ。というか、なぜそれを知っている。あれは初等部の試験会場でのことだぞ。高等部の実技試験は日付が違ったはずだ」

ニヒヒと笑って、猫娘が俺の肩に両手を置いた。いや、肩を通り越して首の後ろまで回される。

コツンと額があたった。呼吸がこそばゆい。

誘惑でもしているつもりか。小娘が。

唇が動き、吐息がかかる。

「いいじゃんいいじゃん。かわいい上に腕っ節もあるなんて。組まない理由ないじゃん」

俺は容赦なくその顔面をわしづかみにして、押し戻してやった。

「ふん、俺にはメリットがない」

「おやあ？　本性出てるねえ？　メリットはあるよ。だってエレミアったら、まぁ〜だ隠してることが、あるよねぇ〜？」

…………。

ざわ、と背筋に悪寒が走った。

猫娘が再び顔を近づけてきて、コテリと真横に首を倒した。そうしてニタリと笑う。

「いいんだよぉ、別にね？　断ってくれても？　でもぉ、でもでもでもぉ、この先は言わなくたってわかるよねえ？」

剣聖ブライズの生まれ変わりであることは、さすがに知るよしもないはず。となれば王族、つまりはオウルディンガム家の出身であることか。

どこから漏れるんだ、そんなこと。いや、むしろなんでこんな小娘が気づいてる。

王族であることが知られれば、十中八九危険が迫る。個人的には別に構わんが、そうなれば学校を巻き込んでの事件に発展しかねない。俺とて、生徒らを危険にさらすのは本意ではない。

そうでなくとも、王族を意識されれば教官連中とて俺を優遇せざるを得なくなるだろう。

俺は厳しい薫陶の中で剣の腕を磨き、かつての力を取り戻したくてここへきたのだ。優遇などされては意味がない。それこそ王宮内でごっこ遊びを強要されたも同然の、貴族剣術の時間みたいなものになってしまう。

「ああ、糞！　わかった！　わかったよ！　あんたと組む！　それでいいんだろ！」

「うんっ。じゃ、自己紹介するねっ。さっきホームルームでしたけど、トーゼン覚えてないよねっ」

「ひとりも覚えていないっ」

「だと思ったー！　あたしもー！　アハハハハハハ！　あ、キミだけ覚えたよっ！　超タイプだったからっ！」

俺は額に手をあててうつむいた。

「でもショックだなあ。騎士学校は女の子が少ないんだから覚えてくれたっていいじゃん。クラスでもたったの二割しかいないんだよぉ」

二十名のクラスだから、女子の数はわずか四名だ。

「あいにくまだガキでね。色気づいていないんだ」

「ニヒヒ、知らないのかな？　ガキは自分のことをガキだなんて言わないんだよぉ？　まるで一端のオトコみたいだねえ？」

その口ぶり。

そんなわけないはずだが、オウルディンガム家のことではなく、剣聖ブライズのことじゃあないだろうな。

得体の知れんやつだ。怖くなってくる。

俺はため息混じりに、偽名の方を吐き捨てる。

「エレミア・ノイだ。好きに呼べ」

バレてしまっているとはいえ、本名を名乗るわけにもいかない。

「知ぃってるぅ～。あたしはミク。ミク・オルンカイムだよ」

ふと、脳内に刺激が走った。

このミクとかいう猫娘にはまったく見覚えはないが、家名は知っている。そう多くはない家名だ。

「オルンカイム？」

「ありゃ？　もしかして知ってるぅ～？」

あ。

俺は猫娘を指さす。

「おまえの祖父はマルド・オルンカイム閣下か!?」

「うん。そのオルンカイムだよぉ。祖父じゃなくて父だけどー」

マルド・オルンカイム。エギル共和国との国境線近くにある城塞都市を統治している辺境伯だ。山岳で鍛えた屈強且つ異常なまでの機動力を誇る騎士団と、神出鬼没の魔術師団を自ら指揮し、共和国との戦線を一歩たりとも退《ひ》くことなく守り続けた猛将。

やつの娘か！

オルンカイム閣下とは前世で多少なりと馴染《なじ》んだ仲だったが、存命ならばもう七十の爺《じい》さんだ。ブライズよりも遙か上だというのに、ずいぶんと若い娘がいたもんだ。夜にハッスルしすぎだろう。

「えっへ、エレミアのことはエルたんって呼ぶね」

しかし似ていない。正直驚いた。

このミク・オルンカイムは、あの巨体を誇るオルンカイム閣下とは似ても似つかん普通の体型をした美少女だ。共通点といえば髪色くらいしか見当たらない。

あの素材からこの完成形ができるのか。人類の神秘だな。案外ブライズも前世で子作りをしていたら、こんな子供がいたのかもしれない。

己より年上の子など考えたくもないが。

「お〜い、エルた〜ん？　聞いてる？」

「ん、ああ。許可などいらん。好きに呼べと言ったはずだ」

素っ気なく返すと、ぶーと膨れたミクが拗《す》ねたように口を尖《とが》らせた。

「ほー、んじゃあ〜、かわいらしく子犬《パピー》って呼ぼっかなっ」

勘弁してくれ。そんな情けない渾名をつけられるくらいなら、前世の〝獣〟の方がまだマシだ。そもそも子猫に子犬呼ばわりされる謂《いわ》れはない。

「…………やっぱエルでいい」

「だよねーっ。じゃ、そんなわけで、よろしくネ！」

差し出された手を握り返す。

「ああ」

しかしまずったな。いきなり秘密を握られるとは。

俺の学生生活は前途多難だ。


名門貴族オルンカイム家のご令嬢が鼻歌混じりの軽い足取りで教室から出て行くのを待ってから、俺は教室を出る。

あの小娘のせいでむしゃくしゃする。

俺がオウルディンガム家の人間であることを吹聴《ふいちょう》されては、あの窮屈な王城に連れ戻されかねない。

なんとしても猫娘を黙らせねばならない。しかし猫という生物は、大概にして人の思い通りには動かない。

思わず舌打ちが出た。

いま考えても無駄だ。どうせわからない。こういうときは無心になって剣を振るに限る。雑念が消えるまでな。真剣の配布はまだだから、教員室にいるリリから木剣を借りてどこかで素振りでもしよう。

そんなことを考えながら廊下に出た途端、またしても背後から声を掛けられた。

「よお」

もううんざりだ。

俺は振り返りながら睨《にら》み上《あ》げる。

「今度はなんだッ？」

「あ？　いきなり何キレてんだ……」

振り返ると、そこにはボサボサ髪の少年が立っていた。

制服をきちんと着込む他の生徒らとは違ってブレザーの前は開き、はだけたシャツの胸元にはシルバーのネックレスが光る。両手はポケットに突っ込まれ、顔にはニヤついた笑みが貼り付いていた。

見上げればかなりの高身長だ。

髪色は金色に近い明るい茶色だが、根元に近づくにつれて茶が濃くなっている。おそらく魔法で色を抜いているのだろう。

「何でもない。用件はなんだ？」

「ノイっつったっけ、おまえ」

「ああ。エレミア・ノイだ」

やつは興味深そうに俺に近づいてきて、まるで犬がニオイでも嗅ぐかのように顔を近づけてきた。

背後に回り、また眼前に戻ってくる。

「へぇ～」

ぷんと、香水の匂いがした。

これが不良というやつか。なんというか、人を殺したことはないが、人の顔面を殴り慣れていそうな顔だな。まあ、このツラで俺は殺し慣れているんだが。前世でな。

「ふ～ん？」

「もう一度聞くが俺に何か用か？　金ならないから他を当たれ」

「いや、誰がカツアゲだ。——おまえ、あいつと何を話してた？」

ミクのことか。

薄々わかっていながら、俺は尋ねる。

「誰のことだ？」

「とぼけんなよ。オルンカイム嬢だ。教室の隅で話してたろ。周囲を気にしながらな」

ニヤついた笑みが消えている。

何やら凄《すご》みのようなものを感じる。学生にしては珍しい。視線が鋭いんだ。それでも戦場で慣らされた俺が気圧《けお》されるようなことはあり得ないが。

それよりもやつの質問だ。さて、どう答えたものか。

ダンジョンカリキュラムの存在は、他の生徒らにはまだ知らされていない。だからあの件はミクと俺との秘密ということになる。

別にそんなものを遵守してやる義理はないが、こちらの正体を彼女に知られている恐れがある以上、へたに口外できない。報復に俺の正体を吹聴される恐れがあるからだ。

だから俺は話題を逸らすことにした。

「なんだ？　ミクはあんたの恋人か？　それとも兄妹、従妹か？　わかっているとは思うが俺は十歳だ。色気のある話にはならんから安心しろ」

それを聞いた少年が、頭を掻きながら顔をしかめた。

「あ～。そういうんじゃあねえんだ。乳臭えガキの性事情にゃ興味はねえ。オルンカイムにも、おまえにもだ。というかおまえ、やたらとませてやがるな。俺の知ってるガキとはずいぶん違うぜ」

内心ひやりとした。

そうだな。そうだった。本当のガキはこんなことを言わないか。ああ、糞。やりづらい。

内心の動揺を押し隠し、表情には出さないように応じる。

「馬鹿なことを言うな。見た目は子供、頭脳は大人などというそんな都合のよい不可思議があってたまるか」

「マジにとんじゃねえよ、とっつぁん坊や」

誰がとっつぁん坊やだ。ぶっ飛ばすぞこの野郎。

いかんいかん、ここでキレては色々まずい。

「とにかく色気も備わってねえガキ女にゃ興味がねえし、そういう意図で尋ねたわけでもねえ。おまえに言ってもわかんねえだろうが、女ってのはやっぱ艶がねえとな」

ガキガキって、おまえもガキではないか。ブライズ目線で言えば、新米騎士未満の小便垂れだ。

だが、そうだな。女の好みだけは気が合いそうだ。

次の言葉を待つが、なぜかやつは言い淀《よど》んだ。

「あ～……」

しかしそうなると、やはり声を掛けられたのはカリキュラムの件という可能性が高くなる。こいつも俺がローレンスを倒したことを知っていて、勧誘しているのだろうか。あるいは俺ではなく、ミクの方に目をつけていたか。あの小うるさい猫娘が有効戦力になるとは到底思えんが。

こちらから聞きたいところだが、そうなるとカリキュラムの秘密を話さねばならなくなってしまう。

ええい、まったく面倒な。

「名を尋ねてもいいか？」

「ん、ああ。ヴォイドだ」

「家名は？」

ヴォイドが両手を広げて肩をすくめた。

「へっ、そんなもんねえよ。この学校に通う大半の貴族様と違って、俺はエルヴァのスラム街出身だ。まともな平民ですらねえし、親のツラなんざ見たこともねえ」

エルヴァ。確か海沿いに位置する観光都市だ。

高級宿の建ち並ぶ煌《きら》びやかな海沿いの観光街と、陸地側の荒《すさ》んだスラム街で、まるで地図に線でも引いたかのように、街の見せる顔ががらりと変わる。

見回りの騎士でさえも海沿いの観光街だけを回っているため、スラムは荒れる一方なのだとか。もっとも、スラムの住民も騎士の常駐など望んではいないのかもしれないが。

あそこは世界の暗闇だ。表の光が強い分、裏の闇も濃くなっている。得体の知れない組織がいくつも発生し、蠢《うごめ》くほどに。

俺は顎を上げて高圧的に言う。

「それでも草木のように勝手に育ったわけではないだろう」

「……面倒くせえガキだな。孤児院名はスケイルだ。ヴォイド・スケイル。だがスケイルなんて呼ばれたところで、すぐには反応できねえからな。十歳の頃に孤児院を飛び出してからは一切使ってねえ家名だ」

「そうか」

俺の言えることではないが、道理で口と態度が悪いわけだ。

王立レアン騎士学校では才能ある人材を幅広く発掘するため、身分を問わず生徒の募集をしていた。平民の子がいるのは珍しい話でもないのだろう。

しかしそこからレアン騎士学校に合格できるとは、この男は見かけによらず優秀なのかもしれない。

頭は悪そうなのにな。

「用はそれだけか？　ではな、ヴォイド」

立ち去ろうとした俺の肩に、ヴォイドが手をのせた。否応《いやおう》なしに足を止める。

「話題逸らせて終わらそうなんざ、ガキの割にこざかしいぜ」

「……」

やはり頭が切れるようだ。さて、どうしたものか。

だがそんなことを考えた瞬間、ヴォイドは俺の肩から手を下ろした。

「ま、いいや。別におめえらが何を話してようが俺にゃ関係ねえからよ」

「……？」

やつが後ろ手を振りながら去っていく。ずいぶんあっさりとだ。

「だからひとつだけ、おにーさんからノイ坊に忠告しといてやる。――オルンカイム嬢にはせいぜい気をつけな」

「なんだ、あいつ……。結局、何が言いたかったんだ……」

このレアン騎士学校には、わけのわからないやつが多い。

剣を振る気も失《う》せるほどにどっと疲れた俺は、教員室に向かうことをやめて寮に戻ることにした。

不良のヴォイドに謎の忠告を受けて気を削《そ》がれた俺は、少々疲れた足取りで女子寮を目指していた。

幸いというか何というか、前世のジャガイモ頭とは違って中性的な顔立ちに生まれ変わってしまったため、堂々と正面から女子寮の門をくぐっても、奇異の目で見られることはない。

男子用の制服を着てはいるが、騎士学校にはそういう女子も稀《まれ》にいる。年齢の方も、初等部にだって少ないながらも女子はいる。だから堂々と出入りしても、それほど目立たない。

まあ、女に見間違えられて喜ぶのもどうかとは思うが。

女子寮の前までくると、寮母のホーリィ婆さんが箒《ほうき》で玄関を掃いていた。

「あらぁ、おかえりなさい。初等部は初日から早く終わるのに、あなたはずいぶん遅かったのねえ。何かあった？」

ゆったりとした話し方だ。どうやら本当に心配されているようだ。

「ただいま。こう見えても俺は高等部だよ」

「あら。あらあら、それはごめんなさいね。あなた、とっても可愛《かわい》らしいお嬢さんだから、間違えちゃったわ」

「ははは」

勘弁してくれ。乾いた笑いで白日を剥《む》きながら素通りだよ。

リリの部屋は三階。女性教官のみが住んでいる階層だ。

帰ろうとして気づく。

「……あ、鍵……」

リリから渡されていない。

ドアは押しても引いても開かなかった。当然だ。

「あ〜、糞！」

毒づいて引き返す。

結局教員室に向かうしかない。下り階段の踊り場を曲がったとき、俺は上がってきた少女とぶつかりそうになってつんのめった。

「うおっ」

かろうじてぶつからなかった。ところがその女は、体勢を崩している俺の後頭部へと素早く両腕を回すと、自らの胸にかき抱くように勢いよく引き寄せた。

「はい、ど～んっ!!」

「んぶ……っ」

顔面から小娘の薄い胸にめり込み、跳ね返ってふらつく。鼻の奥がジンと痛い。

せっかく直前で止まったというのに。

「きゃあ～っ、すっけべ～！　へいへ～い！」

「おい、何をする！」

俺は冷静に彼女を睨み上げる。

そこには件《くだん》のミク・オルンカイムがいた。彼女は悪びれた様子もなく、指を二本立ててこめかみぁたりにあて、挨拶をする。

「おい～っす。ひっさしぶりぃ～。元気だったぁ？」

俺はどでかい舌打ちをくれてやった。

「わお。顔見て即舌打ちとかショックだわ」

「ついさっきぶりだろうが。いまのは何の真似だ」

教室でミクに絡まれ、廊下でヴォイドに絡まれ、寮で再びミクに絡まれる。まったく、ひどい一日だ。

ミクが膝を曲げて顔を近づけて笑う。

リリほどではないが、甘い匂いがしていた。

「かわいい子がいたから～？　つい反射的に？　おっぱい嫌い？」

「猥褻《わいせつ》犯罪者の弁か」

「ねーねー、ところでエルたん。こんなとこで何してんの？」

「聞けよ……」

「だめだよぉ、こんな時間から女性教官専用の階層をうろつくなんてぇ～。もう～、ちっちゃくっても男の子なんだからぁ～。そういう思春期初期の相談なら、あたしが乗ってあげるのにぃ～」

言葉に詰まった。

リリと同室にされてしまったことは、まだ誰にも言っていない。知っているのは教官連中くらいのものだ。正直、知られて困るほどのことではないが、己は十歳とはいえ男と女。色々慎重にならざるを得ない部分だ。リリに迷惑をかけるのだけは、絶対に避けたい。

答えあぐねていると、ミクが俺の手を取って引いた。

「食堂行こ！　おっ昼ごはぁ～ん！」

ふと気づく。

俺は強引に手を引き抜いて尋ねた。

「おまえこそ四階に何をしにきたんだ。生徒の部屋はないはずだぞ」

「ん？」

なぜこんなことを尋ねたのか。俺自身もよくわかってはいなかった。ヴォイドの言葉が引っかかっていたのかもしれない。

――オルンカイム嬢にはせいぜい気をつけな。

この脳天気猫娘が危険人物には思えないが、漏れるはずのない俺の秘密をどこで知ったのかがわからない以上、まだ油断はできない。

「あたし？」

「ああ」

ミクはウェーブがかった赤い髪を、指先でねじって遊びながら、俺に猫目を向けている。

だがすぐに、ニパっと笑った。

「まいっか。言っちゃお。ニヒヒ。そりゃあ、かぁいいエルたんが女子寮の階段を上がってくのが見えちゃったからさ？　イトゥカ教官の部屋の前で何をしてたのかな～ってネ！」

「俺を尾行《つ》けてたのか!?」

「人聞き悪ぅ～い。寮で見かけたからたまたまだよ。尾行じゃなくって、普通に追いかけてきただけだし」

まあ、一応の筋は通っている。ヴォイドとのやりとりは見られていなさそうだし、四六時中見張られているわけではないだろう。

本当にたまたま俺を女子寮で見かけてついてきてしまった……のか？

得体の知れんやつだ。

「安心して。あたし誰にも言わないよ。だからぁ、今度ムラムラしたときはあたしのとこにおいでよぉ。エルたんなら大歓迎だよぉ」

だが。あり得るだろうか。

こんなど素人の女子学生が、元剣聖である俺に気づかれずに俺を尾行できたなどと。そう簡単なことではないはずなのだが。

それとも長い王子生活のせいで、俺が鈍ってしまったか。

「ねーねー」

「ん?」

「リリたんの部屋前でドアをガチャガチャやってるエルたん、ちょっと不審者みたいに見えたよぉ?

ああいうの、誰にも見られないように気をつけた方がいいよぉ?」

人の後を尾行けてくるようなやつにだけは言われたくはないところだが。

ん? あれ?

黙って聞いてるうちに、俺の方がヤバいやつにされてない!?


翌朝から早速授業が開始された。

基本的に午前中に座学で午後は実技だ。比較するわけではないが、噂《うわさ》のオルンカイム嬢は真面目に授業に出席し、丁寧にノートを取っていたが、ヴォイドの姿はなかった。

初日からサボりとは、なかなかの胆力だ。

昼食後に午後を迎え、実技の時間となった。俺が待ち望んでいたカリキュラムだ。

とはいえ初日の今日は、武器庫で自身の武器を選ぶだけらしい。

教室に並べられた武器の数々を眺めて、俺は感嘆を漏らす。

「ほう……」

驚いた。てっきり貴族剣術用の刺突剣が大半だと思っていたのだが、武器種は様々だった。刺突剣はもちろん、直剣や大剣や槍《やり》類どころか、東の大陸の反りの入った薄刃の刀、大鎌や鉄棍、槌《つち》類などの鈍器まである。中には俺の知らない武器もあった。

騎士は邪道としてまず使わないものが大半だが、それらを騎士学校で配布するあたり、旅立つ前にされたキルプスの「ブライズのような輩《やから》が各分野の時代を進める」という話の本気度がうかがい知れる。

　生徒らが自らに合う武器を探して回る中、リリが口を開いた。

「十年前に亡くなった剣聖ブライズは、知っての通り武器や凶器と名のつくものなら何でも利用したわ。それこそ落ちている石でもね」

　やったやった。魔物だけではなく対人戦でもだ。剣は折れるものだからな。岩は立派な大槌で、己の腕は立派な投石機だ。

　実に懐かしい。

「貴族出身の人たちはその無様を笑ったけれど、彼は最後にはそれでガリア王国を守ったの。その功もあって、オウルディンガム国王陛下は型にはまった貴族剣術だけではなく、様々な戦い方を学んでほしいと、このレアン騎士学校を新たに創設したのよ」

　だが、生徒らの大半はそれでも剣に向かう。それも貴族剣術、刺突用のレイピアだ。

　俺に言わせりゃ、剣の中では中の下。斬撃力は低いため、どうしても刺突がメインとなる。つまり敵から見りゃ簡単に動きが読めちまうんだ。その上で敵の武器を受ければ簡単に折れる。あれを選ぶなら重量の変わらない刀の方がまだいい。突に加えて斬があるだけマシだ。

「よく考えながら選びなさい。実際の使用感で、これは違うと感じたなら後から変えても構わないわ。他者からの目など気にせず、自分自身に合った武器を探しなさい。それがあなたと、あなたの家族が住むガリア王国を守る力になると思って」

　それでも生徒らの大半は刺突剣に集う。やつらの大半が貴族出身なのだろう。幼少期から学んできた貴族剣術に絶対の信頼を置いている世間知らずどもだ。

こういうやつらは戦場に投入されて初めて気づく。

ルールを決めて名乗りをあげ、号令のもとに開始されるツンツン突き合う剣術と、野獣のように自らの命を懸けて荒々しく殺し合う戦場が、まるで別物であることに。

そういったやつらのおよそ半数は、剣を折られて初陣で散ることになる。運良く初日を生き延びられれば、彼らは刺突剣から両刃の剣へと持ち替える。剣術は刺突メインの貴族剣術から、より実践的に昇華された騎士剣術へと変化する。

突に加えて、斬だ。

そこまできてようやく一端の騎士のできあがりだ。

俺が目指したのはその先。野獣や魔物のように生を奪い死を押しつける、剣術とも言えぬ圧倒的な暴力だった。

リリは刺突剣に群がる大半の生徒らを、苦々しい顔で見つめていた。

不出来とはいえ、あれも俺の弟子だった女だ。だがいま口を出したところで、彼らは話など聞きはしない。初陣を生き延びて初めて周囲の犠牲を確認でき、己の選択が間違っていたことに気づく。

しかし、このレアン騎士学校であれば初陣前にその無力を知ることができるかもしれない。おそらくだが、そのためのダンジョンカリキュラムでもあるのだろう。

貴族の矜持《きょうじ》も騎士の矜持も、獣を相手に何の役にも立たない。戦場では命を奪って死を押しつける。それだけでいい。

「……」

一方で――。

誰もいないと思われた一角に、ヴォイドの姿があった。その鋭い視線の先には手甲タイプのブンディ・ダガーがある。国によってはジャマダハルやカタールと呼ばれている珍妙な武器だ。

両腕装着型で二対一組。肘までを覆う手甲の中には刃と垂直にグリップがあり、その先には爪のような形状の太い大型の刃がついている。

有効範囲はショートソード以下の武器だが、戦いを拳で殴りつける延長線上と捉えるタイプのやつには攻防一体で、且つ壊れにくいよい武器だ。

スラム出身ならではの選択か。

「へえ、おもしれえ」

ヴォイドの左頬が上がる。

どうやらブンディ・ダガーに決めるようだ。手に取って早速両腕に装着している。

ちなみに、ミクはなんの変哲もないレイピアを選んだ。だが、彼女はそれだけではなかった。迷いなく手にしたレイピアを腰に装着すると、すぐに短剣の並べられた一角へと移動したんだ。そうしてまた迷うことなく、マンゴーシュと呼ばれる左手用の小さな短剣を手に取る。

「これでいっかぁ」

ほんの一瞥《いちべつ》のみ。

ミクはそれを鞘《さや》ベルトに収めると、自らの腰に巻き付けた。

なるほど。適当に決めたように見えて、あれはあれで理にかなっている。さすがは猛将マルド・オルンカイム閣下の娘だ。刺突剣の短所である脆《もろ》さを考慮したんだ。

マンゴーシュならば軽量でも簡単に折れはしないし、レイピアを破壊された際の予備の隠し武器としても優秀だ。不意打ち前提ならば、だが。

他には黒髪の背の低い男子が刀を選び、ひときわ巨漢の男子が鉄棍を選んだ。あとは数名が槍などの長柄《ながつか》武器、残りは半数が刺突剣で、もう半数が大小の直剣だ。他はさておき、扱いの難しい刀を選んだやつはどうなることやら、見物だな。

　ぼーっと見ていると、ミクが近寄ってきた。

「エルたん、決めたぁ？」

「いや、まだだ」

　ふと気づくと、リリがこちらを見ていた。

　いかん。俺で最後になってしまっているようだ。

「まーそーよねぇ。エルたんちっこいもんね。木剣ならともかく、真剣は重いから難しいよねぇ」

　木剣では軽すぎ、真剣では重すぎる。十歳というのは悩ましい肉体年齢だ。

　ミクの手が俺の頭を撫《な》でる。

「よ〜しよし、いざとなったら、おねーさんがエルたんのことは守ってあげるからねぇ」

「やかましい、男の頭を気軽に撫でるなっ」

　払ってやった。

「ありゃりゃ、エルたん冷たぁ〜い。もっと仲良くしようよぉ。おねーさんに甘えてもいいんだよぉ」

「なぜめげないんだ、おまえは……」

　勘弁してくれ。曲がりなりにも、かつての弟子の前なのだぞ。

　リリを盗み見ると、なぜかじっとりとした目でこちらを見ていた。

　なんだ、その顔は。遊んでいないで、さっさと武器を決めろということか。

　……ごもっとも。

ロングソードやショートソードなどの直剣か、あるいは背伸びして大きめのものを選ぶべきか。手に取ってはみるものの、どれもしっくりこない。

まずいな。このままでは授業の時間が終わってしまう。焦ってきた。

あ〜、あれでもないこれでもない。

リリが睨んでる。糞、なんだその目は。俺はおまえの師匠だぞ。

そんな俺の焦りなど気にもせず、ミクがにんまり笑って両腕を大げさに広げる。

「さあ、おねーさんのおっぱいに飛び込んでおいで」

「邪魔をするな。おまえのような姉を持った覚えはない。あと、この前から気になっていたが、嫁入り前の娘ならばせめて胸と言え」

「わおっ、気にしてくれてたんだぁ。う〜れし〜ぃ、すっけべーっ」

「無駄にポジティブだな！」

いや、ミクなどに構っている場合ではない。リリの視線が痛い。

俺は――。

本来なら大剣と呼ばれるクレイモアやツーハンデッドソードを選びたいところだが、残念ながらエレミーの腕力では持ち上げることすら困難だろう。ブライズだった頃は敵の重い一撃を受け止めるどころか、弾いて押し返すような力業で戦ってきたが、さすがにもうできそうにない。

戦い方を変化させる必要があるな――……。

情けないことに、存分に振り回せるのはショートソードやレイピア、あとは太めの短剣のグラディウス程度が限界だ。敵の一撃を受けることはもちろん流すことさえ難しい。

東方の刀が持てればそれに越したことはなかったのだが、それすらままならない。身長が足りないのだ。切っ先を地面に擦って、刃を潰してしまう。

仕方がない。

「グラディウスとスティレットだ」

どちらも短剣だが、グラディウスの方はショートソードに近い長さはある。だがそのせいで両手に一振りずつ持って同時に使うのは難しそうだ。

丁寧に両手で握って使う。役割は斬撃のグラディウスと、鎧《よろい》をも通せる刺突用のスティレットだ。有効範囲はかなり狭くなってしまうが、重い武器に振り回されるよりはいいだろう。

リリの方に視線を戻すと、彼女はもう教官の顔に戻っていた。

「全員決めたわね。それでは今日の授業はここまで。明日からは実技の方でも本格的なカリキュラムが発生します。今日はもう戻ってゆっくり身体を休めておくように」

「イトゥカ教官、カリキュラムの内容を伺ってもよろしいでしょうか」

男子の声だ。反射的に視線を向けると、刀を選んだ背の低い黒髪の男子が挙手をしていた。全員の視線がリリに集まる。

「あなたは留学生のリョウカ・オウジンくんだったかしら」

「ええ。恐縮です」

リリが不思議そうに尋ねた。

「恐縮？」

「剣聖級と名高いリリ・イトゥカ教官に、僕の名を覚えていただけていたことです」

リリの表情が複雑に変化する。

「そんなに大したものではないわ。少なくとも剣聖ブライズと比べられるような腕でもないのだから。

――ああ、いいえ。質問だったわね」

ミクはダンジョン開拓がカリキュラムと言っていたが、俺たちはまだそれを教官の口からは聞いていない。

リリは――首を左右に振った。

「みんなにはカリキュラムが開始される当日まで伏せておくようにと、理事長からのお達しよ。悪いけれど言えないわ。明日を楽しみにしていなさい」

理事長？　そんなやつがいるのか？

確か今年度は学長不在のまま開始されたと要項には書いてあったが、それは理事長がいるからなのか。だとすると、軍の中でも信頼が厚く、相当な要職についていた人物ということになる。それでいて退役年齢だ。

俺の視線を受けたミクが、首を傾《かし》げた。

「ん？」

マルド・オルンカイム閣下である可能性を考えたのだが。ミクは知らないのか、あるいはすっとぼけているのか。普段からふざけているから、表情からは読みづらい。

リリの返答を受けて、刀の少年がうなずく。

「そうですか」

それにしても小さいな、あいつ。十歳の俺よりはさすがに大きいが、それでも同世代男子の中ではかなり小さく見える。留学生ということは、東の大陸出身か。

ミクが唐突に俺の脇腹を突《つつ》いた。

「んひっ!?」

思わず声が出てしまって、注目を浴びる。

「な、何でもない。続けてくれ、リリ」

「イトゥカ教官」

「あ、ああ。そうだった。続けてくれ、イトゥカ教官」

リリが話に戻る。

「各自、明日までに四人一組で仮パーティを組んでおくように。このクラスは二十名だから五グループよ。それと、あらかじめ言っておくわ。これは強制力のない忠告だけれど、筋力で劣る女子は、なるべく四人で固まって組まないように」

レアン騎士学校では女子の割合はわずか二割だ。二十名のクラスに四人のみ。彼女らが固まってしまった場合、明らかに力で劣るパーティができあがってしまう。

当然だな。学生に言ったところで理解するかは知らんが。

「では、今日の授業はここまで」

リリが締めの言葉に入る。

俺は脇腹を突いたミクを睨み上げた。

「……なんだよ……？」

「……うっさんくさぁ～いね、あの子……。リョウカ・オウジンくんだっけ……？　……ねえ、エルたん知ってる？　レアン騎士学校には他国の諜報員が入り込んでるって噂……」

知らん。初耳だ。

しかし信憑性は意外に高い。レアン騎士学校は王立だ。卒業するだけで無条件に王国騎士団入りの切符が得られる。当然、騎士団との結びつきも強い。教官の大半は、正騎士でもある。あのローレンスでさえもだ。

だが。

俺は顎をしゃくってミクに言ってやった。

「あいつが諜報員だったら、あんな東国丸出しの顔面はしていないだろう。未発表のカリキュラムを知っていたおまえの方がアヤシいくらいだ」

「あそっか～。あっはははー」

ミクが照れ笑いを浮かべて頭を掻く。

間抜けめ。

第三章

集い来るは個性の面々

一派の兄さんたちは、ブライズには内緒で時々甘いお菓子を買ってきてくれる。そのことがブライズにばれてしまうと兄さんが叱られるから、わたしはいつも部屋の隅で隠れて食べる。お菓子ではなく、ちゃんとした食事で育てないと、強い剣士にはなれないかららしい。

でも、わたしは知ってる。いくらわたしたちが隠していたって、ブライズは本当は全部わかってたこと。

だって部屋の隅に隠しておいたお菓子を一口食べて、ひとりで少し笑っていたから。

学園都市レアンの北の外れに、カリキュラムのために用意されたダンジョンがある。俺たちは武装を言い渡され、朝からその前に集められている。

ちなみに午前の座学はなしだそうだ。大体のクラスメイトは喜んでいる。遠足気分のようだ。

ダンジョンの入り口は、増築された見るからに重そうな鉄扉で厳重に塞がれていた。カリキュラム用にしてはずいぶんと物々しいが、都市近郊であることを考えれば当然の処置か。

引率のリリが鉄扉横で口を開く。

「このダンジョンは、念のためにわたしたち教官がある程度まで調査済みよ。現存する魔物は本物ではなく、提携する王立レアン魔導学校から借りた人工の魔法生物が放たれてる。ただそれでも、すべての安全を保証するものではないと知りなさい」

鉄扉に鍵が差し込まれる。

カチャンと軽い音が響いた。リリが両手で鉄扉を押していく。ギギと重い音がして、鉄扉が開き始めた。

「う……あ……」

誰かが呻《うめ》いた。

最初に見えたのは、闇の中に沈みゆく不気味な階段だ。

生徒の誰かが喉を鳴らす音がした。怖いのだろう。野生動物や知能の低い魔物が炎を恐れるように、人は闇を恐れる生き物だ。

リリが振り返る。

「調査済みの階層は三層まで。それ以降は未調査だから、四層へと続く下り階段にはこれと同じ鉄扉が増築されている。定期的に潜ってカリキュラムが進むごとに段階的に解放していくから、そのつもりで」

つまり未調査である四層以降には、本物の魔物が潜んでいる恐れがあるということだ。ま、今回は関係なさそうだ。

リリは先にダンジョン内部に入ると、俺たち全員を招き入れた。リリを先頭にして、階段を下っていく。

「全員、明かりをつけて」

俺たちは腰に吊《つる》した魔導灯のコックをひねる。

松明との違いは光の広がり方だ。距離が離れれば減衰しながら周囲数十歩分のみを照らす松明の灯りとは違い、魔導灯は自身を中心として数十歩分を減衰なく照らしだす。つまり少なくとも範囲内は、太陽の下にいる状態と大して変わらない。

しばらく進むと階段が終わり、地下第一層と呼ばれるフロアに出た。

俺たちは周囲を見回す。広い。魔導灯の明かりが、途中で闇に切り取られている。

俺はグラディウスを鞘《さや》ごと持ち上げて、コツンと地面を叩《たた》く。

「……」

音が反響しながら消えた。戻ってきてはいない。教室どころかグラウンド以上の広さがあるように思える。

足下と天井を見るに、舗装らしきものはされていない。でこぼこの岩場だ。湿っているから滑りやすい。元々あった自然ダンジョンに、学校関係者が階段のみを造ったようだ。

　ミクがとなりでつぶやいた。

「自然ダンジョンだねぇ」

「そのようだ」

　この世界には二種類のダンジョンが存在する。

　洞窟などの自然ダンジョンと、誰が造ったかもわからないほどに古い人工のダンジョンだ。前者には金銭的、物品的な価値がほとんどないだけではなく、危険な魔物が潜んでいる可能性が高い。さらに新たな脅威が棲《す》み着く危険性もある。

　要するに、自然ダンジョンというやつは魔物の巣になりやすいんだ。

　後者は先史文明以前の人類が造ったと思《おぼ》しき人工ダンジョンだ。

　こちらには武器や防具に加工できる未知の金属や、未《いま》だ人類が持たざる新たなる魔導書の他、金銭となる宝などが眠っていることが多い。外の魔物が棲み着くこともあるが、大抵の場合において、宝物を守るガーディアンと呼ばれる魔物がヌシとして存在する。例えば守り竜のような。

　出土する宝物には莫大《ばくだい》な価値があり、大きな人工ダンジョンは、それだけで国家間戦争を誘発する原因になったりもする。領土権の主張だ。

　このダンジョンは、見るからに前者だ。修行の場としては最適なのだろう。だが価値の低さから察するに、国王であるキルプスはさぞや残念がっただろう。

　魔導灯の明かりでは、端までは見えない。途中からぶった切られたかのような闇だ。

　風もなく、滴る水滴の音だけが響いている。隣のやつの呼吸まで聞こえてきそうな静寂が、辺りに満ちている。

どいつもこいつも、さっきまでは座学を免除されての遠足気分で浮き足立っていたというのに、あっという間に不安そうな顔に変化していた。

しかし、中には――。

「よお、戦姫さんよ。勝手に進んじまっていいかあ？」

ヴォイドだ。ダンジョンの入り口をくぐる頃には背中に背負っていたブンディ・ダガーは、早くも両腕に装着されている。

気負った感じはない。悪童の笑みだ。

「いいえ。だめ。さっきも言ったけれど、中に入ればあなたたちを魔法生物が襲う。死なないまでも、ケガくらいは覚悟する必要があるわ。だから昨日の放課後に組んだ四人一組のパーティで動きなさい。それと、教官と呼ぶように」

「ああ？　カッタリィ……。んなもん組んでねえよ。足手まといの面倒なんざ押しつけんなや」

リリが大きな胸の下で両腕を組んで、困り顔でため息をつく。

「組みなさいと言ったのに。困った子ね」

「おいおい、俺までガキ扱いかよ」

不良側に同感だ。同感だが、ダガーの先で頭を掻《か》くな。見ててヒヤヒヤする。

だが、その他の生徒らは自然と四人一組に分かれていく。当然のように、俺の隣にはミクが立っていた。それも緊張感の欠片《かけら》もない顔でだ。

「ねーねー、あたしたちでスタートダッシュ決める？　決めちゃう～？」

「なんだ、本気で俺と組むつもりだったのか」

「だってエルたん、頼りになるんだもぉ～ん。んふふ」

そう言って背後から抱きついてきて、俺の頬に自らの頬をすり寄せる。

「すぅりすりぃ～。ほっぺがプニプニしてて気持ちぃー」

猫のニオイ付けか。

俺はその顔面を片手で押して引き剥がした。あいにくと、ガワはガキでも中身はおっさんだ。乳臭いガキに興味はない。

「やめろ。鬱陶しい」

「あぁん、つれない。お子ちゃまのエルたんには、まだ早すぎる刺激だったのかなあ？　んふふふ」

むしろ遅い。哀《かな》しいことに、文字通りの周回遅れだ。

「でも、あんまりつれないと、あのこと言っちゃうぞっ？」

「く……」

俺がこの国の王子であることがバレたら、教官連中がケガを負わすことを恐れてカリキュラムへの参加ができなくなる恐れがある。

そんなことになってみろ。王城を飛び出てこんなお遊び学校に入った意味さえなくなってしまう。

「というわけでぇ、遠慮なぁ～くぅ～」

「せめて遠慮はしろ……」

ミクが再び俺の頭部に抱きついてきた。今度はされるがままだ。何やらクラス中の視線を感じる。

男子からは嫉妬の、女子からは羨望の。リリからは冷えた視線が。

勘弁してくれ……。針のむしろだ……。

しかし――。

どうやら俺たちを除く大半が、ちゃんと昨日のうちにパーティを組んでいたようだ。みんな迷いなく四人一組に分かれていく。

ミクの頬ずりを甘んじて受け容《うい》れながら、俺は周囲の様子を眺める。

いや、まだだ。ヴォイドとオウジンはその場に立ったままだ。

パーティを組めなかったのか、そもそも組もうともしていないのか。両者とも特に慌てた様子はなく、ヴォイドは大あくびをしながら、オウジンは両腕を組んで静かに目を閉じて瞑想《めいそう》している。

ヴォイドとオウジン。あまりがふたり。

そしてここには二人パーティの俺とミクがいる。

「……頼むぞ、勘弁してくれ……」

ああ、嫌な予感がするぞ。この猫娘だけでも邪魔臭いというのに。

そんなことを考えた瞬間、俺の頬に湿った舌が這《は》った。

「なめるなっ⁉　おまえ、さすがに一線を越えすぎだぞ！」

再び顔面をつかんで押し返した。

「えっへっへ。ついつい。おいしそうだったもんでぇ？」

「獣か！」

「だってぇ、エルたんってば、あたしのこと見てくんないんだもん。不良とか留学生の方ばっか見てさ。反応ないとつまんなぁ～い」

何という高度な嫌がらせだ。好きにさせたらさせたで文句を言われるとは。おまけに反応が欲しいだなどと、俺にどうしろというのだ。

いや、そのようなことよりもだ。

俺たちは人数の足りない二人組だというのに、ミクもまた気にした様子はない。こいつは馬鹿なのか手練《てだ》れなのか、実に判断に困る。

ミクが唇に人差し指をあてて、目を細める。

「そーだ！　ねーねー、一緒に獣になるぅ？　あたしの部屋でぇ？」

「ならん！」

獣になるのは戦場だけで十分だ。つかこいつは十歳のガキを相手に何を言っているんだ。

リリがあからさまにどでかいため息をついた。そうして口を開く。俺が最も聞きたくなかった言葉を吐くためにだ。

「ヴォイド・スケイルとリョウカ・オウジンのふたりは、ミク・オルンカイムとエレミア・ノイのパーティに入りなさい」

これだよ……。

だが不良は半笑いで言い返す。

「必要ねえ。てめえ以外は全員足手まといだ。俺は誰とも連《つる》むつもりはねえ。貴族の坊ちゃん嬢ちゃんのお守りなんざご免だぜ」

その言葉に、クラス中がどよめいた。男子の多くがヴォイドに敵意を向ける。場がひりつくように殺気立った。

だが当の本人はどこ吹く風だ。

いや、ヴォイドの視線の先にはミクがいる。あいつはなぜかミクを警戒するように睨《にら》んでいる。

閉じていた目を開いて、オウジンが言った。

「僕にも仲間は必要ありません。ご心配なく。ある程度の剣術ならば故郷ですでに身につけています。もちろん英雄のブライズ殿や戦姫と名高い教官ほどではありませんが」

不良と優等生、高身長と低身長、動と静、そんな比較的正反対に見えるふたりに、全員の視線が集まった。

ヴォイドが威嚇でもするかのようにオウジンを見下ろす。

「へえ？　気が合うじゃねえか。俺もおまえみてえな優等生と組むのは勘弁願いてえな。堅苦しくていけねえ」

「……」

「ククッ、涼しい顔で無視かよ。度胸が据わってんなァ」

リリが告げる。わずかに苛立《いらだ》ちを含め、声色を落として。

「三度目は言わない。ふたりともオルンカイムのパーティに入りなさい。それが嫌ならダンジョンカリキュラムへの参加は認められない」

生徒間のみでひりついていた空気が、その瞬間一気にリリに呑《の》まれた。彼女の苛立ちが凄《すさ》まじい剣気となって、この場の全員にのしかかったんだ。

四人組をすでに組んでいる他の生徒らまでもが、その重圧に息を呑む。

「……ッ」

「～っ」

これが戦姫と呼ばれるようになったリリの威圧か。

くく、なかなかどうして大したものではないか。元剣聖のこの俺ですら、ちょっとチビリそうになっただろうが、馬鹿弟子が。

十歳だからな。仕方ないんだ。

だがそれが現在の俺とリリの実力差なのだろう。泣きそう。

オウジンは一つため息をつくと、表情は変えずにこちらに歩いてきた。

その後をヴォイドがかったるそうに続く。どでかい舌打ちをしながら。

「めんどくせえ」

こっちの台詞だ。こりゃあ、誰ひとりとして連携が取れそうにない。先が思いやられるな。

だが、俺たちが四人一組に固まると、リリは満足げにうなずいた。

「ダンジョン内はクラス単位で動こうが、パーティ単位で動こうが、あなたたちの自由よ。そういったことを考えるのも含めてのカリキュラムだから。ただし、行動する際の最小構成人数は四人一組よ。それ以下には単位を与えないから気をつけなさい」

釘《くぎ》を刺されたヴォイドは不満げに視線を背ける。オウジンの方はあきらめたのか、静かに話を聞いている。

リリが続けた。

「それと誰かがケガを負った場合には、全員でその者を助けること。凶暴な魔物魔獣はすべてわたしたち教官が倒し、いまは解き放った魔法生物だけになっているから、それほど心配はないと思うけれど。それでも気は弛《ゆる》めないように」

全員がうなずく。

いや、ヴォイドとオウジンを除いてだ。

ヴォイドは憮然《ぶぜん》としているし、オウジンは再び目を閉じて瞑想をしている。

東方の剣術は俺にはわからないが、精神のあり方に重きを置くと聞く。だとするならば、ブライズの精神論根性論とも共通して——はいないか。

俺のはただの暴論や我が儘《わがまま》の類だからな。

リリの声だけが第一層に響く。

「これはあくまでも経験を積むための実戦的カリキュラムだから、目的は——そうね。第三層の最奥にある鉄扉に刻まれた古代文字の確認。古代文字を読めない者はメモを取ってきなさい」

一度言葉を切って、リリが俺たちの顔を見回した。

そうしておもむろに片手を挙げ、彼女は朗々と告げる。

「それではレアン騎士学校高等部一年一組！　レアンダンジョンの探索を開始する！」


俺たちはリリの合図を皮切りに、二十名のクラス全員でダンジョンを進み始めた。

別に仲良しこよしで探索するつもりなどなかったのだが、集結地点となっていた第一層は自然ダンジョンにはよく見る、ただの広大な広場だったんだ。

だから歩調を合わせていたにすぎない。

二層へと続く階段を探して進む俺たちの前に、教官連中が放ったと思われる魔法生物が現れた。木製の巨大ゴーレムだ。おそらく生徒らに自信をつけさせるためなのだろう。動きは直線的で、且つ極めて鈍かった。

初めての戦闘に、当初こそみな緊張気味だったが、所詮は木偶。あっという間に刃《やいば》に貫かれ、木くずに戻っていった。

当然のように生徒らの気は大きくなり、それまで慎重に進んでいた足は急激に速まった。俺たちは次々に現れる大小の木製ゴーレムを倒しながら進む。

そのうち自信をつけた班が我先に二層へ到達しようと、他の班を出し抜いて走りだした。他の班がそれを追う。

俺とミク、ヴォイドやオウジンのいる三班パーティは、やる気なさげに最後尾を走っていた。

ちょうどそのときだ。

そいつが突然俺たちの目の前に現れたのは。

それは第二層へと続く階段の直前だった。俺たちが探していた下り階段だ。

我先に生徒たちが走り込もうとしたとき、闇に沈むその奥から、やつは上がってきた。

そいつはこれまでの木偶と比べても、小さな魔法生物だった。ただし、肉体は木製ではない。闇に溶け込むような黒く長い髪に、瞳のない真っ赤な眼球。鎧《よろい》どころか服すら纏《まと》っておらず、しかし性器はついていない。男のものも、女のものもだ。

人間のようにも見えるし、魔物のようにも見える。クラスメイトらはさぞや戸惑っただろう。

俺の脳裏に最初に浮かんだのは、人型を殺す訓練だ。

いざ戦場においては、ダンジョンのように魔物ではなく、同じ生物である人間を殺すことが必要となる。その予行演習用の魔法生物である可能性だ。

だが――――。

俺たちをじっと見回す真っ赤な眼球には、意思のようなものを感じる。

魔法生物、ゴーレムやガーゴイルに意思は存在しない。作成の際に魔導設定を組み込まれ、その単純な命令に従うだけだ。

例えば「ダンジョン内で学生を見つけたら排除する。ただし殺しはしない」などだ。威嚇などしないし、警戒もしない。

だがいま目の前に出現したやつは、真っ赤な眼球で俺たちを見回している。値踏みでもするかのようにだ。

本能が警鐘を鳴らしている。

何かがおかしい……？

知性が警鐘を響かせる。

そんな行動をわざわざ魔導設定に組み込むか……？

頭の中で導き出された結論は、異物だった。

おそらくこの得体の知れん生物の存在は、教官連中ですら気づかなかったものなのだろう。三層以降のダンジョン深層は鉄扉で閉ざしたとリリは言っていたが、四層以降には何か未確認の生物が息づいている可能性が高い。

俺は間違っても突撃などさせないよう、ミクの背中、制服をつかんだ。

「……行くなよ、ミク……」

「……」

いや、この期に及んで俺はミク・オルンカイムという少女をまだ侮っていたのかもしれん。つかんだ制服が湿っている。汗だ。いくらも歩いていないのに。

どうやらミクもまた気づいているらしい。顔面を蒼白《そうはく》にしている。

「……ヤバ……」

あれが魔法生物ではないことに。

驚くべきことに、俺たちの背後をやる気なさげについてきていただけのヴォイドとオウジンもだ。

ヴォイドは野生の勘か。オウジンは俺と同じく武芸者特有の経験。違和感をつかんでいるようだ。

ふたりが同時に構えた。

「んだぁ、ありゃ？」

「……」

しかし。

他の班は違う。やつが攻撃を仕掛けてこないと見るや、先ほどまで木偶ゴーレムにそうしてきたように、剣を抜いて我先にと襲いかかった。

俺は慌てて声を張る。

「待――」

先頭は男子生徒だ。彼は走りながらブロードソードを、大上段からやつの頭部に斬り下ろす。貴族剣術ではなく、騎士剣術だ。

きっと腕に覚えがあったのだろう。

「ダアアアァ！」

だが刃がやつの頭部に触れる直前、赤い眼球が動いた気がした。同時にやつは左腕を振り上げて、無造作に剣の刃を弾《はじ》き上げた。

甲高い金属音が第一層に鳴り響く。

腕で剣を弾いた。それも刃を。皮膚が硬質化している。人間ではあり得ない。

「な――っ!?」

男子生徒の手から弾かれたブロードソードが宙を舞う。だが、彼はすでにそんなものを見てはいなかった。ようやく己が竜の逆鱗《げきりん》に触れてしまったことに気づいたようだ。

やつの右手が拳に変わって放たれる。

胸部でそれを受けてしまった男子生徒は数十歩分を吹っ飛ばされ、後方から詰め寄っていた他の生徒らを数名巻き込んで、第一層フロアに転がった。

「……ぁ……が……っ……」

血の泡を噴いて、痙攣《けいれん》している。胸部がへこんでいた。拳の形に、大きく。

俺たちの制服は金属糸でできている。無論、鎧ほどの防御力はないが、浅い斬撃では傷つきもしない強度はある。だが、布の体である以上、打撃には弱い。

同じパーティなのだろう。女子生徒が慌てて彼の制服のボタンを外した。そいつの胸部は不自然にへこみ、見る間にどす黒く変色して血を滲《にじ》ませていた。

一目でわかった。

……内臓まで届く致命傷だ。放っておけば死ぬ。

流れが変わった。

やつに詰め寄せていた生徒らの大半が、震えながら一歩後ずさった。

「ひ……」

「な、何なの……？」

「嘘《うそ》だろ……」

ああ、だめだな。剣気が散った。戦意の喪失だ。

前世の俺ならば大声で檄《げき》を飛ばすところだが、声変わりもない十歳の肉体から発せられる声ではこの流れは止められない。

腰を抜かした男子生徒を置き去りにして、別の生徒がやつに背中を向けた。途端に蜘蛛《くも》の子を散らすように、全員が悲鳴をあげながら我先にと逃走を開始する。

俺は毒づくことしかできない。

「馬鹿がッ！　獣に背中など見せるやつがあるかッ！　襲われるぞッ!!」

途端にやつが跳躍した。その右手が、ぼうと発光する。魔術の光だ。

予想通りだ。正面から睨み合っていた俺たち三班だけを飛び越え、リリの待つ入り口へと駆け戻ろうとする生徒集団の中央に——。

ヴォイドが叫んだ。

「おい！」

やつは固めた右の拳で着地をした。右手一本で着地したんだ。

着地。違うな。違った。あれは攻撃だったのだ。

やつの発光する右腕はフロアを貫いていた。ダンジョンの分厚い自然石のフロアを貫き、めくり上げた。そのまま全身で頭から地の底へと沈んでいく。

——キヒヒヒヒ……。

嗤《わら》いながら。真っ赤な眼球を歪《ゆが》めて。戦慄が走った。

その後に何が起こるかは明白だ。

第一層階段前フロアに、巨大なヒビが入った。凄まじい速度でだ。逃走するやつらの足下にもヒビと衝撃は忍びより、そうして——。

ダンジョン第一層は、崩落した。


こめかみを掌《てのひら》で押しながら、俺は頭を振った。

「落ちたか……。糞《くそ》、どこまで落ちた……？」

クラスメイト全員でだ。崩落に巻き込まれた。辺りには濛々と砂煙が立ちこめていて、そこら中からうめき声が聞こえている。

幸い、全員が腰に吊してきた魔導灯の半数程度は無事だ。

俺は転がっていた誰のものともわからない魔導灯を拾い上げ、天井を照らすように掲げて見上げた。

天井には大穴が開いていて、その下には石交じりの砂山が聳《そび》えている。俺たちは砂山の斜面に落ちたおかげで、どうにか落下の衝撃が分散され、生きていられたようだ。

「……」

上は抜けている。真っ黒な口を開くようにだ。目を凝らしても岩石の天井は見えない。

つまりだ。ああ。

「これ、二層どころじゃないよねぇ～」

「何層なのかもわからんな」

ミクが平時と変わらぬ物言いで、いつの間にか俺の横に立っていた。

こいつは本物の猫のようだ。足音どころか気配すらろくにつかめん。剣聖の五感を持ってしてもだ。

ちなみに、ミクが無事であることは知っていた。

崩落の最中、猫のように身軽に瓦礫《がれき》を蹴って下層の端に足を掛け、器用に勢いを殺しながら最後には砂山の斜面に両足から着地し、滑り下りたのを見ていたからだ。

おっそろしい小娘だ。前世の俺でもできんぞ、あんな芸当。

「あのバケモノは？　やつも落下したはずだ」

拳から沈んでいくところを見た。嗤いながらな。

「見た感じ、いないみたいよ。床抜けたからびっくりして逃げたのかもねぇ」

「そんなかわいらしいやつには見えなかったが。まあ、いないならその方がいい」

それにしても。

俺は周囲を見回す。

これは大変なことになった。クラスメイトたちのことではない。それも大変だが、ダンジョンの造りが変化している。壁もフロアも苔《こけ》むしてはいるが、均《なら》されているんだ。

自然ダンジョンではない。未発見の人工ダンジョンだ。それも規模は不明。おそらく教官たちも知らなかったはずだ。

「こんなものが王都ガリアントの近く、レアン近郊にまだ残っていたとはな。キルプ——陛下が知ったらひっくり返るだろうな」

「だよねー……」

だが、それだけに救われる可能性は高い。階段の存在だ。自然ダンジョンに階段は設置でもせねば存在しないが、人工ダンジョンならば上層階へと続く階段が必ずあるからだ。地震や風化などで埋もれていなければ、だが。

「ああん、そんなことよりエルたんが無事でよかったぁ～。ケガとかなぁい？」

「問題ない。おまえと同じように衝撃を殺しながら落ちたし、最低限の受け身は取った」

少々無様な格好ではあったが、まともに叩きつけられるよりはマシだ。

「わおっ。やるじゃぁ～ん」

近くから、あからさまな舌打ちが聞こえた。

「めちゃくちゃしやがるぜ。これが学生に課すカリキュラムかよ。やりすぎだろ」

瓦礫を押しのけるように、ヴォイドが起き上がった。

擦り傷だらけだが、どうやら無事らしい。

ミクが手を振った。

「やっほ、ヴォイドも無事だったのねぇ～」

「……ふん。てめえほど器用じゃねえがな、オルンカイム。どうやらちっと寝ちまってたようだ。どれくらい経《た》った？」

「ほとんど経ってないよぉ」

正確に何層まで落ちたかは不明だが、これで擦り傷程度ならその肉体の頑丈さは驚嘆に値する。

「ミクって呼んでいいよぉ？　同じパーティだから特別にっ！」

「……」

無視だ。

ミクが不満そうな顔をしている。

そんな彼女を一瞥《いちべつ》すらせず、ヴォイドが吐き捨てた。

「他の班はほぼ壊滅かよ。使えねえやつらだな」

ヴォイドが髪についた砂を払いながら周囲を見回す。

俺はため息をついて教えてやった。

「死んでるやつはいなさそうだが軽傷が大半。それと、いまにもくたばりそうなやつが一名だ」

俺の視線の先には、例のバケモノによって胸を穿《うが》たれた男子生徒の姿がある。気絶でもしているのか寝そべってはいるが、胸が微《かす》かに上下している。だが呼吸がうまくできていないようだ。時折血を吐いている。

数名の生徒らが懸命に処置しようとしているが……前世からの経験上、治療魔術師でもいなければダンジョン脱出までは保《も》たないだろう。

「ああ。あの死にたがりのボケのことか。くく、まぁだ生きてやがるたぁしぶといぜ。運だけはいいみてえじゃねえか。先走り野郎のせいでクラス中が迷惑被ったってのによ」

「やめろ、ヴォイド。どのみちバケモノとの遭遇は避けられなかった」

あのバケモノからは明確な敵意のようなものを感じた。例の男子生徒が襲いかからずとも、おそらく戦いにはなっていただろう。

ヴォイドが肩をすくめた。

「ノイ坊はお人好《ひとよ》しだな」

「誰が坊だ」

だが、ヴォイドの言う通り、あのケガで落下死を免れたのは、かなり運がいい。

あるいは誰かが落下の衝撃から助けたかだ。己の身を下敷きにしてな。そんな殊勝なやつがこのクラスにいるかは知らんが。

ふと気づくと、ヴォイドの制服の袖がわずかに赤く染まっていた。

「ヴォイド、ケガをしているのか？」

「あ～？　口ん中切っただけだ。汗を拭ったときについちまったんだろ」

拭いたときについただけ、か。まったく。お人好しはどちらなのか。

ヴォイドが会話を進めるように周囲を見回す。

「んーで。見たとこ不明者が一名かよ。あのバケモノの姿はねえな」

「その不明者というのは、まさか僕のことじゃないだろうな」

魔導灯の明かりの範囲外、闇の中から小さな黒髪の男子が姿を見せた。

腰には刀を佩《は》いている。

「へっ、てめえも無事だったかよ、優等生。なかなかしぶといじゃねえか」

リョウカ・オウジンだ。

驚いた。無傷だ。服に汚れさえついていない。ミク並みの芸当ができるのだろうか。

「優等生はよせ。僕は周囲を偵察していただけだ」

「くかか、そういうとこだよ、優等生」

オウジンが顔をしかめた。

「こんな状況だ。キミこそ少しは緊張感を持ったらどうだ、不良」

「ああ？　ダリィこと言ってんなや」

ヴォイドが同じように顔をしかめると、オウジンは呆《あき》れたようにため息をつくのだった。


しかし――。

ここが何層なのかもわからない。先ほどから軽傷のクラスメイトが天井の大穴へと向けてリリを呼んでいるが、返事はない。

壁を背に座る俺の隣で、ミクが声を潜めてつぶやいた。

「ん～。まいったねぇ。エルたんはこれもカリキュラムの一環だと思う～？」

「……十中八九事故だろうな」

さすがに初日のカリキュラムとしてはやりすぎだ。王立レアン騎士学校の理事長とやらが、カリキュラムの過程において死者を出すことはやむなしとは考えていても、それが通年ではなく初日からだとは到底思えない。

それに自然ダンジョンが人工ダンジョンに変化しているというのもある。後者であれば国家の宝。調査済みでもなければ、学生などを放り込むはずがない。本来は王国騎士団の管轄だ。

国内の調査済みダンジョンならば、十歳のガキでも把握している。だが、そんなものがレアンにあるなどと聞いたこともない。未発見だと見て間違いないだろう。

「でも事故だとしたら、イトゥカ教官がすぐに助けにきてくれると思うんだけどなぁ～。なんたって剣聖級だし？」

「俺に気を遣って励ましているつもりなら、その必要はないぞ。この程度の逆境は――」

慣れている、と言いかけて言葉を呑《の》んだ。

いまの俺はブライズではない。十歳のエレミアだ。

「あ、わかっちゃう？　ほらぁ、飛び級でもやっぱ可愛《かわい》い十歳だし、怖いかなって」

「おまえは怖くないのか？　俺に気を遣う暇があるなら、自身と向き合え。常に冷静でいられるようにしろ」

「ん～。不安はあるけどねー」

少なくとも三層以内ならば、天井の大穴から声が届かないということはないはずだ。それに一層最奥部で起きた事故に、リリが気づいていないとは思えない。号令後すぐにダンジョンを去ったわけでもなければ、だが。

あるいは。

浮かぶ可能性を否定するように、俺は頭を振った。

だが、ミクは口にする。

「イトゥカ教官、あのバケモンに負けちゃってたりしないかな？」

「ふん、そのようなことがあるものか。リリ・イトゥカは剣聖級の戦姫だ」

「わっかんないよぉ？　素手でダンジョンのフロアを貫いちゃうバケモンだもん」

確かにな。

あの体躯《たいく》からあれだけの威力を秘めた攻撃を繰り出す魔物を、俺はまだ見たことがない。前世からの記憶を含めてもだ。

ただ、竜族を始めとする体躯の大きな魔物であれば、ダンジョンのフロア程度をぶち抜くことができるやつは山ほどいた。そういう魔物とも何度か交戦した記憶がある。

もちろんブライズはそういった魔物も倒してきた。本当にリリが剣聖級であるならば、負けることはないだろう。

が、剣聖級はあくまでも国王であるキルプス目線での評価だ。

「……」

ああ、馬鹿弟子め。生きているのだろうな。糞、俺が不安になってきたではないか。

「心配そーな顔してるねぇ。エルたんってそぉ〜んなに年増女《としま》が好きなん？」

「まあ、そうだな」

「むー。あ、ママンのおっぱいがまだまだ恋しい年頃だからかぁ」

「かもな」

「うわっ、否定しないんだ。子供なのか大人なのか、わっかんないや」

心配だが、リリのことは一度おいておくしかない。

問題はこれからどうするかだ。

「ねえねえ、あたしのじゃだめぇ？」

なぜか自身の胸を下から持ち上げている。

リリの半分以下のボリュームだ。

「ああ。全然だめだな」

「そっかぁ」

がっくりとうなだれた。

なんだこの小娘、怖……。何が目的なんだ……。これ以上俺を不安にさせるな……。

クラスメイト二十名。闇の中にできた魔導灯の明かりが届く一角で、身を寄せ合っている。あのバケモノに肋《あばら》を砕かれた重傷者を守るようにだ。

ついでに言うと、俺もその重傷者の隣にいる。どうやら十歳であることを考慮して、俺のこともクラスメイトで守ってくれているつもりらしい。ミクがまるで俺の専属護衛みたいになっている。

つまり十歳の俺と重傷者を壁際に配置し、他のクラスメイトらで周囲を守る布陣だ。

ちなみに協調性皆無のヴォイドとオウジンは、勝手に闇の中をうろついている。本来ならそっちに加わりたいところだが、中身がおっさんであることを隠さねばならない俺を、やつらは受け容れてはくれなかった。

――邪魔だ、ガキはおとなしく座ってろや。

――僕が必ず上層へと続く道を見つけるから、エレミアはオルンカイムさんを守ってあげてくれ。

ヴォイドはいい。まだわかる。

だがオウジンのやつは、完全にガキに対する物言いだ。役割を与えればガキは納得するだろうと、そう思い込んでやがる。

ミクも年端のいかん俺を気遣っているつもりか、やたらと話しかけてくる。この程度の苦境で別に泣いたりはしないぞ、俺は。

ああ、恨めしい。この小さな魅惑のボディが。顔面がジャガイモに戻っても構わんから、ブライズの肉体に戻りたい。

生徒らが天井へと向けてリリを呼ぶ声だけが響いている。何度も何度も呼びかけているが、返事はないし、縄が下ろされることもない。

これは自力での脱出を考えなければならないようだ。

そう思い始めたときだった。

「——？」

俺の肩に頭を預けてうつらうつらしていたミクが、突然赤い前髪を跳ね上げて目を見開いた。まるで野良猫が他の生物の気配を察知したときのようにだ。

「どうした？」

「ストップ！　叫ぶのストップ！」

ミクが立ち上がり、リリの名を叫び続けるクラスメイト女子の口を手で覆う。緊張が伝播《でんぱ》していく。雑談をしていた生徒らも、一斉に口をつぐんだ。

「ミク——」

「——」

ミクが俺に猫目を向けて、唇に人差し指を立てた。一度目を閉じて、すぐに開き、指を指す。ヴォイドとオウジンが去っていった方角を、だ。

全員がそちらに視線を向けた。

クラスメイトらは首を傾《かし》げる。だがそのときにはもう、俺にも気配がつかめていた。

「多いな……」

小さな気配だ。だが、多数。

前方。ようやくクラスメイトが息を呑む。俺はそいつらを掻き分けるように足下を進んで、やつらの群れを目にした。

皮のたるんだぶよぶよの浅黒い肌に、小さな体躯。頭髪のまばらな頭部には尖《とが》った耳がついており、手には石や木でできた棍棒《こんぼう》を持っている。

醜悪と呼ぶにふさわしい。

「ふん、ゴブリンか」

魔物だ。下級のな。

武器を携帯する人間にとって一体一体は脅威ではないが、やつらは常に群れている。

人に仇《あだ》なし、人をさらい、人をなぶり、人を殺す。腹を満たすためではない。ただ理由もなく殺すのだ。人が羽虫にそうするように。

当然、言葉は通じない。意思疎通は絶望的だ。

――人はそれを敵性種族と呼ぶ。

助けを呼ぶ声が、やつらを引き寄せてしまった。

先頭のゴブリンが俺たちにはわからない言語で何かを命じると、やつらが一斉に散った。

正確な数は不明だ。なぜなら魔導灯の照らしだす範囲に収まり切らぬほどの広がりを見せる陣形だったからだ。

何にせよ、俺たちは壁際で包囲された。

「ひ……ぃ……」

誰かが息を呑む。

恐怖が伝播する。

ああ、まただ。こいつらはすぐに背中を見せようとする。それは悪手であると、第一層でバケモノを相手に学ばなかったのか。負け犬根性を植え付けられやがって。

仕方がない。声変わりもまだの子供の声で、いったいどれほどの効果があるかはわからんが、檄を飛ばすしかない。

胸いっぱいに空気を吸う。

「全い――――ッ」

「一組総員、武器を抜けッ!!　剣を構えろッ!!」

俺の檄にかぶせるように、ゴブリンどもの背後から若い声が飛んだ。突然響いたその声に、一年一組の全員が弾かれたように抜剣する。

オウジンだ。ゴブリンの群れの最後尾。向こう側に偵察に出ていた姿が見えた。

あの小さな身体で、なかなかどうして太い声を出す。

「盾持ち、前へッ!!」

ゴブリンどもが振り返った。声のした方に。つまり、俺たちに背中を向けたんだ。

その瞬間、盾持ちの生徒らが前に出る。陣形が変わった。授業で教わった通りにだ。

場の熱気が膨張した。

まるで戦場だ。思い出す。血が騒ぐ。

ハッハ、楽しくなってきた！

気づけば俺は駆け出し、盾持ちの頭上を飛び越えながら叫んでいた。

「聞こえるか、オウジン！　挟撃する！」

「……ッ⁉　承知した！」

ミクが遅れて盾持ちを押しのけ、追走している。かつての弟子どものように。

「だめ！　戻ってエルたん！」

オウジンのいる方を振り返って背を向けていた先頭のゴブリンの頭部へと、俺はグラディウスの刃を叩き落とす。

「らあ！」

ズン、と重い音がして、刃は頭蓋をかち割り脳を両断する。

命を絶った。前世ぶりの感触だ。膝から崩れ落ちるゴブリンの背中を蹴って刃を引き抜き、未だ呆《ぼう》然《ぜん》としている隣のゴブリンの首を刎《は》ねた。

パン、と音がして小さな頭部がごろりと迷宮の床に転がる。血の線を引きながら。

「初動が遅いな。所詮は魔物か」

そのときになって、ゴブリンたちがようやく動きだした。棍棒を振り上げ、盾持ちに襲いかかる。

ガンガンと金属音が響くが、一度場を乱してしまえばしょせんは知能の低い下級の魔物だ。

稚拙な貴族剣術とはいえ、幼少期より学んできた生徒らの敵ではなかった。ミクのレイピアの切っ先が、俺へと迫っていたゴブリンの脳天に突き刺さる。

「エルたん、リョウカちゃんヤバそうよ！」

「わかってる！」

こっちはそのために飛び出したのだ。あのままではオウジンにゴブリンが集中してしまうからな。

群れの向こう側ではオウジンが刀を振っている。こちらは生徒らが層を厚くしているため、そう簡単にゴブリンどもも踏み込んではこられないが、群れの後方からたったひとりで襲撃したオウジンは別だ。

　四方八方から振り回される棍棒を躱《かわ》すだけで精一杯、刀が受け止めるに適した武器ではないことも事態を悪化させている。石の棍棒など一撃でも受けてしまえば、簡単に折れ曲がってしまう。刀は攻撃特化の武器だ。

「〜ッ」

　しかし救いに向かおうにも、このゴブリンたちの数では――！

　ブライズの肉体と武器であれば蹴散らして進むことも可能だが、エレミアの肉体では群れの中央をすり抜けていくしかない。

　危険だが見捨てるわけにもいかん。仕方がない。いや。違うな。

「はは」

　年甲斐《としがい》もなく、心が躍る。

　俺はゴブリンの棍棒を持った腕を斬り飛ばし、怯《ひる》んだ隙にその頸部《けいぶ》を刎ねる。

　ミクが感心したようにつぶやいた。

「エルたんって、案外えっぐいんだぁ。でもやっぱ、実技試験のあれはまぐれじゃなかったんだねぇ」

「ふん、あたりまえだ。――もう少し耐えていろよ！　オウジン！」

　オウジンは棍棒を躱しながら何体かのゴブリンを倒しはしたが、その顔に余裕はない。体捌《たいさば》きから武芸者であることは間違いないが、あまりに多勢に無勢。せめて背中合わせとなる仲間がいなければ、いずれは地に伏すことになる。

おそらくクラスメイトの窮地を見かねて、自らが不利となるのを覚悟の上で声を出したのだろうが。

優等生という言葉で片付けるには、少々惜しい男だ。男子寮に空きは欲しいところだが、このようなところで亡くすのはもったいない。

「やむを得ん、強引に斬り込む。ミク、俺をフォローしろ」

ブライズの肉体であればこの程度の群れ、片手でミクを抱えての単身突破すら容易いというのに。

ああ、歯がゆい。歯がゆい……が、楽しい。

「え、ちょ！　さすがに中央突破は無理だよぉ！」

「やかましい、だからフォローしろと言っているんだ！　ごちゃごちゃ言っていないでついてこい！」

腹をくくったとき、別の大声が響いた。

「んだァ!?　俺抜きで楽しそうなことしてんじゃねえよ、優等生ッ！」

背の低いオウジンを跳躍で飛び越えて、彼に集っていた正面のゴブリンを縦方向に豪快に両断する。

左右に真っ二つだ。

ブンディ・ダガーの刃。

石棍棒の一撃をブンディ・ダガーの手甲で弾き、拳を繰り出すケンカのように、背の高い男子が別のゴブリンを突き上げた。

「オラァ！」

ヴォイドだ。

顎を頭部ごと貫かれたゴブリンは天井近くにまで舞い上がり、他のゴブリンを巻き込んで地に落ちて肉塊となる。

「へっ、歯ごたえのねえ。オラ、もっと楽しませろや」

ヴォイドの背後へと迫ったゴブリンの胸部を袈裟懸《けさが》けに断ち斬って、オウジンが刀を構えた。優等生と不良が背中合わせになっている。

「キミか。ケンカならお手の物みたいだな」

「ヘッ、こちとらスラム育ちだ。人間相手も魔物相手も慣れたもんだぜ。おまえと違ってお行儀には自信はねえが」

「はは、そのようだ」

「ククク。そこは否定しろや、ボケ」

ヴォイドが首を左右に倒して、骨を鳴らした。

後方のゴブリンどもがふたりに向けて唇をめくり上げ、一斉に牙を剥《む》いた。威嚇だ。どうやら十数体が同時に襲いかかるつもりらしい。

「くるぜ、優等生。びびってトチんじゃねえぞォ？」

「見えてるよ、不良。キミこそしっかり防いでくれよ」

ゴブリンどもが飛びかかった。

オールラウンダーのヴォイドが手甲で攻撃を防ぎ、わずかな隙を縫うように攻撃特化のオウジンが正確無比な斬撃を繰り出す。

「正面突破だ！　ノイ坊と合流する！」

「了解した」

ヴォイドの脇からすり抜けて出たオウジンが、ゴブリンの腹部を横一文字に裂いた。血風が巻き起こり、赤い霧が立ちこめる。それを全身で突き抜けるようにして、ヴォイドが正面の一体を手甲で殴り飛ばした。

「ハッ、軽ィ！」

「エレミア、オルンカイムさん！　僕らなら平気だ！　無理はするな！」

オウジンの言葉通り、即席にしてはなかなかのコンビネーションだ。

息を吐く。どうやら俺がこれ以上の無理をする必要はなさそうだ。

グラディウスをゴブリンの肩口へと叩き落としながら安堵《あんど》する反面、何やら少々物足りなさを感じてしまう。

そのときになって、ようやくクラスメイトらが本格的に動きだした。

亀のようにただ丸まっていた防御用の陣形から、迎撃のためのハリネズミのような陣形へ。

盾の隙間から突き出されるレイピアやエストックの切っ先が、迫るゴブリンを次々と貫いていく。

やがて半数近くにまで減らされたゴブリンの群れは、闇に溶けるように逃走を始めた。

俺たちは息を吐く。

ゴブリンどもの気配が消え、獣臭が薄まった。再び水滴の落ちる音だけが響く、静かなダンジョンへと戻る。

盾持ちが盾をおろし、それぞれが剣を鞘へと収めた。

足下にはゴブリンども十数体の死体が転がっている。

「……案外、なんとかなるもんだな……」

誰かがそうぽつりと漏らした。

「やってみたら、大したことなかったよな……？」

「結構チョロいんじゃね？　もしかして、これってやっぱ事故じゃなくカリキュラムかもよ？」

「だよね、だよね！　ほんとのピンチになったら、天井の穴からリリちゃんが助けにきてくれる手はずになってたりして？」

何人かがそれに同意している。場の空気も多少なりと緩和したように思える。

だが渋い顔をしているやつもいる。オウジンだ。

どうやらあいつは理解しているらしい。

オウジンが声を張らなければ。あるいはヴォイドが乱入してこなければ。

全滅していたのは俺たち三班を除く、一年一組の方だ。

それは彼我の相対的な力による結果の話ではない。実戦未経験の若者に、いきなり本物の魔物をぶつけることだ。どれほど力があろうとも、受ける側が対応を誤れば格下の魔物にだって命を食い荒らされる。それが実戦というものだ。

このクラスには偶然、突発的な事態に対応できる経験者が三名籍を置いていた。

オウジン、ヴォイド、俺だ。だがあくまでもこれは偶然なんだ。その他の者はたまたま生き残れただけにすぎない。

危険すぎる。

こんなもの確実にカリキュラムではない。国王であり父でもあるあのキルプスが、前途ある若者を意味もなく潰すような学校を建てるわけがないのだ。

「助けを待つべきか、自ら動くべきか。迷うよねぇ～」

ミクが隣でそうつぶやいた。

「決まっている。自身の命を他者に預ける間抜けになどなるな」

「おお、かっこヨ！　エルたん、好き！　エルたんはあたしのこと好き？」

ちょうどいい機会だ。はっきりと言ってやろう。

俺は鼻を鳴らして吐き捨ててやった。

「別に。むしろ、やや面倒臭い寄りの女だと思っている」

「そういう素っ気ないところも好きっ」

「どう言えば懲りるんだ、おまえ……!?」

「懲りないっ。振り向いてもらえるまでっ」

怪我人を囲むように再び壁際で陣形を取ったクラスメイトとは少し離れたところで、俺たち三班が集まる。

というか、オウジンに手招きされた。俺が、というより、ミクが、だが。

「はいは~い。おふたりさん、階段めっかった?」

「いや、僕が偵察した方角にはなかった」

「ああ。見つけたぜ」

全員の視線がヴォイドへと向けられる。ヴォイドの親指が下を向いた。

「下り階段を、だがな。ククク」

下りか。このダンジョン、思ったより奥が深いぞ。

人工であることも考慮すれば、かなり危険な産物かもしれない。へたをすれば宝を守るヌシがいる。

「それは笑い事ではないと思うが」

オウジンの言葉に、ヴォイドが肩をすくめた。

「おいおい、優等生。んなことを俺に言うな。俺がこのダンジョンを造ったわけじゃねえ」

「優等生はいい加減やめてくれないか。僕の名はリョウカ・オウジンだ」

「あ？　おめえだって俺を不良呼ばわりしてんだろうが」

「キミが優等生呼びをやめるなら、僕もキミをヴォイドと呼ぶけどね」

オウジンのやつ、本当に肝が据わっているな。

頭一つ分以上背の高いヴォイドの視線を、怖《お》じることなく正面から見据えている。

「わかったわかった。よろしく頼むぜ、オウジン。どうやらこのクラスで使えるやつぁ、おめえらくれえみてえだ」

同感だ。

ん？

俺はヴォイドを見上げる。

「なんだ、俺もその数に入れてくれているのか？」

「ああ。あの状況で陣形の外側に躍り出る阿呆《あほう》なんざ、ブライズのおっさんくらいかと思ってたが。ククク、案外やるじゃねえか、とっつぁん坊や。だがほどほどにしとけ。早死にするぜ」

「誰がとっつぁん坊やだ！　いい加減ぶっ飛ばすぞ、おまえ！」

「……お、怒り方、か、かわっ……!?」

ミクが唐突に俺に抱きついて頬ずりをしてきた。

「ん～！　たまらん、好きっ！」

「やめろ!?」

どさくさに紛れて唇を押しつけようとしている。

「あたしもうエルたんと結婚するぅ～。死んじゃう前に誰も見てないところで結ばれよ？　ね？　ね？」

ミクの顔面を両手でつかんで、俺はその顔を遠ざける。

なんだこいつ、無駄に力強いな。

「じょ、冗談ではない！　誰が小娘などと！」

「え～？　なんでなんでぇ？　エルたんってイトゥカ教官みたいな年上がタイプなんでしょ？　このガッコ出る頃には、あたしもたぶん教官みたいになってるってば！」

あり得ない。どれだけ急成長せねばならないと思っているのだ。

いや、そういうことではなく。

「リ、リリとはそんな関係じゃない！」

「ええ、妬《や》けるぅ。名前、呼び捨ててるじゃぁ～ん。生徒と教官なのにぃ」

「おまえのことも名前で呼んでるだろうが！　おい、引いていないで助けろオウジン！」

あー迫ってくる迫ってくる。昏が。

オウジンはこちらを見てどん引きしている。

「すまない。その手の話題は苦手なんだ」

糞真面目がすぎるぞ！

ヴォイドがオウジンの背中を叩いた。

「ククク。ならよ、おまえ、いつか観光都市のエルヴァに遊びにこいや。スラムでのそういう遊び方を教えてやるよ」

「い、いや、僕は修行中の身だから……その、結構だ」

オウジンが赤くなってうつむく。純粋か。

「エルたんはだめよ？　あたしが教えてあげるからねー？」

ミクにも見習ってもらいたいものだ——じゃなくて早く助けろ！

ヴォイドが見かねたようにため息を一つつくと、片手で俺の襟首をつかんでミクから強引に引き剥がした。

「めんどくせえ。やめろや、オルンカイム」

「はー？　なんでヴォイドにそんなこと言われなきゃならんのさ？　恋愛は自由でぇーす！」

ただ、ヴォイドがミクを見る視線は——何かその、警戒の色が見える気がする。

ヴォイドが俺を地面に下ろした。

「恋愛は自由だが、犯罪は自由じゃねえ。王都ガリアントでは十歳に手ぇ出すのぁ、立派な犯罪なんだよ。あんま好き勝手やってっと、おまえ、オルンカイム家に戻れなくなるぜ」

「え？　そうなん？」

「そうだ」

「不良なのに頭よさそ～」

妙な時間が流れる。

ヴォイドは眉を顰《ひそ》めていたが、ミクはどこ吹く風だ。

「んじゃ、あきらめて～」

俺は胸をなで下ろす。

だが。

「今日のところは唾つけとくだけにしとこーっ。ん～！」

「やめろ！」

唇を尖らせて近づいてきたミクの顔面を、再びつかんで阻止する。

大胆すぎるだろ。ブライズが亡くなってからの十年で、若者はこんなに積極的になってしまったというのか。

「んふふふ。無駄だよぉ。そんな短くて可愛いお手々じゃ、あたしは防げないよぉ」

「それは完全に犯罪者の弁だぞ！」

ふぐぎぎぎぎ！

やっぱり力強いな、こいつ！　あ～唇が近づいてくる！

俺とミクとヴォイドが唇をめぐってゴチャついていると、オウジンが遠慮がちに声を出した。

「取り込み中すまないが、みんな、そろそろ真面目な話をしていいかな」

その言葉に、全員の視線が彼へと向けられる。

ヴォイドもミクもだ。

「上層階へ向かう階段はまだ見つかっていない。そこで僕らは選ばなければならない。怪我人を抱えて全員で動くか、あるいは少人数での偵察を続けるかだ」

大したもんだ。ここで救助を待つ、という選択肢がないことをオウジンは理解している。

リリを含む教官連中が探索を終えたのは三層までだと言っていた。ここがそれ以下の階層であることを考えれば、教官連中も捜すに手間取るはずだ。

そんなに待っている時間はない。少なくとも、ケガを負っているあの男子生徒には。それでも経験上、間に合いはしないだろうが。

顔色が変わってきた。肋だけではなく、内臓にまで及んでいる。呼吸も浅い。

オウジンが続ける。

「わかっている通り、ここは安全じゃない。ゴブリン程度ならともかく、あのバケモノだっている。

もちろん戦姫と名高いイトゥカ教官に倒されていなければ、だが」

オウジンが天井の大穴を見上げる。

闇は沈黙したままだ。

俺はつぶやく。

「リリ――あ、いや、イトゥカ教官が負けるとは思っていないが、俺たちは希望的観測をもとにして動くべきではない。それは死や全滅に直結するぞ、オウジン。考えるな。獣のように感じろ。それが危機を回避してくれる。俺は少数で動くべきだと思う」

オウジンが驚いたようにこちらを見た。

まずったか。十歳の意見じゃないな。

「あ、ああ。そうだな。驚いた。飛び級をしてきただけある。エレミアの言う通りだと僕も思う。一旦、救いはないものと考えよう。最悪の事態を想定するんだ」

ベシッとヴォイドが俺の背中を叩く。

薄っぺらで小さな俺の肉体は、それだけでよろけてしまう。あと咳《せ》き込《こ》む。貧弱さに泣けてくるな。

「ククク、言うじゃねえか。俺もとっつぁん坊やの意見に賛成だ」

「とっつぁん坊やはやめろ。エレミア・ノイだ」

「ノイ坊」

「おまえ……」

いまの俺は十歳のガキだ。こいつらがよほど抜けた作戦でも言い出さない限りは、いちいち口を出すべきではないのかもしれん。

これではまるで俺が教官みたいではないか。まったく。前世の弟子どもにすら、こんな配慮などしてやった記憶はないというのに。

ミクが動かない男子生徒に視線を向けた。例の怪我人だ。

「でも確かにあれを動かすのは、ちょっと怖いよねぇ。傷口を閉じれてさえないもん」

「ああ。敵がいないない場所でなら担架でも作って揺らさないように運んでやりたいところだが、この状況では無理だ」

地面はゴブリンの血痕だらけになっている。死体はクラスメイトの男子らが端に寄せたが、あまり気分のいい場所ではない。半日も経てば、腐臭が満ちるだろう。

オウジンが続けた。

「この広場も死体だらけだし危険な場所だが、それでも僕らはここを拠点にして、少人数で探索をすべきだと思う。上層階への階段が見つかるたびに戻って、全員で階層を上がる。地上に出るまでそれを繰り返すんだ」

ヴォイドがうなずいた。

ミクが意外そうに彼を見上げる。

「オウジンちゃんは見たまんまのイイ子ちゃんだけど、ヴォイドってさぁ、不良っぽいのに案外みんなのこと考えてるよねえ？　オラオラしてるだけじゃなさそー？」

「ああ？　俺は別に最初から悪ぶってるわけじゃねえ。てめえに素直に生きてるだけだ」

一度言葉を切ってから、ヴォイドがミクを睨んだ。

「……おめえと違ってな、オルンカイム」

「へえ？　なんのことぉ？」

ヴォイドに関しては、俺もそう思う。初対面時からずいぶんと印象が変わった。

敵の中で孤立したオウジンのために、あっさりと飛び込んでいったときから。何やら全員を保護するためにいるみたいな、そんな妙な感じさえする。荒唐無稽なことを抜かせば、やつが俺と同じ転生体だとしても不思議ではないとさえ思っている。

ただ、その庇護《ひご》対象にミクだけが含まれていないようにも思えた。だが、ここでこれ以上揉《も》められても厄介だ。

俺はふたりの間に身を入れる。話題を変えるために。

「オウジン、他のクラスメイトたちに作戦を伝えたい。頼めるか？」

「わかった」

俺とオウジンが連れ立って歩きだすと、ミクだけがついてきた。ヴォイドは壁を背にしたまま、見張りに立つつもりのようだ。

倒れたままの男子生徒の側《そば》に、各班の代表らしき者が集まっていた。俺が彼らに声を掛けようとすると、オウジンが手でそれを制する。

「待って、エレミア」

「ん？」

極端に背の低い俺には見えていなかったが、集団の中央には倒れた男子生徒の横でしゃがみ込み、何かをしている別の少年がいたんだ。

そいつは倒れ伏した男子生徒を数名の他の生徒らに支えさせ、その横で自らの両手を光らせていた。魔術光だ。

だが、手が震えていた。

「ボ、ボクは治療魔術師じゃない。魔術師の家系ってだけで治療魔術なんてやり方を教わったこともない。それに魔術師になりたくなかったから騎士学校に逃げてきたんだ。できないよ……」

少女が少年を叱咤《しった》している。

「それでももうやるしかないのよ！　このままじゃイルガは死を待つだけになるわ！」

この少年、治療魔術が使えるのか？　もしそうなら、助かる可能性は格段に跳ね上がる。

俺とオウジンを押しのけるように、ミクが歩きだした。

少年が少女に言い返す。

「そんなのわかってるよ！　くっそ……。やるよ……。やってやる……」

呼吸が荒い。へたをすれば倒れているイルガよりも乱れている。

「えっと、こういう場合はどうするんだっけ……たしか、たしか魔力径路を修復して痛みを緩和している間にバイパスを、ああ、ダメだ！　体組織の崩壊が大きすぎる！　ボクの魔力総量じゃ再構築できない！　こんな大きな穴を埋められるわけがない……っ」

パニック状態に陥りかけている。

ミクが真上から彼を覗《のぞ》き込《こ》んだ。しばらく眺め、眉をひそめて口を開く。

「どうせ気絶してるんだから痛み緩和なんて無駄なことやめて、魔力を半物質化させて体組織の方を補えば少しは保つんじゃないかな？　人工血管みたいに。えっと、治すのはあきらめて、脱出までの保全に割り切る感じ」

「え……？　で、でもそれだと、脱出までずっと魔力を注ぎ続けなきゃいけなくなる……。魔力が保たないかもしれないし、それに敵がきたらボクは動けない……」

「他に方法ある？　あたしは別に見捨ててもいいと思うけど、キミはそれで後悔しない？　逃げてきた先で、また逃げるの？」

「後、悔……」

　少年がうつむき、歯がみする。

「念のために聞かせてくれ。オルンカイムは治療魔術が使えるのか？」

「魔術は使えないよ。ただの知識。簡単な治療ならできるけど器具がなきゃ無理。ふつーさ、魔術が使えるなら騎士学校になんてこないじゃん？　それだけで生きていけるすごい才能だもん。事情は知らないけど、キミくらいのもんだと思うよ？」

　少年が視線を跳ね上げた。

　先ほどまでの弱々しいものではなく、覚悟を決めた目をしている。

「そうか。そうだね。やってみるよ」

「ねえ、お名前は？　なんて言うの？」

　少年が目を閉じて、倒れたイルガ少年の窪《くぼ》んだ胸部に光る両手を添えた。光が胸の穴へと、糸のように吸い込まれていく。まるで光の川だ。

「フィクス・オウガスだ」

「頑張って、フィクス。あたしたち三班が偵察に出て、必ず脱出できる階段を見つけてくるから。その間はここに残るみんなが命がけで守ってくれるはず……よね？」

　この場に集った全員が、ミクの言葉にうなずいた。

「うん、やれるだけやってみるよ。自信はないけど、魔力が尽きるまでは」

　俺たち三班のみで偵察に出るという意見は、フィクス・オウガスの一件もあってのことか、意外にあっさりと通った。もちろんゴブリン相手の戦いぶりをクラスメイトらが全員見ていたからというのもあったのだろう。

真っ先に全体を立て直させたオウジンや、単体で群れの中央へと飛び込んだヴォイド。このふたりに代わる生徒は他にはいない。俺やミクは、おまけといった扱いだ。

ミクがクラスメイトから革袋に入った水を受け取って、渡してくれた女子に尋ねた。

「イルガはどれくらい保つかなー？」

イルガというのは、どうやら第一層で最初にあのバケモノに斬り込んだ馬鹿者のことらしい。王都ガリアントの中枢を担う上級貴族、フレージス侯爵家の長男だったはず。

ろくに関わったことはないが、校内ではいつも貴族出身の取り巻きを引き連れていたのを覚えている。いまはフィクス・オウガスがつきっきりで胸の穴へと魔力を流し続けている。

「フィクスくんの治療魔術でかろうじて小康状態を保ってるけど、魔力が完全に尽きるまで半日もないって」

「やっぱそっか。急いだ方がよさげだねぇ」

「三班の武器は足りてる？　わたしのも持っていく？」

ミクに変わってオウジンが応じた。

「大丈夫だ。武器を失うほどの無理はしない。そのための少人数だから」

「……？　危険じゃないの？　さっきのゴブリンはまだ半数近く生きてるよ？　やっぱり一緒に動いた方がよくない？」

女子生徒は不安そうな顔をしている。

俺は口を開いた。

「俺たちは斥候ではない。戦闘はなるべく避ける。それが偵察の前提条件だ。ましてや、クラス全員で襲いかかっても勝てるかわからんほどの、あのようなバケモノがうろついているダンジョンならばなおさらな」

「えっと……？」

「多人数で動けばそれだけ足音が響く。息をするだけでも空気はわずかによどむ。可能であればこちらが先にやつを捕捉したい。だが人数に比例して先に発見されるリスクは高まっていく。だから少人数の方が都合がいいということだ」

　オウジンが俺の言葉を継いだ。

「それに、反転逃走時は言わずもがなだよ。人員が増えればフットワークは重くなる。偵察目的なら少数の方がいい」

　それでも正直なところ、武器の何本かは接収していきたいところだ。

　だがこの拠点も安全とは言いがたい。あのバケモノが天井の穴から降ってくる可能性もあるし、この層がゴブリンの巣となっているのであれば、再度襲撃があってもおかしくはない。彼らにとっても武器は必要だ。

　まあ、武器があったところでゴブリンならばともかく、あのバケモノが相手では……と思わないでもないが、口には出さない方がよさそうだ。

　そもそも、俺たちはこいつらの全滅を防ぐために偵察に出るんだ。そのためにこいつらを危険にさらすようでは、根本から方向性を間違っている。

　ヴォイドが俺の頭に手を置いて、髪をぐしゃぐしゃに頭を撫《な》でた。

「ま、そういうこった。それにしても、ノイ坊はお利口ちゃんだな」

「おい、男の頭を気安く撫でるな」

俺は両手でヴォイドの手をつかんで、乱暴に振り払う。

「ククク」

「何笑ってんだ、この不良」

「やっぱいいな、おめえ。ガキとは思えねえ」

ヴォイドの鼻面を指さして、俺は喚《わめ》いた。

「じゃあ俺をガキ扱いするのは金輪際やめろっ。次にノイ坊とか言っても振り返らないからなっ」

「へいへい。――んじゃま、そんなわけでそろそろ出ようや」

聞いてないな。適当にあしらいやがって。

俺とミク、そしてオウジンとヴォイドは、拠点にした一角から離れて歩きだす。先ほどの女子が手を振っている。

「気をつけてねー！」

「あいあ～い。そっちもねっ」

ミクがにこにこしながら振り返した。

まるでピクニックにでもいくかのような気楽さだ。だが、背後のその姿が見えなくなると、ミクの笑みも消えた。

「ここは広いねぇ、エルたん。反響してるのに声が戻ってこないや」

「……ああ」

左右で反響しているのに、前方から戻ってこない。

ここは魔物のいるダンジョンだ。もちろん先ほどの女子は大声を絞り出したわけではないから、山びこなどとは比べるべくもないだろうが。

俺たちの足音と天井から垂れる水滴の音だけが、ダンジョンに響いていた。

ミクが歩きながらぽつりとつぶやく。

「こういう人工のダンジョンって誰が造ったんだろ？」

このダンジョンは人工物だ。そのように見える。崩れているところはあっても、平らな石を接合して造り上げられているのがわかる。

前をいくオウジンが口を開いた。

「ダンジョンは東方の大陸にも多く存在してる。僕らの国では発掘される魔導書や未知の金属などから、僕らの文明ができる前に栄えていた人類文明の名残じゃないかって言われているんだ」

「へぇ？　そりゃ先史文明の遺跡ってことかよ？」

ヴォイドが聞き返すと、オウジンが首を左右に振った。

「どうかな。あくまでも推論にすぎない。ただ、魔術を弾く金属なんかは少なくともダンジョンの中にしかない技術で造られてるものだ。先史文明でなければ、僕らの文明よりも遙《はる》かに栄えている魔導技術を持った種族が、この世界のどこかに存在することになる」

ミクが尋ねる。

「大昔、別の大陸にいた伝説の魔族みたいな？」

「うん。まさにそのことだと思う。僕らは魔族というものをお伽噺《とぎばなし》の中にしか存在しないと考えているけれど、案外そうではないのかもしれない」

ヴォイドが楽しげに笑った。

「ククク。そりゃ国家としちゃあ、認めたくねえだろうな。てめえより強え国が山ほどいるなんざ、面子が保てねえ。支配が揺らげば反乱も起こる。先史文明の方がなんぼか都合がいいってところか」

「そういうことだろうね」

瓦礫や石、砂で埋もれた通路を進む。

幅は結構な広さだ。成人男性が十名ほど両腕を広げて繋《つな》がって、ようやく壁に届くといったところか。

天井の高さもなかなかのものだ。天井が低ければ拠点の砂山に登って上層階に出られたのだろうが、現状それが可能なのは翼を持つ種族くらいだ。鳥や魔物のな。

しばらく進むと道が三方向に分かれた。

オウジンが左を指さす。

「左は僕がすでに調べた。壁に手をついてここに戻ってくるまで歩き続けたけど、上層に続く階段はなかったよ」

「下層に向かうなら右だ。いまんとこ用はねえだろうけどよ。上層への階段はなかったぜ」

ヴォイドが親指を右に倒してそう言った。

まったく、呆れたやつらだ。素人の学生の分際で、単身でこんなところまでくるやつがあるか。あのバケモノと鉢合わせたらどうするつもりだったのか。

ややあって考え直す。

いや、あのバケモノが彷徨《うろつ》いているからこそか。単身でなら撒《ま》くことができるかもしれないし、そうでなくとも犠牲は最小限で済む。俺でもそうするな。

そんなことを考えていると、ミクがいつもの調子でつぶやいた。

「んじゃ、真ん中だねぇ」

「ああ」

「階段、ほんとにあるのかなぁ。ねえねえ、エルたんはどう思う？」

十歳に意見を求めるのか。

いや、俺を気遣っているつもりなのだろう。

「あるに決まっている。人工ダンジョンとはそういうものだ。何者かが何かに利用するために造った施設である限り、必ず地上に戻る道は存在する」

言いながら真っ先に俺が歩きだすと、オウジンとヴォイドが慌てて俺の前に出た。どうやらこいつらも俺のことを庇護対象に見ているらしい。

まあ、エレミアの肉体ではわからなくもないが、剣聖としては嘆きたくなる。

正直なところ、このふたりの戦闘能力といまの俺の戦闘能力は、さほど変わらない。経験には差があるだろうが。

「そうなん？」

「ああ。ま、崩れてたり埋まっていたりする可能性はあるが」

「え〜、やーだー……。それって自力脱出は絶望的じゃぁ〜ん」

まるっきり緊張感のない声だ。

ミク・オルンカイムは度胸が据わっているのか阿呆の類なのかがわからない。

「その場合は地上から助けがくるのを祈れ」

「祈るって、誰に？」

一瞬リリの顔が浮かんだが、口には出さなかった。

弟子に頼る師があるか。

「神にだ」

「いるー？」

ガリア王国に国教はない。

神を信じたいやつらはそれぞれ好き勝手な神を崇《あが》めているし、国民のおよそ七割は無宗教だ。父であり国王でもあるキルプスが、あえてそうしているのだ。

ひとつの宗教に偏れば、必ず争いが生じてしまうからなのだとか。だからオウルディンガム家の人間は、滅多なことでは神に祈らない。

ちなみに前世でのブライズも神は信じていなかった。信奉すべきは剣と力のみだ。

「知るか。だが他にやることもない――」

ミクが唐突に俺の口を塞いだ。

「ストップ」

オウジンとヴォイドが立ち止まり、振り返った。だが、疑問を声には出さない。

ミクは猫目を限界まで広げて、闇の先を見つめている。魔導灯の明かりの届かぬ闇の先をだ。

「おい、ミク。気配はないぞ」

オウジンが俺に同調するようにうなずいた。ヴォイドも肩をすくめている。やはりミク以外は察知できていないようだ。

俺の口を、彼女は再び手で塞ぐ。

「ちょっと離れてるけど、いる。隠れてる。魔導灯の範囲外だね。でも、隠れてるってことは、あのバケモノじゃないよね。たぶんだけど」

それは確かにそうだ。やつに隠れる理由はない。だとすれば。

「そもそもほんとにいるのか？」

「……いるよぉ。見てて」

ミクが足下の小石を拾って、前方へと投げた。

それが弧を描くように地面に落ちた瞬間、壁の隙間や地面の瓦礫から、いくつもの小さな影が飛び出した。

「ほら、ね？」

魔導灯の明かりの範囲外だ。

だが、かろうじてわかる。

「～っ⁉」

小石の落ちたあたりに石の棍棒を振り下ろし、空振ったことで首を傾げている。やつらは俺たちの姿を見つけると、すぐに明かりの範囲内まで走ってきて牙を剥いた。威嚇だ。

「なんだ、ゴブリンか」

俺は無意識にため息をついていた。

「なんか残念そう？　あいつの方がよかった？」

「さてな。いや、そうでもないか。いまの俺にあのバケモノを殺せるとは思えん」

ブライズだった頃なら、いくらでも方法はあったのだろうが。

俺たちは一斉に抜剣する。

ミクが後方を振り返った。

「あ。後ろからもきた」

そういうことか。先ほどの四つ角だ。逃走したゴブリンどもの一部が、左右に続く道に身を潜めていたんだ。俺たちを待ち構えるために。

いや、ここに誘い込むために、か。

いずれにしても退路は断たれた。少し迂闊《うかつ》だった。だが、ほんの少しだけだ。庇護対象がいない状態でゴブリンが相手となれば、正直なところ危機感すら湧いてこない。

ヴォイドが首を左右に倒して鳴らした。

「クク、待ち伏せに挟撃かよ。サルどもが、ない知恵を振り絞りやがって」

わらわらと湧いてくる。先ほど拠点広場で半数近くまで減らしてやったはずなのに、すっかり元の数に戻ってしまっている。

後方のゴブリンらの多くはケガを負っているが、前方のやつらは無傷だ。前方三十体、後方二十数体といったところか。後方のやつらは特に殺気立っている。仲間を殺されたせいか、あるいはケガを負わされたせいか。

何にせよだ。

考える間もなく、ゴブリンたちは俺たち三班へと襲いかかってきた。


これは、思っていた以上に。

俺へと振り下ろされた棍棒を、ヴォイドがブンディ・ダガーの手甲で弾く。弾かれたゴブリンの頭部を、ミクがレイピアで刺し貫き、そちらに気を取られた他のゴブリンを、オウジンが斬って捨てる。

いや、いやいやいやいや。

「この阿呆ども！　俺を守っている場合かっ！」

確かに剣聖ブライズのときの肉体ではなくなって、俺は貧弱チビのエレミアになってしまった。顔つきも男だか女だかわからん美形だ。だが学生ごときに守られるほど落ちぶれてはいない。それも下級も下級の魔物から。

グラディウスで迫り来るゴブリンを斬り払おうとした瞬間――。

「おお……っ！」

ヴォイドに襟首を掴《つか》まれて後方へと投げられる。

「ぐぇ……っ！　――ぐ、おい、邪魔をするなヴォイド！」

ヴォイドはそのゴブリンの棍棒を足裏で蹴って止めると、頭頂部からブンディ・ダガーの刃を突き下ろした。

強引にそれを引き抜いて、次のゴブリンの振り下ろしを防ぐ。

「ハッ、ガキは黙って守られてろや」

そのゴブリンのこめかみを、ミクのレイピアが再び貫いた。

「てめえ、さっきから勝手に俺の獲物を盗《と》んじゃねえよ、オルンカイム！」

「え～……。余計なお世話だったぁ？　でもこれ、ヴォイドのためじゃなくてエルたんのためだもぉ～ん！」

ヴォイドが舌打ちをして、別のゴブリンを手甲で薙《な》ぎ払《はら》う。そんなことをしている間にも、オウジンは黙々とゴブリンを沈めていく。

足運びが独特だ。身を低くして地面を親指で擦《こす》りながら距離を測り、ほとんど斬り結ぶことなく一刀のもとに斬って捨てる。一連の動作には一切のよどみがなく、流水のように静かだが、極めて速い。

何という流派だろうか。東国にはこんな剣術があるのか。ブライズとは正反対の剣術だ。

「いまだ――」

俺は三人が作り出す安全域から抜けて、ゴブリンの足を斬って転ばせる。その死体を飛び越えて、次のやつの頭部へとグラディウスの刃を叩き込んだ。

「ははっ、ようやく自由になれたぞ……！」

思う存分、剣が振れる。前世ぶりにだ。

アガってきたぁ！

「あっ、おいてめ！　勝手に動いてんじゃねえよ！」

ヴォイドが慌てて追ってくる。

並み居るゴブリンどもを藁束《わらたば》のように押しのけ、叩きつけ、斬り捨てて。そのヴォイドが造った道を、ミクはちゃっかり通ってスキップでも踏むかのように近づいて。

「エルたん、危ないよぉ！」

勘弁してくれ。

俺は逃げる。ゴブリンをすり抜けて。

「もう俺のことは放っておけ！　ゴブリンなどにやられはせん！」

「ガキがナマ抜かしてんじゃねえ！　危ねえから守られてろ！」

「絶対だめ！　あたしの手の届くところにいて！」

ケンカばっかしてるくせに意見はぴったり。

倦怠期《けんたいき》の夫婦か！

「……冗談ではない……」

前世ぶりにきた剣を存分に振れる、またとない機会だぞ。勘弁してくれ。エレミアの肉体でできることとできないことを試しておきたいだけなんだ。

特にヴォイドだ。まるで王宮内にいた王族護衛専門の近衛騎士団みたいだ。見た目は不良の分際で。

「おらどけぇ、邪魔だ！」

ゴブリンを棒きれのようにつかんで武器のごとく振り回し、他の個体へと叩きつけている。

俺はヴォイドとミクから逃げ回りながら、ゴブリンを次々と仕留めていく。喉を裂き、足の腱《けん》を断ち、心臓を貫いていく。

概《おおむ》ね、エレミアの肉体は想定通りだ。ゴブリンクラスの非力な小物でも、刃同士をかち合わせれば力任せに押し切ることはできそうにない。

だがこういった戦いは初めてではない。

剣聖ブライズは体躯に恵まれていたとはいえ人間だった。竜族はもちろん、上級の魔物のサイクロプスや魔人、さらには中級のオーガにだって純粋な力では敵わなかった。

しかしブライズはそういったやつらと斬り結び、何度も屠《ほふ》ってきた。

力任せではなく、技巧を組み合わせた獣のような型無しの剣術でだ。肉を削ぎ、骨を断ち、動きを鈍らせたところで命を叩く。

武具は筋力を凌駕《りょうが》する。だから女でも剣を持てば、屈強な男を追い払うことができる。

「っしゃ、捕まえ――――」

「おわあ!?」

伸ばされたヴォイドの手から逃れるように身を翻し、ゴブリンの群れに潜り込んでグラディウスを振るう。肉を裂き、骨を断つ。今度はそれらを跳躍で飛び越えて迫ってきたミクから逃げて、後方のゴブリンを斬って捨てる。

「俺を追うなっ！　馬鹿！　敵に集中しろ！」

ゴブリンの薙ぎ払いを屈《かが》んで躱し、その足首を斬り飛ばす。倒れ切る前にグラディウスを振り上げ、首を斬る。その死体を蹴散らすように突撃してきたゴブリンの胸部に、グラディウスの先端を突き刺す。

だがすぐには絶命せず、やつは己の胸を穿ったグラディウスの刃をつかみ、牙を剥いた。胸の刃を抜くどころか自ら埋め込むように前進してくる。俺の喉を食い破ろうとしてだ。

「エルたん！」

「言わんこっちゃねえ！　武器捨てて後退しろノイ坊！」

必要ない。

俺は眼前のゴブリンを睨む。

「魔物ながら、意気やよし。だが――」

俺は左手で短剣スティレットを抜いて、その柔らかい喉を裂く。

「――その程度で俺は殺《や》れん」

パン、と小さく爆《は》ぜる音がして、血飛沫《ちしぶき》が噴出したが、そのときにはすでに身を翻し、別のゴブリンを刻んでいた。場が落ち着いてから死体を踏みつけてグラディウスを引き抜き、スティレットを鞘に収める。

そうしてあらためて、愉快な仲間たちへと顔を向けた。

「見ての通りだ。俺のことをいちいち心配する必要はないぞ。各自、存分にやれ」

ヴォイドもミクもあんぐりと口を開けていた。

だがゴブリンが襲いかかると、再び対処し始める。

「ほう」

こいつらも、若さの割にやたらと慣れている。

東方国家からの留学生であるオウジンの過去は知らんが、ヴォイドやミクも正騎士と同等程度か、それ以上に頼れそうだ。機転が利く。それだけで騎士どもよりよほど使える。

少々、性格的な癖は強いが。

片やスラム上がりの喧嘩慣れ、片や猛将仕込みの令嬢。

前世、ブライズのように強引に戦線を切り開いて走るヴォイドに、めざとく隙を見つけては針の穴を通すように正確な剣術で急所を貫くミク。

特におもしろいのはオウジンだ。

独特の足運びから繰り出されるオウジンの斬撃は、非力なエレミアとなった俺が理想とする剣術に近しい。ゆらり、ゆらり、舞い落ちる木の葉のように捉えどころがなく無軌道、かと思えば正確且つ鋭い刃が飛んでくる。

先ほど拠点でオウジンがゴブリンの群れに苦戦したのは、クラスメイトらを守るために群れを強引に突き抜けようとして、足運びが単純になってしまっていたからだったのだろう。

いまはヴォイドと背中を合わせずとも、凄まじい勢いで死体を積み上げている。

これならば。

「ゴブリンは敵ではないな」

つぶやく。

それから程なくして、俺たちはおよそ半数のゴブリンの始末を終えていた。

また半数ほど逃げだしたが、さすがにもう襲ってくることはないだろう。

布で刃の血糊《ちのり》を拭って、鞘へとグラディウスを収める。

全員が武器を収めた後、俺たちは顔を見合わせた。

俺は真っ先に、背の高いヴォイドを睨み上げる。

「だから心配など無用だと言ったろう。二度と俺をガキ扱いするなよ、ヴォイド？」

ヴォイドが後頭部を掻きながら顔をしかめた。

「まあ確かにな。つーかエレミア、おまえどこであんな戦い方を学んだんだぁ？」

とっつぁん坊ややノイ坊から、ようやっとエレミアに変わった。

多少は認められたようだ。

「ブライズの文献を読んだ。ただの真似事にすぎん」

半分は嘘だ。ブライズは文献など残さない。世の賢者連中が勝手に分析し、書物化させたものならば多数存在するが、残念ながら内容的にはでたらめだ。

型無し。獣の剣術。

その日、その瞬間、相手によっても、俺の剣は形を変える。そんなものを記録に残せるわけがないのだから。

「マジかよ。おまえ、その年齢でそれは天才じゃねえの。実戦は初だったんだろ？」

「ああ」

これは嘘ではない。

エレミアとしての実戦は初だ。ブライズ時代には数えきれないほど戦ってきたが。

オウジンが感心したようにうなずく。

「僕の剣術と通ずるものがある。だからこそ、ブライズの流れを汲《く》むイトゥカ教官のいるレアン騎士学校に留学したのだが、まさか学生の中にも再現性を持った人物がいたなんて驚いたよ。それもまだ十歳とは」

「ああ、そうだ。オウジン、おまえの流派は何だ？」

「興味があるのか。僕は空振《くうしん》一刀流だ。島国の剣術だから知らないかな」

いや、聞いたことがあるな。確かこちらで言うところの剣聖にあたる、剣鬼と呼ばれる存在を生み出したとされる、東方の剣客集団だ。

「おもしろいな。今度ぜひ稽古相手になってくれ。おまえの剣術を取り込みたい」

「それは……もちろんいいけど」

何の脈絡もなく、唐突にミクが俺の頭部に腕を回して胸へと引き寄せた。

「おわっ!?」

「だめぇ。エルたんはあたしのなんだから盗らないでっ。べ～っ」

未発達の胸の谷間にきっちりとはまった後頭部をどうにか引き剥がそうとするも、純粋な力ではミクにすら勝てない。

「おい、やめろ！　俺は誰のものでもない！」

オウジンが苦笑いを浮かべた。人差し指で頬を掻いている。

「あ、ああ。いや、もちろんそんなつもりはないのだが。お互いに剣術に興味を持っただけだよ」

おい、ミクの悪ふざけなんかに、何を真面目に答えているんだ。

だがミクはもはや聞いてもいない。

「小さくて可愛くて強いなんて、もぉっサイコー！　卒業したら連れて帰りたぁ～い！」

「いい加減放せっ!!」

じたばたしていると、ヴォイドが俺の首根っこをつかんでミクから救ってくれた。

扱いは雑だが正直助かる。

「あ、ちょ――何すんのさ、毎回毎回。…………あ！　ヴォイドって……もしかして男色？　それも少年好き⁉　あたしとエルたんの仲に嫉妬して⁉」

嬉《うれ》しそうな顔して何を言いだしやがる。

え？　違うよな？　ヴォイド？　ヴォイドォ？

「アホか。俺ぁ年上の女にしか興味がねえ。それよか嫌がってんだろうがよ。余計に嫌われんぜ」

「む……。何さ、不良の分際で正論ばっかり言っちゃってさ！」

「カッ、てめえみたいなやつにゃ言うだけ無駄か。――おい、エレミア。オルンカイムにゃ気ぃつけろっつったはずだぜ」

本人の前でそれを言うのか。こいつらほんとにどういう関係なんだ。

ミクが目を剥く。

「へえ？　そんなことここそこそ言われてたんだぁ？　陰口なんて、見た目に反して女々しいんだねぇ？」

「ハッ、これでもう陰じゃなくなったろ？」

睨み合う。

ヴォイドはさておき、今度はミクまで目が真剣になっている。これは初めてのことだ。

口調や表情こそ変わらないが、ミクの声が少し低くなった。

「あんたがあたしの何を知ってるのぉ？　ぜひ聞かせてほしいなあ？」

「さてなァ。小娘に興味はねえ……が――」

マズいな。ダンジョン深くに落ちたこの状況で仲間割れは。

俺がいちいち小娘の稚拙な誘惑を拒絶しなければ、本来起こらない諍《いさか》いかもしれない。ヴォイドは見かけによらずの正義漢だ。

「あ――」

そう思って口を開きかけたとき、オウジンが鞘に収めたままの刀をふたりの間に割って入れた。

「もうよそう。いまの僕らに仲間割れをしている余裕はないはずだ」

ヴォイドが首に手をあてて舌打ちをしながら視線を逸《そ》らし、ミクもまた憮然とした表情でオウジンにうなずく。

「それに、ほら」

オウジンの刀がゴブリンたちのやってきた方角へと向けられる。

そこには上層へと続く階段があった。行き止まりにあったのではなく、階段の向こう側にはまだ通路が続いている。相変わらず広さは不明だ。

おそらくゴブリンどもの居住区はあちらにあるのだろう。

何にせよ、オウジンの言う通りだ。俺たちは上層への階段を発見できた。いまはケガをしているイルガのために先を急ぐべきだ。

「一旦、みんなのもとに引き返そう。全員で移動するんだ」

「オウジンの意見に賛成だ」

俺がそう言うと、ヴォイドとミクもうなずいてくれた。

「チッ、しゃあねえな」

「あいあ〜い」

先に歩きだした彼らの背中を眺めて、俺は思う。

戦力的には必要十分だが、それ以前になんだかヒヤヒヤするな。このパーティは。

拠点を上層へと移す。

重傷を負ったイルガ・フレージスは、長柄武器のハルバードを二本並べ、数名分の制服で平行に縛って作った即席の担架に乗せて運んだ。

その間もクラスメイトのフィクス・オウガスが彼に治療魔術をかけ続けていたが、やはり小康状態を保つだけで精一杯のようだ。

おそらく内臓まで傷が及んでいるのだろう。

フレージス家は王都中央の有力貴族、それも侯爵家だ。カリキュラムの事故が原因で跡継ぎを喪《うしな》ったりしたら、レアン騎士学校そのものの存続に響いてくるかもしれない。それだけの影響力がある大貴族だ。

それは大いに困る。俺は剣の途を辿《たど》りたくて、自由に剣を振るうためだけに、入学をしたのだから。

ゆえにイルガには生きていてもらわねばならない。

上層への階段前、無数のゴブリンらの死体が転がる通路を抜ける際、何やら一悶着《ひともんちゃく》があるかと思いきや、彼らは足を止めることもなく黙々と進んでくれた。

後に知ったことだが、どうやら拠点を再び襲撃したゴブリンの一味がいたようだ。俺たち三班抜きで対処できたことによって、ある程度の自信を取り戻せたようだ。

疲労は見えるが、それ以上に全員の顔つきが変わっていた。特に目だ。

奇《く》しくもゴブリン襲撃による危機が、高等部一年一組の全員を戦士の目へと変えた。精神の成長だ。

もっとも肉体の成長が追いついていない以上、手放しに喜べる状況ではない。その状態の最たる失敗こそが、一層でのイルガの先走り事故なのだから。

精神、特に勇気には知識と実力が伴わなければならない。

上層階へとヴォイドとオウジンを先頭にして、慎重に上がっていく。

次に一班と二班が続き、怪我人のイルガと治療者であるフィクス、その後に四班と五班が続いて、殿《しんがり》が俺とミクだ。

俺たちは後方に気をやりながら、クラスメイトに続いて階段を上がっていく。幸いにも階段は一部が崩れているのみで、上層階への入り口が塞がっているということもない。少々細くはあるが、どうやら先頭はどうにか階段を上がりきったようだ。

俺は闇に包まれた階段を振り返ってミクに尋ねる。

「追撃の気配はあるか？」

「なぁ～んであたしに聞くのん？」

「あまり認めたくはないが、おまえは武芸者のオウジンや俺より気配の察知に優れてる。まるで鼻の利く犬みたいだ」

剣聖と呼ばれた男だぞ、俺は。

大抵の敵が自身の領域に入れば、たとえ深く眠っていても察知できる。危機感知にもそれなりの自信があった。前世では何度もその能力に救われてきた。

今世では肉体性能こそ落ちたものの、気配を探る技術は記憶に刻まれている。つまりこの能力は、全盛期から一切衰えていないはずなんだ。

なのにこのミク・オルンカイムは、俺よりも遥かに広い範囲で敵を感知した。すでに二度もだ。もはやまぐれとは言いがたい。

ミクが苦笑いを浮かべた。

「エルたん、それ女の子への褒め言葉じゃなぁ～い」

「ぅ……すまん。犬は……その、可愛らしいと思ってな。……いや、ああ、俺はあまり女性を褒め慣れていない。だがおまえのそれは天賦なのだろうと思う」

「あははっ、本気で拗《す》ねてるわけじゃないよぉ？　ごめ～んねっ」

頭をくしゃくしゃに撫でられる。

今回は我慢だ。俺が悪い。

「大丈夫。後ろからは追ってきてない」

「そうか」

「ありゃ、振り払わないね。これはチャンス。ちゅーしてい？」

「だめに決まっているだろう！」

「お願ぁ～い。頬じゃなくって唇で我慢するから」

「正気くらいは保て!?」

俺はミクの手を両手でつかんで下ろした。

「あぁん、冷たい」

殿の俺たちも、長い階段を上がりきる。

一層ごとの天井がそこそこ高い。今回も見上げれば、割と上方に天井があった。この層も人工のダンジョンだ。壁も床も綺麗《きれい》に削られている。

階段を上がりきったところで、全員が立ち止まっていた。階段の幅は狭かったが、フロアはそこそこの広さがあるようだ。

「天井が高いな」

「うんー。たぶん、だとしたらこの上が三層くらいだね。それ以上の高さから落ちたら、砂山の斜面でも助からなかったはずだし」

鋭いな。同じことを考えていたようだ。

ならばゴールは近い。カリキュラムと呼ぶには、一年先のことを初日で終えてしまった気分だ。それでも、戦場に実戦投入されるよりは遙かにマシだろう。

ヒトがヒトを殺さなければならないあの地獄よりは。ずっと。

なぜか俺は、リリの子供時代を思い出していた。

リリ・イトゥカがいまのクラスメイトたちと同じ年齢のときには、すでに戦場で共和国軍の騎士を相手に両手を血に染めていた。

ブライズが、当時まだ子供だったリリを大人にしてしまったんだ。そうしなければ、生き延びられないと判断したからではあったが、それは本当に正しかったのだろうか。

「……何をいまさら……」

「ん？　どったの？」

「何でもない」

少し昔のことを思い出していただけだ。

そう言おうとしてやめた。前世の説明など求められても困るだけだ。

第四章 獣とバケモノ

夕焼けが空から下りてきたような、赤い霧が一面に立ちこめていた。大きなもの同士がぶつかり合う音や、金属の砕け散る音が鳴り響き、たくさんの悲鳴が折り重なって、地面に分厚く積もっていく。馬はいななき、その蹄鉄で倒れた騎士を踏み砕いて走る。刃は奪うべき命を求め、その身が折れて砕けるまで血を吸い続ける。

わたしは呼吸をすることさえ忘れて、ただ震えながらその光景を見ていた。

これが戦争――。

ブライズたちが生きる場所。

リリは旅芸人の一座にいた小さな少女だった。だが一座は運悪く戦場に足を踏み入れてしまい、リリを残して全員が死んだ。一座を潰したのが共和国軍なのか、それとも王国軍だったのかさえわからない。

戦場にどちらの国の鎧《よろい》も装着せず、どちらの国の剣も持っていない一団がいたのだから、諜報《ちょうほう》活動を警戒する両国家にとってはやむを得ない措置ではあったのだろうが、人生の結末としては最低の類だ。

俺が報告を受けて馬車のもとに辿《たど》り着いたときには、すべてがもう終わっていた。共和国軍の小隊に見つかって足止めされ、戦っていたからだ。間に合わなかった。

だが引き返そうとしたとき、割れて壊れた車輪の隙間から、荷台の下に隠れて泣いている少女を見つけたんだ。

あいつは覗《のぞ》き込《こ》んだ俺を見て、ひどく怯《おび》えた。泣いて叫んで後ずさった。だが壊れた馬車の下だ。逃げる場所もない。

会話にもならない。

あまりに面倒で馬車の下から強引に引きずり出し、馬に乗せて連れ帰った。

その日から俺は、少女の扱いに困惑した。

一座の踊り子の見習いだった少女は、自らの名をリリ・イトゥカと名乗った。変わった名だ。どこか別の大陸から流れ着いた流浪の民なのだろう。

騎士団で面倒など見れるはずもなく、キルプスに押しつけ――あ、いや、仕えさせるには出自がわからない。

どうせ踊り子見習いならばと娼館《しょうかん》にでも預けるかと考えたが、それは本人から明確に拒絶された。一座の踊り子は遊女を兼ねる。彼女らを見ていて、思うところがあったのだろう。

次にブライズは孤児院をあたった。だが戦時中の孤児院は王都在住の戦災孤児であふれかえり、どこも受《う》け容《い》れるだけの余裕はなかった。

当時の情勢ときたら、泥沼の戦争どころか血の池地獄のような状態だったんだ。

助けたことに後悔はないが、俺は頭を抱えた。妻子を持たなかった俺にとっては、かつてない悩みだ。

結局のところ、当時数名しかいなかった俺の門下、ブライズ一派の下働きをさせるしかなかった。少なくとも食うに困らせることはない。

とはいえ、いまも昔も俺たちに流派はない。〝型無し〟だ。

みな訓練時には思い思いに剣を振る。互いを相手にしての実戦形式でだ。まるでガキのチャンバラ遊びみたいにな。あーでもない、こーでもないと、互いの剣術を摺《す》り合わせながら。

リリは掃除や洗濯をしながら、そんな俺たちをいつもうらやましそうに覗いていた。遊んでいるように見えたのだろう。実際、俺たちにとって剣術の研究は遊びにも等しかった。

ある日、覗くリリの様子を見ていた門下生のひとりが、おもしろ半分にリリに木剣を持たせた。それが始まりだった。

あいつは早朝誰よりも先に起床して炊事や洗濯を終わらせ、昼食後からは俺たちの訓練に交ざるようになっていった。門下生はみんな、小さな少女を妹のように可愛《かわい》がった。それはもう過保護なくらいにだ。いまのクラスメイトどもが、エレミアを守ろうとしていたように。

当時のリリはまだ、いまの俺と同じくらいの年齢だったか。

ある日、共和国軍との戦場に出て気づけば、自分の後ろに木剣を持ったリリがいた。

俺は目ん玉飛び出るほどに驚いた。雑多な戦場では気配を探れない。俺はリリがついてきていたことに、気づいていなかったんだ。

その日の戦いはひどいもんだった。何の役にも立たんガキを片腕で小脇に抱えて、もう片方の手で重い特大剣を必死で振り回し、戦場中を逃げ回った。

剣聖と呼ばれるようになる遙《はる》か前の出来事だ。騎士連中はそんな俺を見て、野良犬が子犬を拾ったと笑った。だがこの件に関しては笑われても仕方がない。

俺だって笑ったからな。その日の夜は弟子どもも俺も揃《そろ》って大爆笑だ。

次の戦場でも、リリはついてきた。

もちろん俺は許可など出していない。俺たちを見送った後、装備を整えてこっそりと勝手についてくるんだ。何度叱っても、リリは俺の後をついてきた。おかげでしばらくの間は、門下生全員を巻き込んであいつを守る羽目になった。

思い出しても、あの当時は散々だった。リリを守るために手柄を挙げる暇すらなかった。本当に散々だ。笑えるくらいに、散々、楽しかった。

ブライズ一派は当時の状況を楽しんでいたんだ。今度はこの子犬が何をしでかすやら、とな。

数年が経過して、あいつの手足は伸びた。

ちょうどいまのクラスメイトくらいだ。その頃にはもう、リリは門下生の誰にも守られてはいなかった。一人前になったんだ。

いや、なっちまった。

……人殺しを覚えてな……。

戦場という狂った状況で剣を持った日から、いつかこういうときがくるだろうことは予想していたが、俺は複雑な気分だった。

ぶん殴ってでも、戦場になど出すべきではなかった。

己の剣をへし折ってでも、鍬《くわ》に持ち替えるべきだった。

リリ・イトゥカを、俺が人殺しに育て上げてしまったんだ。

俺はただ、あいつに生き延びてほしかっただけだった……などともっともらしく抜かしたところで、剣を捨てられなかった男の未練が、少女を巻き込んだ事実は変えられない。

俺に子育てはできない。あらためて、そう思い知らされた。


「はぁ～……」

壁際に座ってぼんやりと昔を思い出していた俺の前に、ヴォイドが立った。長い影が落ちて、俺は視線を上げる。

ヴォイドは泥だらけになっていた。

先ほど上がってきた階段を、男子生徒らが岩や瓦礫《がれき》を運んで塞いだんだ。ここを新たな拠点にするために。ゴブリンが上がってこないように。

「よぉ、エレミア。疲れたかよ？」

「そういうわけじゃない。俺は力がないから、岩運びを手伝わなかっただけだ」

すっかり埋もれた階段を指さす。

「剣を振るために肉体を休めていた。もう回復は終えている。おまえこそ疲労はないのか、ヴォイド？」

耳に小指を突っ込んで、ヴォイドが顔をしかめた。

耳たぶには金属片がついている。ブライズ時代にはなかったお洒落《しゃれ》アイテムで、ピアスというものらしい。耳たぶに穴を開けて装飾のついた針を通すのだとか。

何を好き好んで自身に刃を入れるのか。貫かれるのは戦場だけで十分だ。

「あー？　誰に言ってやがんだ。疲れてねえならそろそろ立ちな。三班は探索に出る。それとも、ただの強がりならここに座ってたっていいんだぜ」

ヴォイドの視線の先では、すでに探索準備を終えたらしきミクとオウジンが何かを話し合っている。

俺の視線に気づいたミクが、こっちに向けて笑顔で手を振ってきた。

「わかった。行こう」

「マジで無理はすんじゃねえぞ。ガキなんだからよ、適当に守られてたっていいんだぜ？」

そのガキを昔戦場に立たせてしまっていたのは俺だ。休めるものか。

俺は尻についた砂埃《すなぼこり》を払いながら立ち上がり、ヴォイドのケツを蹴ってやった。

「しつこいぞ、不良。おまえこそ岩運び如《ごと》きで疲れたからといって手を抜くんじゃあないぞ」

「…………クク、クックック」

面食らったヴォイドが、唐突に吹き出して笑った。

なぜか愉快な気分になって、俺も笑った。

まともなダンジョンであれば、深層に近づくほどに魔物は強くなっていく。そして最奥部にヌシが鎮座する。一層からドラゴンが現れるようなダンジョンはほとんどない。強者は慌てずとも糧を得られるし、平時には力を蓄え眠っているものだからだ。

人間でも同じくだ。王族は王城を都市の中央に築く。あくせく働かずとも税を徴収し、国家が飢えても訪れる死の順は最後だ。

だが、魔物にとっては必ずしもそういうものではなかったのだと、俺はいま初めて学んでいる。

「やつはいつまで追ってくる気だ」

「だあ、まだいやがるぜ。うざってえな」

ヴォイドが振り返って吐き捨てると、ミクが珍しくそれに同調した。

「ゴブリンの方がマシだね……」

早足で歩く俺たちの背後を、泥色の粘液の塊がついてくる。

不定形生物のスライムだ。しかも割とでかい。俺はもちろん、ヴォイドでさえ呑《の》み込《こ》むほどにだ。

粘液という性質上、穴さえあればどこにでも入り込むし、取り込まれれば窒息してしまう。いや、窒息を待つまでもなく、やつらの大半は体内に毒を宿している。

自ら生成した毒ではなく、そこら中を這《は》い回って毒の苔《こけ》や毒草、毒茸《どくきのこ》を取り込み続けた結果の毒だ。

だが危険度は極めて低い。ゴブリンよりもだ。

知性があるのかさえアヤシいし、足の速さも早歩き程度。攻撃はただただ這い寄り覆い被《かぶ》さってくるだけ。その際の飛びかかりにだけ気をつければいい。つまり危険の少ない下級も下級の魔物なのだ
――が、剣士にとってはこれが実に厄介だ。

「オラ！」

ヴォイドが振り返り、拳大の石をぶつける。

ボチョンと重い水音がして窪《くぼ》んだスライムだったが、石はその体内を通過して床に沈み、できた窪みもすぐに戻った。通過後には投げた石だけが迷宮の床に残される。

ヴォイドが嘆いた。

「勘弁しろや……」

物理攻撃が一切通用しない。それどころかへたに剣で斬ってしまうと、保有する毒の種類によっては刃が溶けたり傷んだりすることだってある。最悪、分裂して二体になることもだ。

捕獲するにも水の浸透しない大きな袋が必要だ。スライムを閉じ込めた袋はダンジョンに何年も残り、粘液が完全に蒸発するまでやつらは生き続ける。爪先ほどの粘液でも残っていたら生きているんだ。

おそらくこの層に迷い込んだゴブリンを喰《く》らって育ったのだろうが、この大きさでは蒸発までに年単位を要するだろう。

ちなみに一度取り込まれれば水中でもがくよりも脱出は遙かに難しく、有機物である服からじわじわと溶かされ、最後には全身が消化される。

ミクが振り返って毒づいた。

「もう、しつっこいぃ〜〜！　バァカ、アァホ、トンマ、ヘンタイ！」

「やめろ。体力の無駄だ。罵声で退《ひ》くような知能はないし、仮に退くほどの理解力を持っていたらスライムは上級の魔物だ。剣士の手には負えん」

「わかってるよぉ!?　でもあいつ、服溶かすんだよ!?　あたしの裸を見てもいいのは将来旦那様になるエルたんだけなんだから！」

こいつ……。危機感死んでんのか。

「特にあの不良には見せたくないよぉ。野獣みたいな目ぇしちゃってさあ」

「あー？　安心しろや、オルンカイム。おめえみてえなガキの裸にゃぴくりともこねえからよ」

ヴォイドは耳をかっぽじりながら、嘲笑を浮かべている。

ミクの右頬が引《ひ》き攣《つ》った。

「なんだとーっ!!　この熟女マニアが!!」

「アホかてめえは。悔しかったらちったぁ女らしくなってみな」

「なんであんたのためにならなきゃならんのさ！」

俺は天井に向かって叫ぶ。

「やめろ鬱陶しい！　俺の頭の上でガミガミ言い合うな！」

俺たちは小走りでこいつから逃げ続けていた。一度は全力で走って引き離してやったのだが、ニオイでも辿っているのだろうか。再び現れたんだ。

魔術師でもいれば一瞬で灼《や》き祓《はら》える魔物だが、剣士は実に無力だ。俺たち一組で魔術が使えるのは、俺たちの知る限りフィクス・オウガスのみだ。だがやつを探索に駆り出せば、重傷を負っているイルガが死ぬ。

「あ～ん、せめてこの腰の魔導灯が本物の火だったらねぇ」

「魔法の明かりではどうにもならん。言うだけ無駄だ」

ずっと走り回っているおかげで、自分たちの位置も見失った。ダンジョンというのは人工でも自然でも、どこもかしこも同じ景色に見えるから厄介だ。

先頭のオウジンが角を曲がる。

「オウジン、まだ道がわかるのか？　へたに拠点に戻れば待機組を巻き込むぞ」

「大丈夫だ。大体の位置は頭に入れながら走ってきた」

「わおっ、リョウカちゃんすっごぉいっ。どっかの不良とは大違いだねっ」

いつの間にか名前呼びになっている。

ミク世代の距離の詰め方は、歳を取った俺には理解できん。いや、こいつだけの個性か。

「リョウカちゃんはやめてくれないか。僕の国では女の子に多い名前なんだ」

「了解、リョウカちゃん」

ミクは他人の言うことを聞かない。こいつを意のままに動かそうとするのは、猫に芸を仕込むくらい面倒臭そうだ。

それにしても、オウジンのやつ。黙々と走っているだけかと思いきや、頭の中で地図を作り上げていたとは。つくづく優等生だ。助かる。残り三名のパープリン軍団だったら、ダンジョン真っ只中《まただなか》で迷子になって死ぬまで言い争っていたところだ。

「はは。まあいいか。呼び方は好きにしてくれ。それよりあれを引き離すいい方法を思いついた。少し走る速度を上げる」

四人が同時に速度を上げる。

スライムはせいぜいが早歩きから小走り程度の速さだ。すぐに引き離せる。けれど、どれだけ角を曲がろうとも時間が経《た》てば必ず追いついてくる。

その原因がなんなのかがわからない。臭いなのか、音なのか、あるいは微少な魔力という可能性もある。

しかし――。

この階層にはあのスライム一体しか存在しないのだろうか。先ほどから他の魔物の姿が一切見えない。

逆に考えれば、このしつこさだ。あのスライムがいるおかげで、他の魔物が巣を作れなかったのかもしれない。ゴブリンは火を恐れるため、スライムには対処できないだろうから。

何度か角を曲がったとき、先頭のオウジンが両手を広げて俺たちを止めた。ミクがその後頭部に鼻面をぶつけて呻《うめ》く。

「う～……！　リョウカちゃん、いきなり止まらないでよぉ……！」

「すまない。そろそろ危険地帯だったから。進む前に少し先の足下を見てくれ」

オウジンが腰の魔導灯を外して掲げる。

ヴォイドが目を見開く。俺もミクもだ。

「ハッ、そういうことかよ」

大穴だ。十歩ほど先。

一層のあのバケモノが拳で貫いて造った、下層へと続く大穴があったんだ。近づいて覗き込めば、砂山の頭頂部がかろうじて見えた。俺たちが先ほど斜面に落ちた砂山だ。

「最初の拠点か。考えたな」

「何が原因で僕らを追尾できているのかはわからないけれど、下層であれば戻ってくるのにも時間がかかるはずだし、うまくすれば見失ってくれるかもしれない」

ヴォイドが大穴を覗き込んでつぶやく。

「ゴブリンの死骸が山ほどあるぜ。スライムにとっちゃごちそうだ。あんだけ餌がありゃあ、当分の間戻ってこねえだろうよ」

「ああ。ここに至るまでのルートに少し手間取ってしまったが、うまく辿り着けてよかった。方角しかわからなかったから」

オウジンの言葉に、ヴォイドが顔をしかめた。

「おめえ、すげえな。犬の帰巣本能かよ」

「はは、せめて渡り鳥と言ってくれ。ま、褒め言葉として受け取っておくよ」

ミクが振り返る。

「きたよ。きたきた、あのヘンタイスライム」

オウジンが先に歩きだした。

「こっちだ。みんな、崩落に気をつけてくれ。踏み外したら下層に逆戻りだ」

「ククク、階段も塞いじまったからな。落ちる間抜けは置いてくしかねえ」

「おい不良、あたし見ながら言うなー？　落ちるときはあんたの足をつかんでやるかんね？」

俺たちは大穴を迂回《うかい》して反対側に立つ。

程なくして、やつが追いついてきた。例の薄汚い色をした糞《くそ》デカスライムだ。

ミクが大穴に身を乗り出すように、やつを注視する。

「落ちるかな？」

俺はその背中を片手でつかんだ。

穴の縁から下層へと、砕けたフロアの瓦礫がパラパラと落ちている。

「どうかな。それよりあまり身を乗り出すな、ミク。もろくなった縁が崩れる」

「あん。あたしの心配してくれるのん？　あたし、エルたんとなら地の底に落ちてもいいよ？」

ミクが振り返った。

あまりに真剣な表情をしていたから、俺も真剣に返す。

「ひとりで逝ってくれ」

「エルたん、好き。結婚しよ？」

「……おまえ、俺の話を聞いていたか？」

「だって冷たいこと言いながらも、あたしの服つかんでくれてるんだもん。もう、そゆとこだぞ？」

突然抱きついてきたミクに、オウジンが小声でつぶやく。

「キミたち、もう少し緊張感を持ってくれ。失敗は許されない」

「えっへっへ。ごめぇ～ん」

「キミたち？　そこに俺も含まれてるのか……」

とんだとばっちりだ。

予想通り、スライムは大穴の縁に沿うように迂回して、こちらに近づいてくる。自然に落ちそうにはない。おそらく剣で突き落とそうとしても、刃はすり抜けるだけだろう。

オウジンが忌々しそうに吐き捨てた。

「ダメか……！」

「糞。面倒なやつだ」

毒づいた俺の頭に手を置いて、ヴォイドが立ち上がる。そうして這い寄るスライムの方へと歩きだした。

「ヴォイド？」

「まあ見てな。あのバケモンみてぇにフロアごと貫いて落とすような芸当はできねえけどよ――――！」

スライムまで残り数歩のところには、積み重なった瓦礫の山がある。ほとんどが自然の岩だ。例のバケモノがフロアを貫いた際に落ちてきた、上層の瓦礫だ。

その山にヴォイドが両腕を回した。そうして腰を落とし、足でフロアを踏みしめるように掻《か》く。

「ぐるあああああぁぁぁぁぁぁぁぁっ!!」

大量に積み重なった瓦礫の山がわずかに崩れる。

ようやくわかった。あいつが何をしようとしているかをだ。

「馬鹿な。瓦礫で轢《ひ》いて下層に落とすつもりか」

「ええ……？」

ミクが顔をしかめた。誰だってそういう顔になる。

あり得ない。いったいどれほどの膂力《りょりょく》が必要だと思っているのか。俺がまだブライズだったならば同じ方法を選べたかもしれないが、ヴォイドはまだ一介の学生だ。

オウジンがつぶやいて飛び出した。

「ひとりじゃ無理だ！　エレミア、オルンカイムさん、ヴォイドに手を貸そう！」

「了解した」

「ええ……？」

だが、そのときだった。

「おおおおおおおっ!!」

動く。動いた。ずず、と音を立てて。瓦礫の山が。

オウジンも俺も、まだ瓦礫に触れてすらなかったのにだ。

信じられん。

ヴォイドは瓦礫の山を迫るスライムへと押しつける。スライムは瓦礫の隙間に染み込みながら、ヴォイドへと粘液を伸ばした。だが、その粘液がヴォイドの肉体に纏《まと》わり付《つ》くよりも早く。

「地の底まで落ちろやッ!!」

ヴォイドは瓦礫の山ごと、スライムを大穴の中へと落とした。下層の砂山で、岩石の落ちる重い音と同時に、ビシャリ、という大きな水音が鳴った。

やりやがったよ。なんてやつだ。これでまだ十代半ばなのだから、驚きを通り越して呆《あき》れ果てる他ない。

ヴォイドが振り返って、砂まみれの両手を払う。

「ヘッ、ざっとこんなもんだ。……あ？　どうかしたかよ？」

俺も含めて三名全員。ただただ阿呆面《あほうづら》を晒《さら》しながら、筋肉馬鹿を見ていた。

大穴の縁から魔導灯を吊《つる》して覗き込むと、砂山の頂上でうぞうぞと蠢《うごめ》くスライムらしきものが見えた。やつはしばらく粘液を触手のように上層の俺たちへと向けて伸ばしていたが、やがてあきらめたように砂山を下っていった。

だがしばらくすると、べちゃり、べちゃりという音が響き始める。おそらく、ゴブリンの死体の山を見つけて喰っているのだろう。あれだけの数のゴブリンを喰えば、いったいどれほど成長するのか想像もつかない。

「もう二度と遭遇しないことを祈るばかりだな」

俺のつぶやきにミクがうなずく。

「そだねぇ。石ぶつけとこ」

ヴォイドも腰に両手をあてて、下を覗いている。

「どうせカリキュラム再開時に、教官様が処理してくれんだろ。魔術師ならともかく、あいつは騎士を目指す学生に任すにはちょいと危険すぎるからな。脱出できたら報告だけあげとけや」

「だといいのだが、瓦礫で塞いだ階段程度なら染み出してきそうだ。脱出にあまり時間を掛けたくないな」

オウジンの言葉に、俺たちは同時に長い息を吐いた。

冗談ではない。うんざりだ。またあの追いかけっこは二度とご免だぞ。

だが当分の間、腹は減らないだろうし、数日は下層の元拠点からも出てこないはずだ。

「ヘッ、たった一匹のスライムごときに、ゴブリンの群れの十倍は疲れたぜ」

「僕も同感だ。剣ではどうしようもない魔物もいるのだな。この大陸には」

「へえ？　東の方にゃいねえのか？」

「面倒な魔物ならいっぱいいる。だけど、ここまでのは初めてだ」

「ま、火さえありゃあ、簡単に灼けるし追い払えるんだがよォ」

ヴォイドとオウジンはずいぶん砕けたように見える。まるで昔からのコンビのようだ。

そんなことを考えた瞬間、ミクが視線を跳ね上げた。

第一層から下層まで続く連続で抜けた天井の大穴に、俺たちの持つ魔導灯の明かりは届かない。闇だ。闇がぽっかりと口を開けている。

ミクはその闇を見つめていた。

「ミク……？」

「……」

ミクが唇の前に人差し指を立てた。

顔色が尋常ではない。青ざめ、汗を垂らしている。

だから俺も気づけた。気配を探る。丁寧に。気配とは第六感ではない。第一から第五までの総合的判断だ。少なくともブライズはそう考えていた。

視覚はダメだ。ここでは使えない。聴覚は風の音さえないが、息遣いが聞こえる気がする。嗅覚は返り血を浴びた俺たちの臭いでわかりづらい。味覚はないが、強敵と出くわしたとき特有の渇きによる苦みが広がっている。

「……！」

触覚を広げるため、急いで袖をまくった。肌を晒す面積が多いほど、触覚は冴《さ》え渡《わた》る。

ミクがまだ雑談に興じているヴォイドとオウジンに駆け寄って、ふたりの制服の背中を手でつかんで引いた。

「あ？　てめ、何しやがる、オルンカイム」

「静かにして……！」

「ああ？」

オウジンが声を潜める。

「……まさか、上にいるのか……？　あいつが……」

「いる。見てる。上からあたしたちのことを」

「……確かか!?」

「うん……」

俺の触覚は。皮膚が微細な振動を感じとっている。

ミクが動いた空気の流動と、俺たちの呼吸。だが上方からも微《かす》かに呼吸を感じるな。このダンジョンに風が吹き込まないのであれば、何者かの息吹だ。

上層に何かがいるのは間違いなさそうだ。

袖を戻そうとしてふと気づくと、両腕の肌が粟立《あわだ》っていた。背筋も薄ら寒い。

「……っ」

俺にわかるのはここまでだ。だがミクにはその先がわかるようだ。その存在が例のバケモノであるというところまで察知できているらしい。

「エルたんも、もっとこっちきて」

「ああ」

ミクに引きずられるようにして、ヴォイドとオウジンが俺の側《そば》に合流した。

その間も俺たちは天井の穴を見つめ続けている。たとえ闇しか見えなくともだ。実際問題、視線が合っているかどうかさえわからない。

だが、獣というものは視線を逸《そ》らしたものから狙う。背中を見せるなど以《もっ》ての外《ほか》だ。それは獣にとって、己より弱者である確信へと変わる。

だから、一度でも合ってしまった視線は絶対に外さない。同じ逃げるにしてもだ。

「あいつ、もしかしたら、あたしたちのことをずっと観《み》ていたのかもしれない」

足下の穴底は、最初の拠点だ。

もしも夜目の利くやつならば、さぞや丸見えだったろう。ましてや魔導灯を腰に吊るし、自ら発光しているのだから。

だがなぜ襲ってこなかった？

「てめえで落として、どうするか観察してたってか。何様だ。バケモンが神気取りかよ」

毒づくヴォイドの顔にも焦燥がある。

見上げる深い闇にまだ変化はない。バケモノを産み落としはしない。それでもやつは確かに存在している。あの中から俺たちを観ている。

俺はつぶやく。

「遊んでいるつもりかもな。あるいは何か別の目的があるのか。いずれにせよバケモノの考えることなどわからん」

俺たちは大穴のある通路から、後ずさりながら角を曲がる。

瞬間、踵《きびす》を返したオウジンを先頭にして、四人が同時に全速力で走りだした。その直後のことだ。

ぺたり……。

俺の聴覚は確かに、やつがこの層へと着地する音を聞いた。

——走る、走る、走るッ！

いまの足音。着地音を、他のやつらは聞いただろうか。

上層へと続く階段はまだ見つかっていない。だが、一度拠点へ戻った方がよさそうだ。

「オウジン、拠点の場所はまだわかるか？」

「ああ。だが——」

オウジンが振り返る。

俺はミクに視線をやった。ミクは握りしめた手を口元にやって、不安そうにつぶやく。

「……たぶん大丈夫、追ってきてない……と思うけど……」

「不気味だな。やつの目的がわからんことにゃ、どうしようもねえ」

走る俺をヴォイドが片腕でかっ攫《さら》って、小脇に抱え上げた。

「ぬあっ!?　おい、ヴォイド！　俺を下ろせ！」

「ガキは黙ってろや。――おい、てめえら！　もうちょい速度上げんぞ！」

「うん、いいよぉ～」

「わかった」

直後、グンと走る速度が上がった。

どうやら俺に合わせて走る速度を落としてくれていたようだ。

当然だが、十歳の肉体ではどれだけ気合いを入れて走ろうとも、十代中盤の彼らにはついていけない。足の長さも筋力もまるっきり違うのだから仕方がない。

とはいえ、とはいえだ。

「ぐぬぬぬぅぅ……」

ぐやじい……！

「あはっ、エルたんの怒り顔かわいっ。キュンキュンしちゃう」

「やかましいっ」

天下の剣聖だったのだぞ、俺は。

誰より足は速かったし、鈍足の馬くらいなら追いつけた。膂力だってヴォイドの倍以上はあったんだ。オウジンよりも自在に剣を振るえたし、ミクの気配察知……は、絶対に真似できんな。侮り難しは猫娘か。

「ぐ、く、くぅ～……」

「どんまい、エルたん！　そんなとこも好きよっ！」

俺よりも足が速く、俺よりも気配察知に優れたやつが何か言っている。

何の慰めにもならん。泣ける。

「黙って走れや、オルンカイム。あと、てめえは気配察知を忘れんなよ」

「うっさ！　いちいち命令しなくたって、ちゃんとやってるよぉ！　でも、気配察知は絶対じゃないからねっ!!　何となくでわかる程度だからっ！」

何となくだと？　理論と理屈と磨き上げられた感覚に裏付けられたものですらないだと!?

ぐぅぅ、うらやまじい……っ！

「へいへい。ダンジョン内で喧々《けんけん》言うんじゃねえよ。キンキン声が反響して耳が痛えわ」

「だぁ～れが言わせてんのッ!?」

俺とオウジンが同時にため息をついた。

仲悪いなあ、こいつら本当に。

結局俺たちは何度か道を間違えながらも、オウジンのおかげでどうにか拠点まで戻ってくることができた。

拠点の入り口に気配察知のできるミクを残し、俺とオウジンとヴォイドは待機組に合流する。

どうやら待機組の中ではリーダーらしきものが決まったらしく、そいつを含む一班から五班までの各班長が集まってきた。

リーダーに担ぎ上げられたらしき生徒が、俺たちを出迎える。

「あらためてになるけれど、セネカ・マージスよ。三班のみんなのことは知ってるから、あらためての紹介はいらない。それより、上層への階段は見つかった？」

後頭部で短く結った髪は、色素が薄いのか銀色がかっている。ミクと同様にやや幼く見えはするが、言葉や話し方から察するに、事務的、合理的な女子のようだ。事ここに至っては話が早くて助かる。

余計なことにかけていられる時間はない。いつあのバケモノが現れるともしれないからだ。

オウジンがセネカにことのあらましを説明した。セネカは左手を腰にあて、右手で前髪を掻き上げるような体勢のまま、うなずきながら聞いていた。

尋常ではない雰囲気に、いつの間にか重傷者のイルガと治療者のフィクス以外のほとんど全員が、この場に集まってきている。

オウジンが言葉を切って、セネカがうなずいた。

「そう、スライムは処理できたけど、例のバケモノが現れたかもしれないのね」

「ああ。姿を見たわけではないが、おそらく間違いないはずだ」

ヴォイドは腕組みをしながら壁にもたれて目を閉じ、ミクは依然として入り口付近で闇を見つめて警戒中だ。

俺はオウジンの横に立っているが、蚊帳の外らしい。

まあそこらへんは仕方がないだろう。飛び級とはいえ十歳の身だ。侮られるのは想定済み。実際に足も遅いしな。膂力もないし。察知能力も並だ。

さらに時々こんなふうに情けなくなって、泣きたい気分にもなるし。仕方ない。仕方がないんだ。

ぐやじい……！

だが、オウジンならば話し合いを任せても大丈夫だろう。その程度には、俺はこのパーティを信頼している。剣聖という視点からでもだ。

膂力のヴォイド、技のオウジン、察知のミク。決して悪くないパーティだ。

当初こそあまりの協調性のなさから、どうなることかと危ぶんでいたが、学生のみの構成ではこれ以上は望めそうにない。

それどころか、思うにへたな騎士小隊よりも優れている気がする。

だが、それでも、あのバケモノには勝てる気がしない。そこに己の経験や技術が加わったとしても、だ。このまま遭遇せずに、どうにか脱出までやり過ごしたいところだ……が。

けれどそんな俺の仄《ほの》かな願いは、警戒しながら闇を見つめ続けていた少女が発した次の言葉で打ち砕かれることとなる。

ミクが突然闇に身を乗り出すようにして、大きく目を見開いたんだ。

察した俺は、ため息とともにうなだれた。

ああ、うまくはいかんものだ。

その直後、ミクが振り返って声を張った。

「きてる！」

「やつか⁉」

ヴォイドが問い返すと、珍しく苛立《いらだ》たしげにミクが怒鳴り返した。

「他にいる⁉」

「クソが！　おいてめえら、瓦礫をどけろ！　下層に逃げんぞ！　二班男子、イルガの担架を担げ！　時間は俺らが稼ぐ！」

どよめきが広がる。

当然だ。苦労と危険を超えて、ようやく地上に近づいたというのに逆戻りせねばならないというのは、心理的にも大きく疲弊する。

だが――。

セネカが叫んだ。

「瓦礫をどける必要はない！　指示はわたしが出すわ！」

「ああ!?　てめ、正気か!?　あれと正面からやり合ったら――」

どれだけの死傷者が出るか想像もつかない。おそらく大半がわずかなうちに重傷を負い、彼らを犠牲にすることで少数の無傷の者だけが逃げることになる。

そう言いかけたのだろう。かろうじて口をつぐんだようだが、俺も同感だ。

「わかってるから！　いまは指揮を二分させないで！」

セネカが下層へと続く階段の向こう側を指さした。

「四班が瓦礫に埋もれた別の通路を発見した。そちらに逃げる。確認だけど、三班の探索した通路に上層への階段はなかったのよね？」

「ああ。そいつぁ確かだ。散々走り回ったからな」

ヴォイドの言葉にセネカがうなずく。

「――オルンカイムさん、接敵までどれくらいある？」

「……わかんない。あいつがその気になったらすぐに詰められる距離。でも、なんか歩いてきてるから……散歩でもするみたいに……」

俺はつぶやく。

「……遊んでいるな……」

舐《な》めている。俺たちを。狩りを楽しんでいるつもりか。

それならそれでいい。いや、その方がいい。戦うにせよ逃げるにせよ、その隙を突くことができるかもしれない。

セネカが青ざめた顔で指示を開始する。

「一班・四班を先頭に階段向こうの通路に逃れる！　もし他の魔物が現れた際には両班で撃退を！　続いて二班男子、負傷者のイルガくんを担いで残りは治療者フィクスくんの護衛！　五班は隊列後方までの周辺警戒を！　全員すぐに動いて！」

集まった生徒らがうなずき、逃走準備を開始する。といっても、立てかけてあるそれぞれの武器を装着するくらいだ。

セネカが眉間に皺《しわ》を寄せ、言いづらそうな表情で俺たちに向き直った。

「――三班、ごめん。かなり危険だけどお願いできる？　わたしも残るから」

「殿《しんがり》なら、最初からそのつもりだ」

オウジンの言葉に、セネカがうなずいた。

やつが追いついてきた場合には、俺たちが時間を稼ぐ。どうにもならない状況に陥れば、真っ先にクラスから切り離され犠牲となる。強者に追われている状況では、最も割に合わない役割だ。が。

ヴォイドが歪《ゆが》んだ笑みを浮かべる。ブンディ・ダガーを装着して、首を左右に倒しながらだ。

「どうせ他にできそうなやつぁ、いねーだろうがよ」

グラディウスを抜いて、俺がヴォイドの言葉を継ぐ。

「おまえも逃げろ。セネカ。青白い顔で足を震わせているやつなど、戦闘においては足手まといにしかならん」

「そ、そういうわけにはいかないわ。これはわたしの指示なんだから、三班のみんなと残って――」

内心、少し驚きながら、俺はセネカに言ってやった。

ゆっくりとだ。余裕ぶって、笑みを浮かべて、ゆっくりと言う。

「頭を冷やせ。俺が見たところ、まともに指揮を執れそうなのはおまえと、こっちのオウジンくらいのものだ。この先、そういうやつがいなくなると全滅もあり得るぞ」

残りわずか一層なんだ。

この四層を乗り切れば、安全域まで逃げ延びることができる。

「……それは……でも、あなたたちにだけ命をかけさせるわけには……」

「臆病、無責任、大いに結構。指揮を執るものはそれでいい。騎士ってやつは、それがわかっていない。騎士道糞喰らえだ」

騎士学校で言うことではないが、勇敢で責任感の強いやつほど戦場では早死にする。

セネカが俺を見て目を丸くする。

「それ、剣聖ブライズ様の言葉……よね」

近い。俺にも気配がつかめるようになっている。

ヴォイドとオウジンが同時に視線を闇へと向けた。

「知っているなら、これも知っているだろう。やつは騎士じゃなかった。平民出身で、獣で、剣士で、戦士ではあったが、最後までキルプス王の叙爵を受け容れることはなかった」

当時若かったキルプスは、俺に何度も叙爵を迫ったが、俺は意地になって固辞してやった。だから騎士団に身を置きながらも、ブライズの位は正式にはただの傭兵《ようへい》だった。

もっとも、それこそが〝剣聖〟という新たなる称号が生み出された理由でもある。

貴族ではないが貴族・王族に意見する権利を持ち、団下に在りながら命に従わぬことを赦《ゆる》され、自らの意思で戦場を駆けることのできる唯一の称号だ。

ゆえに〝剣聖〟は貴族どもの爵位のような、ただの飾りではない。こと戦場にあっては、王命にすら逆らう権利を持つ。

「その理由ってのはな、騎士道精神糞ッ喰らえ、だったからだ。だから剣聖になるまで生き延びられた。ま、多少は他者より優れた剣才もあったろうがな」

笑って見せると、釣られたようにセネカも微かに口角を上げた。

「そう、ね」

「わかったらさっさと行け。時間がない」

すでにクラスメイトたちは、新たに発見された通路へと移動を開始している。拠点に残っているのはもう俺たちだけだ。

ミクが拠点入り口から逃げるようにこちらへと駆けてきた。

「きたよ！　目視で確認した！　やっぱあいつだったよぉ！　どうしようぅ～……」

セネカがうなずく。

「わかったわ。不思議。エレミアって、十歳なのになんかわたしより大人みたい。なんかちょっとカッコイイよ、あんた」

「……お、おう」

素直に褒められるのが久しぶりすぎて、正直ちょっと照れる。こんな小娘より遥かに年上のおっさんなのに。

一度制服の背中を見せてから、セネカが勢いよく振り返った。短い一つ結びと横髪の揺れが収まるより早く、彼女は言う。

「じゃあ最後の指示よ。三班全員、限界までクラスからの離脱は許さないから。だからあのバケモノを牽制《けんせい》しながら、死に物狂いでついてきて。いいわね？」

「そのつもりだ。だから早く行け。追いつかれてしまう」

セネカが瓦礫に埋もれた下層への階段を飛び越えて、その向こう側にある通路へと走り込んでいった。

俺はセネカを見送ってから、この場に残った三人を振り返った。

「念のための確認だが、わかっているな？　まともにやり合おうなどと考えるな。逃げるぞ」

「だよねぇ〜……。挑むならひとりでやってよね、不良」

「うるせえ。さっさといけやボケ」

「頼むから、こんなときにまでケンカはよしてくれ」

いつも通り。これが俺たち三班だ。

俺たちは顔を見合わせてうなずき合い、セネカの後を追う。

ちょうどそのとき、やつが拠点に姿を現した。歩いている。やはり。禍々《まがまが》しく口角を耳まで裂いて嗤《わら》いながら。

「急げ」

ミクの尻を押して通路に押し込み、オウジンを通そうとした瞬間、ヴォイドに首根っこをつかんで持ち上げられ、俺はそのままミクへと押しつけられた。

「おめえが先だ。アホガキ」

「お——っ!?」

「オルンカイム、連れてけ」

「あいあ〜い。いまだけ感謝っ！」

俺はミクの胸に両腕で抱えられたまま、通路を運ばれる。一瞬、残るつもりかと肝を冷やしたが、オウジンもヴォイドもちゃんとついてきた。不良と騎士道はあからさまに相性が悪いし、優等生は騎士よりも頭がいいようだ。

だが、その背後。

歩いていたバケモノが、突然走りだす。

「後ろだヴォイド！」

「あ？」

黒く長い髪の下、瞳のない真っ赤な眼球が上弦の月のような形状へと変化する。口角を耳まで裂いて。

ヴォイドが反射的に振り返ると同時に、ブンディ・ダガーの左の手甲でやつの拳を受け止める。魔力光を纏った拳をだ。

「ぐッ、が――ッ」

凄《すさ》まじい金属音が鳴り響き、ヴォイドの長身が吹っ飛んだ。走るオウジンを追い抜くようにダンジョンの床に叩《たた》きつけられ、俺とミクをも追い抜いて転がる。遅れて砕かれた手甲の破片が俺たちの足下に飛散した。

「な――ッ!?」

一撃だと!?

俺は両手両足を振ってミクの腕から逃れ、グラディウスを構える。

「だめ、エルたん！」

き――！　速――ッ！

拳を引き絞り、低く、低く。やつは低身長の俺のさらに足下に潜り込むような低い体勢から、俺の顎を目がけて光る拳を打ち上げた。

　ゴォと暴風が巻き起こる。

反らせ、首――いや、全身を！

おそらく紙一枚分。皮膚のみを掠《かす》らせながら、グラディウスをやつの脇腹から肩口を目がけて斬り上げる。

「があああ！」

キィィィと金属を引っ掻くような音がして、火花が散った。

刃が通らん――！　切っ先ですら――!?

互いに皮膚一枚。いいや、違う。やつにはひっかき傷すらついていない。糞、このグラディウス《なまくら》め。

やつは駆け抜けながら拳を振り切った体勢で俺の背後に。

俺は全身を反らした不安定な体勢で。

互いに振り返る視線だけが交差した。

「――っ！」

体勢を戻す余裕はない。倒れ込む力を利用して全身をねじりながら、俺はグラディウスをやつの背中――いや、すでに振り返りつつあるやつの頸部《けいぶ》へと叩き下ろす。

獣のような咆吼《ほうこう》をあげながら。

「ぐるああああああっ!!」

やつが再び拳を放った。俺ではなくグラディウスの刃へとだ。刃と拳がぶつかり合う。

指の一本でもいい！　やつの攻撃力を削《そ》げれば――！

そのつもりで叩きつけた刃は、しかし無残に砕け散り、柄《つか》は俺の手を離れて転がった。

勢いを殺しきれなかった俺は吹っ飛ばされ、背中から壁へと叩きつけられる――寸前、俺の頭を飛び越えてオウジンがやつの頭部へと刀の刃を袈裟懸《けさが》けに振り下ろした。

やつはそれを屈《かが》んで躱《かわ》し、着地したばかりのオウジンのがら空きの胴へと向けて、魔力光を纏う拳を放つ。

「オウジ――ぐッ」

背中から壁に叩きつけられた俺は息が詰まった。

だが、目だけは開けたままだ。瞬《まばた》き一つで殺される。そんな確信がある。

やつの拳がオウジンの肉体を貫くより一瞬早く、ミクのレイピアの刺突がやつの真っ赤な眼球へと突き刺さ――らない。

切っ先が弾《はじ》かれた。

眼球にだぞ――!?　本当に生物なのか、あいつは!?

「なん――でよ!?」

一瞬ではあるが、それでも時間は稼げた。

やつの拳がオウジンの脇腹に突き刺さる寸前、オウジンは自ら飛《と》び退《の》いて威力を殺した。

「くあッ」

それでも着地と同時に表情を歪め、膝をつく。遅れてその口から血が垂れた。

当然だ。フロアすら貫く拳なのだから。むしろ去《い》なしの技を使用したとはいえ、よく生きていられる。エレミアの肉体では死んでいただろう。

「く……ぅ……、まだ……だ……！」

「ミク！」

やつがミクの方を振り返った。人差し指で自らの眼球を指さし、口を裂いて嗤う。

無駄だ。そう言わんばかりの表情で。

「あ……」

俺は柄だけとなったグラディウスを拾ってやつの頭部へと投げつけながら走り、ミクの制服の背中を両手でつかんで引き倒す。

直後、彼女の立っていた場を、暴風を伴って光る拳が通過する。

「ひ……っ」

ミクが息を呑んだ。

あんな威力、特大の鈍器で殴られるも同然だ。掠めただけで致命傷、へたをすれば内臓ごと肉を削がれてしまう。いや、そんなもんじゃない。破裂し、血肉の煙になってしまう。

身を低くして滑り込んできたオウジンが、やつの膝関節へと刀の刃を滑らせる。

「シ――ッ！」

だが刃は文字通り滑る。火花を散らしながらキィィと音を立て、やつの体表面をだ。人体の皮膚のように見えるというのに、どういう理屈なのだ。

オウジンが両足を滑らせながら刃を低く構える。一瞬の溜め。

ざわと、俺の皮膚が粟立った。バケモノにではなく、オウジンにだ。

何かする――！

周囲から音が消えた気がした。直後。

――空振一刀流、岩斬《よ》り。

放たれた刀の斬撃を避けるように、やつが初めて煩わしそうに表情を歪めて跳躍した。

俺はその光景に目を見開く。

「……！」

避けた。これまでほとんどの攻撃を皮膚の硬質化であたるに任せていたというのに、バケモノは初めて回避した。オウジンの放ったその一閃《いっせん》は、それほどの鋭さを持っていたということだ。

だが。それでも。避けられては。

空振った刀を戻しきれず、オウジンに大きな隙が生まれる。バケモノは空中で両の拳を一つに固め、落下しながらオウジンの頭部へと振り下ろした。

「避けろオウジン！」

「――！」

命中する寸前、オウジンの足を持って乱暴に引いたやつがいた。ヴォイドだ。血まみれになったヴォイドはオウジンを俺たちのいる壁際に投げ捨てると、ブンディ・ダガーの右刃でやつの胸部を打ち抜く。

「くたばれやッ!!」

だが、刃が刺さらない。それでも構わずヴォイドは右腕を振り抜く。力任せにだ。

バケモノの両足が浮いた。歯を食いしばり、ヴォイドは全力で拳を突き出す。

「おらあああぁッ!!」

恐ろしく重い音が鳴り響き、バケモノが通路を大きく吹っ飛んで拠点のあった闇の中へと消えた。どうやら刺突攻撃に見せかけて、質量差を利用した距離を取るための攻撃だったようだ。

ヴォイドのやつ。天性の戦闘勘か。ずいぶんと機転の利く。

「押して離しただけだ！　効いちゃいねえ！　オラ立て！　逃げんぞ、てめえら！」

引き離したといっても、いくらも距離はない。

相手は魔物。だが俺たちは身を翻してやつに背中を向け、同時に走りだす。

どうせ目を見ていようが襲ってくる相手ならば、背中を向けて全力疾走したって変わらないからだ。

接敵から逃走まで、時間にしてほんの一瞬の出来事だ。

なのに俺たちは全員、尋常ではない量の汗を流していた。

脇腹を押さえて苦しげに走るオウジンに肩を貸し、俺は叫んだ。

「ミク、後方警戒！」

「追ってきてる！　今度は走ってる……けどたぶん本気じゃない……？」

「本気ならすぐに追いつかれているな」

それほどの肉体性能の差だ。ほんの一瞬の交戦だったが、嫌というほど思い知らされた。

力も、速さも、こうして獲物を弄ぶ知能も、何もかもがデタラメだ。前世から培ってきた己の常識を疑いたくなる。

後方、闇の奥底から足音が響いている。まるで甲冑《かっちゅう》を着込んだ騎士のような足音だ。

やつはいったい何なのだ。

魔物というよりは人間に近しい容姿を持っていることも気になる。やつは本当に魔物なのか、それとも……。

思考を遮るようにヴォイドが吐き捨てた。

「関係ねえ！　とにかく上に続く階段を探せ！　絶対にあるはずだ！　運がよけりゃ、捜索に向かってきてる教官連中と合流できるかもしれねえ！　他はクソだが戦姫がいりゃあ、まだ仕切り直せる！」

声にこそまだ力が残ってはいるが、ヴォイドも血まみれで足を引きずるように走っている。その膝がわずかに揺れて、体勢を崩した。

「……ッ」

「ヴォイド！」

だが、やつは険しい顔ですぐに立て直す。

「バカヤロウ！　止まんじゃねえ！　他人の心配なんざしてる場合かクソガキが！」

俺が足を止めれば、俺が肩を貸しているオウジンも止まる。もうオウジンはひとりでは走れない。

走る足を弛《ゆる》めた俺を押し出すように、ヴォイドが背中を乱暴に押した。

「走れオラ！」

「やかましい！　だったら貴様もしっかりついてこい！　間抜けのように転ぶな！」

「ヘッ。抜かせ、このアホガキ」

だが、いくらもしないうちに俺たちは行き詰まることになる。

クラスメイトの列の最後尾が見えたからだ。

「な――っ!?　てめえら、なんでまだこんなとこにいやがる!?」

人混みを抜けて、セネカが顔を出した。

「行き止まりに上層に続く階段を見つけたんだけど、鉄扉が閉じてて開かないの！」

「ああッ!?」

そうか。そうだった。

リリは確かに言っていた。教官が魔物を駆逐したのは三層まで。四層以降は未知の領域だから、念のためにダンジョンの入り口と同じ鉄扉を設置している、と。

開いていないのか。まだリリたちは三層までこれていないということか。

「きてるっ!!　もう近いっ!!」

ミクが叫ぶ。

生徒らはもはやパニックだ。鉄扉の設けられた上層への階段に詰め寄って、夢中で叩き叫ぶことしかできない。

「ぐ、クソが――――ッ！」

ヴォイドが苛立たしげに右の手甲を壁に叩きつけた。左の手甲は破壊され、すでに刃だけになってしまっている。バケモノをぶん殴った右の手甲の刃も、先が潰れていた。

セネカは再び青ざめ、両手で口を押さえて震えている。

もはや指揮でどうにかなる状況ではない。どれだけ優れた指揮官であろうともだ。

ミクも構えてはいるが、切っ先が揺れている。集中できていない。腰が引けていて、もはやセネカ同様、戦闘のできる精神状態ではなさそうだ。

クラスメイトらの悲鳴がダンジョンに響き渡っている。

「助けて！　誰か！　ここを開けて！」

「おい開けろ！　誰かいないのかッ!?」

「教官！　お願い！」

「みんな下がれ！　剣で――――！」

ガン、ガン。刃で鉄扉を殴る音が響く。

無理だ。鉄扉は盾より分厚いのだから。

「だ、だめだ……もうおしまいだ……」

「死にたくない！　ここまで生きて戻ってきたんだぞ！　こんな終わり方があるか！」

「……お家《うち》に……帰りたい……」

「あきらめないで！　叩き続けて！」

だが鉄扉が開く気配はない。向こう側に人の気配もだ。

虚《むな》しく、何度も。重い鉄の音を響かせるだけで。

ああ、やけに――。

やけに自分の呼吸音がうるさい。クラスメイトの声が遠のくほどにだ。

俺は周囲を見回す。

「……」

ヴォイドは血まみれだ。歩くだけでいくつも赤い水滴が滴る。

それでも前に出ようとして、やつは己の血に滑り尻餅をついた。そのまま立ち上がれずに、壁に引《ひ》き摺《ず》るような血の痕跡を残しながら、ついに倒れ込んだ。

オウジンも限界だ。俺の肩から離れた途端に壁に寄りかかるようにして膝をつき、口から血を流している。もしかしたら内臓が傷ついているのかもしれない。呼吸が苦しそうだ。

俺のグラディウスは砕かれた。予備のスティレットは無傷だが、これだけではもはやどうにもならないだろう。

絶望的状況の中、頭だけが冴え渡っていく。

ほとんど無意識に、バケモノとの接触を頭の中で反芻《はんすう》する。何度も、何度も、繰り返し。得た情報を整理し、細い糸をたぐり寄せる。このどん底の状況から希望を見出《みいだ》すために。

ああ、そうだ。一つだけ、試してみたいことがあった。

ブライズの新たな境地。いいや、違う。ある意味ではこれこそが〝型無し〟の真髄か。

前世の己の声が聞こえた気がした。

――目を開け、エレミー・オウルディンガム。まだ死ぬときではないぞ。

うずくまるオウジンへと、俺は手を伸ばす。助け起こすためではない。

こいつはもう戦えない。これ以上無理に動かせば死んでしまう。そんな顔色だ。

「オウジン。おまえの刀を貸してくれ」

「……？」

返事は待たない。

俺は刀の柄を勝手につかみ、膝をついた体勢だったオウジンの腰から引き抜いていく。

だが刃が鞘から抜けきる寸前、オウジンが切っ先をつかんで止めた。強引に引けば、オウジンの指が飛ぶ。

「オウジン、このままではどのみち全滅だ」

「……」

まあ、そうだろうな。いまの俺は十歳のガキだ。誰でも止めたくなる。俺だって前世なら止めたはずだ。

けれど、オウジンの口から出た言葉は意外なものだった。

「……刀は剣のように振ってはいけない……。……刃が折れる……」

顔中から脂汗を滲《にじ》ませながら、オウジンが視線を上げた。

こいつもイルガ同様、いまや重傷者の仲間入りだ。だがいまはとにかく時間がない。バケモノはすぐにでも現れるだろう。

オウジンの指を強引に開かせようと、俺はやつの手に自らの手を伸ばした。だが、指先が触れ合う寸前、オウジンが呻くようにつぶやく。

「……岩、斬り……。……面に対し、垂直に刃をあてて、挽《ひ》くんだ……。……寸分の、狂いも……許されない……。……だが達人であれば、斬れないものは、ない……。……岩であっても、鋼であっても……」

「おまえ」

俺に託してくれるのか。十歳の俺を信じてくれるのか。

唇から血を垂らしながら、オウジンが目で訴えかけてきている。

「わかった。助言に感謝する」

「……けれど、あの速さで動く敵を正確に捉えるのは、並大抵の……ぐ……げぁっ……」

オウジンがごぼりと音を立てて、血を吐いた。

「もういい。理解した。休んでろ」

「…………すま……ない……」

オウジンが痛みを堪《こら》えるように固く目を閉じて、次の瞬間、刃から手を落とした。その肉体が倒れ込む寸前に、隣に膝をついたミクが両腕で支える。

「エルたん！」

俺は階段上の鉄扉を指さす。

「喚《わめ》くな。わかってる。だがここは袋小路だ。やるしかない。ヴォイドもオウジンもこうなったいま、俺以外に適任はいない」

クラスメイトの大半はひよっこだ。新米騎士以下のな。

ミクが不安そうに尋ねてきた。

「何かをつかんだから挑むんだよね？」

「ああ」

「勝てる？」

「無茶を言うな。分の悪い博打《ばくち》だ」

ふと、懐かしい気分になった。こんな問答を前世でしょっちゅう聞いていた気がする。

ああ、そうだ。リリだ。

あいつはブライズの強さを知りながら、いつも不安そうにしていた。戦場で互いを見ている分には、こちらの方が不安だったのだが。

過去の遠景を消し去るように、ミクがもう一度口を開いた。

「負けてもいいから、生きて戻ってきて」

「善処はする」

「だめ！　約束してっ!!」

ほとんど絶叫に近かった。

苛立ちや焦燥を含むその迫力に、俺は言葉を詰まらせる。

「……なんとかする」

「うん」

ミクにいつもの笑みはない。

俺は彼女に背を向けて、オウジンの話を脳内で反芻しながら、クラスメイトたちから少し距離を取った。自らバケモノのいる方角へと、歩を進めて。

刀。長いな。斜め下段に構えたら切っ先を引き摺る。振るうときには気をつけなければ。それに、やはり俺にはまだ少しばかり重い。

こちらの大陸では大小や長短を問わず、重さと力で叩き斬るための頑丈な直剣がほとんどだが、東方武器である刀は技と斬撃に特化させるため、脆《もろ》さを含むほどに薄く鋭く打たれている。

重量の軽さは速度と正確性を大いに増し、そして反りは刃を入れた際、挽き斬ることに特化させるための形状らしい。

つまりオウジンの使った空振一刀流の岩斬りは、刀でなくては発動できないということだ。

それはまさにいま俺が試そうとしていたことの解答だ。偶然ではあったのだろうが、実戦前にオウジンが答えをくれた。

だが、あの速度で動くバケモノを相手に、正確に面を捉え、垂直に刃を入れることなどいまの俺にできるだろうか。いや、正直に言えばブライズ時代ですら怪しい。〝型無し〟ゆえに力に任せ、かなり雑に戦ってきたから。

もっとも、竜鱗すら砕いたブライズの肉体であれば、分厚く頑丈な大剣を振るって力ずくで頭から叩き潰してやることも可能だったのだろう……が。

「……ッ」

最初にミクが息を呑んだ。

魔導灯の照らしだす範囲内に、それが入ってきたからだ。

バケモノはすでに走ってはいなかった。この先が袋小路であると知っていたのだろう。とことんまで追い詰め、いたぶるつもりらしい。

口角を耳まで裂いて嗤っている。逃げ場を失い泣き叫ぶやつらを見て。

クラスメイトらはパニックになり、閉ざされた階段の鉄扉へと詰め寄せることしかできない。もう扉を叩く者すらいない。悲鳴も、泣き声も、バケモノの恐怖がすべて圧《お》し潰《つぶ》した。

湿ったダンジョンを、静寂の中で響くバケモノの足音だけが支配する。

「ふー……」

剣士の血が騒ぐ。

まるで昔の自身に戻ったかのようだ。血流が血管を広げ、顔が紅潮し、肉体が中央から末端まで徐々に熱く覚醒していく。

ひりつく。久々の感覚だ。もっと研ぎ澄ませ、もっと、もっと。

自然と口角が上がる。嗤った。喉の奥から堪えようもない嗤い声が微かに漏れる。あのバケモノのように。

こんな顔はクラスメイトには見せられない。

空振一刀流、岩斬り。何でもいい。やつを斬れるのであれば、〝型無し〟に取り込んでやる。

己の右肩にオウジンの刀の峰をのせて左脚を前に出し、両膝を深く曲げる。前方に背を向けるほどに肉体をねじり、バケモノの襲来を待った。

額から伝う汗が目に入っても、瞬きはしない。

やつが不気味な笑みで、悠々と歩いて迫る。俺のことなど羽虫程度にも思ってはいないようだ。

「その余裕を命取りにしてやる――――！」

注意をこちらに引くためにあえてつぶやいた瞬間、目が合った。

いや、赤一色の眼球だ。どこを見ているかなど判断できない。それでも獲物の群れの中に一匹だけはぐれた子供がいるなら、大抵のバケモノはそちらに注視することだろう。そうして真っ先に狙いにくる。

その瞬間は突然やってきた。

何の前触れもなく、やつが地を蹴った。口角を耳まで裂いたバケモノが、超高速で迫ってくる。

だから――。

こんな経験は初めてだろう?

俺はやつが地を蹴った瞬間、構えの姿勢のまま、自らもまた地を蹴って全速力で距離を詰めていた。

一瞬の後にはもうゼロ距離だ。

思考する暇は与えない。やつの意識を速度で追い越してやったんだ。

瞬間、やつは蹈鞴《たたら》を踏む。

――……ッ!?

惑ったな……ッ!!

だがもう遅い。懐に深く深く潜り込んだ俺に攻撃をしようにも、勢い余って拳の間合いすら通り過ぎ、それどころか互いに交差してしまっているからだ。

俺は足から滑り込みながらバケモノの股ぐらを通り抜ける――!

拳の間合いですら潰れる至近距離だ。当然、本来あるべき刀の間合いなど、とうの昔に過ぎ去っている。だが俺はあえて刃を背中側に引いた構えのまま突撃した。つまり、いまの俺の間合いは、己の後方にある。

ゆえに。

「おお――ッ!!」

交差の際、やつの脚部に刃を滑り込ませた。

動き波打つ面に対し、垂直に刃を入れて挽く。

キィィと金属を擦《こす》り合《あ》わせるような音が響き、俺はバケモノの後方に、バケモノは俺の後方で足を止めた。

「糞！」

浅い。浅いどころか、刃は入らなかった。

先ほどのグラディウスと同じく、皮膚の表面を滑らされただけだ。

岩斬り、真似事では斬れんか――！

だが。

同時に振り向いた直後、バケモノが俺を警戒するように距離を取った。今度は切っ先に照準を合わせるように、体勢を低く構える。

「いや」

俺は見ていた。

やつはとんでもない破壊力を持つヴォイドのブンディ・ダガーや、眼球を狙ったミクの刺突を回避しなかったくせに、オウジンの斬撃だけを避けていた。そしていま、俺の斬撃に戸惑いを見せた。

己を傷つけられる可能性のある武器と剣術を、本能的に理解しているようだ。ならばすべきことはひとつ。もう一度。いや、何度でもだ。

そう思った瞬間。

ピキリ……。

小さな音がして、やつの足から肌色の金属片のようなものが石床へと落ちた。今し方、俺が通してやった斬撃の痕だ。

斬れた。ほんの少し、浅く、浅く。皮膚一枚。だが。

そこから赤い血がわずかに垂れた。やつは血液と同じ色の真っ赤な眼で、膝にできた傷を不思議そうに眺めている。

「面に対し垂直に、斬るではなく、挽く。空振一刀流の岩斬りか」

完璧とは到底言いがたい。だが、真似事だとしても有効ではあるようだ。それどころか、唯一やつを斬ることのできる技。

そうとわかれば。

俺は小さな肉体をいかして、影の中を音もなく疾走する。

「よそ見をしている余裕があるのか？」

やつの胴へと刀を薙《な》いだ。一瞬早く後退したやつの胸が、またしても浅く裂ける。

本来なら左脇腹から右脇腹を分断してやるつもりだったのだが、エレミアの肉体の小ささによる踏み込みの浅さが仇《あだ》となった。

「ちぃ……！」

やつは傷をものともせず、後退の後にすぐさま反転攻勢に出てきた。

腕をぶん回して俺の頸部を薙ぎ払う。とっさに刀で受け流しかけて思いとどまり、俺は首を倒した。

耳たぶを掠めて暴風を伴った腕が通過する。

鋭い痛みが走った。

視界の隅を、汗と血の雫《しずく》が真横に飛んでいく。

「……ッ」

こんなものを受け流したら、刀が折られてしまう。そうなれば終わりだ。幸いにも持って行かれたのは耳たぶの肉片のみ。

まだやれる。

「おおッ」

反撃に出ようとした瞬間、やつの蹴り足が飛んできた。刀を持つ両腕をたたんで自ら後方へと飛び退きながら、やつの足裏を受ける。

「ぅぐ！」

直後、世界が反転した。

凄まじい勢いで吹っ飛ばされた俺は空中で後方回転し、どうにか両足を掻いて滑りながら着地する――が、俺が視線を上げたときにはもう、やつは眼前に迫っていた。

真っ赤な眼球で俺を見下ろし、疾走しながら光る拳を突き出して。

ダメか――。

「〜〜ッ」

だが、その拳が俺の額を貫く寸前、背後から忍び寄った人影によって、バケモノの腕は止められていた。

無意識に閉じた目を開けたとき、衝撃ではなく血の雨がボタボタと周辺に降り注ぐ。

「ヴォイド!?」

「があああああッ!!」

ヴォイドは両腕をバケモノの右腕一本に回し、全身で抱え込むようにしてやつの光る拳――ではなく腕を止めてくれていた。

そこら中に飛び散った血液はバケモノのものではなく、すべてヴォイドのものだ。そうしてあいつは叫んだ。最後の力を振り絞るように、戦場中に轟《とどろ》く檄《げき》にも似た、魂すら震わす声で。

「やれンだろッ!!　エレミアァ――――ッ!!」

俺はたったひとりで戦っていた。冷たく暗い地の底で、ひとりで剣を振るっていた。

瞬間、炎が灯《とも》る。

小さな胸の中で、熱く熱く膨れ上がる。冷気を押しのけ、爆発的に広がって、全身を呑み込んでいく。

俺の中にいる獣が呼応し、咆哮をあげた。

「おおおおおおっ！」

ヴォイドが動きを止めてくれている。いまなら真似事でも。

迷いはない。俺は立ち上がると同時に、大上段からバケモノの頭部へと刃を下ろす。面に対し垂直に、触れた瞬間に、挽く。

バケモノが必死の形相で首を倒してそれを避けた。

構うものか！　命を絶てぬならば肉を削ぎ、骨を断つのみ！

刃がやつの右肩へと吸い込まれていく。

キィィィ、と軽い音がして、バケモノの肉体から右腕が外れた。当然、それをつかんでいたヴォイドも石床を転がる。

次の瞬間、鼓膜をつんざく悲鳴があがった。

――ガアアアアァァァァァァ――――ッ!?

右肩から噴水のように血を噴出させながら、バケモノが左手で傷口を必死で押さえて悶《もだ》えている。

「いまだ、ぶっ殺せぇぇ――――ッ!!」

「おお！」

ヴォイドの叫びが聞こえるより早く、俺は苦しむバケモノの頸部へと、刀の刃を横薙ぎに走らせる。

面に対し垂直に。

バケモノの硬い頸部の皮膚に、刃が入った。俺はそれを挽きながら斬る——が、刃はその中央まで入ったところで骨にあたって止まり、折れ曲がってしまった。

それが支給用に用意された安い刀の刃の限界だったのか、あるいは慣れない剣技の真似事をした俺の腕の未熟さが原因だったのかはわからない。

「はぁ、はぁ、はぁ……」

それでも、動脈は断った。まともな生物ならば生きてはいられない。現に凄まじい勢いで、頸部から血液が霧のように噴き出している。

終わりだ。俺は長い息を吐いた。ヴォイドが通路に大の字になった。

だが次の瞬間。

「が……っ!?」

俺は顔面を鈍器で殴られたかのような衝撃を感じて吹っ飛ばされ、地面に転がった。視界と意識が明滅する。右目から大量の涙が流れた気がして拭うと、血だった。

世界が赤く染まる。

ああ、油断した。

死に体のバケモノが、真横に倒れた視界の中で迫っていた。

第五章 そこに息衝く剣

わたしの人生にはいつも誰かの背中があった。
口減らしのためにと、両親から向けられた震える細い肩の背中。
踊り子時代、わたしを叱って無惨に引き裂かれた一座の団長や姉さんたちの背中。
そしてわたしを救ってくれた、太陽のように暖かくて大きな大きなブライズの背中。
もう二度と失わない。そう思い、わたしは初めて自分の意志でその背中を追いかけた。

世界が赤い。

心音が聞こえる。己の心音だ。

血に染まる世界の中を、やつが歩いて近づいてきていた。

首に刺さる刀の刃を素手で引き抜く。みるみるうちに傷が埋まり、噴出していた血の霧が消えた。

斬り離してやった右腕もまた、生えてこそいないものの傷口だけは肉で埋もれてしまっている。

「……バケモノめ……」

右の視界が闇に染まる。ついに視力が消えてしまった。

やつは俺の目の前で立ち止まると、膝を曲げた。そうして俺の髪を左手でつかみ上げ、立ち上がりながら空中に吊《つ》り上《あ》げる。

ああ、己の間抜け具合に腹が立つ。

油断した。勝ったと思い、油断した。致命的だ。ブライズの肉体であれば耐えられただろう。まだ動けただろう。だが、十歳のエレミアの肉体では、もはや満足には動けない。

だがバケモノの向こう側には、若いクラスメイトらの絶望した顔が見える。

やつらを救わねば。抜け。スティレットを抜け。そんなことを考えて手を動かしたとき、バケモノが口を開いた。

初めてだ。バケモノは、確かにこう言った。

「……ニ、クイ……。……ニ、ンゲン、殺ス……」

憎しみを俺へと叩《たた》きつけるように。

「……オ、レ……タチ……ハ……生キ……テ……」

そうして俺の髪を放し、瞬時に拳を固めた。

その拳はもう光っていない。やつにもかなりのダメージの蓄積があるようだ。

俺はかろうじてスティレットを抜いて、放たれた拳を刃の腹で受けた――瞬間、スティレットの刃は砕けて手の中から吹っ飛ばされ、両肩に衝撃が走って、落下していたにもかかわらず足は地面につくことなく後方へと吹っ飛ばされ――。

ああ、死んだな。転生というものは、一度きりの奇跡なのだろうか。

見るまでもなく石の壁が迫る。頭から叩きつけられて終わりだ。

けれどもまさにその瞬間、壁と俺の隙間に飛び込む影があった。

「エルた――ンッ!!」

ぐちゃり、とふたり分の肉体が拉《ひしゃ》げる音がした。

ミクだ。馬鹿め。こんなことをする余裕があるなら、ひとりで逃げればよかったものを。おまえの隠形術なら、あるいは逃げ切ることができたかもしれないのに。

俺はミクと折り重なって地面に伏した。

ミクが歯を食いしばり、血の泡を垂らす。刀もスティレットも失った。さすがにもう戦えん。肉体がぼろぼろだ。十歳の肉体は打たれ弱すぎる。

ああ。この程度、俺がブライズだったなら。

やつが再び歩いて近づいてくる。

このようなときだというのに、俺はリリの言葉を思い出していた。

——わたしは師と同じことをする。

——ブライズの家族になりたかった。

馬鹿が。エレミアを家族に迎え入れようとでもしたのか。

まさかな。

だめだ。考えがまとまらん。

歪《ゆが》む視界の中を、バケモノが歩いてくる。

ただ、もはや悠々とではない。あいつも限界が近いようだ。何かは知らんが生物である限りは、もはやまともに動ける出血量ではない。人間ならば死んでいる。大抵の魔物でも死んでいる。それほどの深手だ。

いまにも膝を折りそうに、右へ左へと揺れて、壁を手につきながら。迫る。

クラスメイトが全員で動けばどうにかなるかもしれないが、残念ながら怯《おび》えきった人間はいつの世でも戦力外だ。心がすでに負けている。戦う意思すら失われている。口々に何かを叫んでいるが、もはや聞き取ることもできん。

ああ、糞《くそ》……。俺の後に続くのが、戦場のリリだったなら……。

……勝とうが勝てまいが……あいつなら……。

「……こ、こまで、か……」

思考が濁る。このときの俺は、もはや俺自身がエレミアなのかブライズなのかもわからなくなるほどに濁っていた。

魂が混ざり合う感覚だ。

バケモノが俺の眼前で立ち止まったとき、叫び続けていたクラスメイトの集団が割れた。その道を通って青の教官服が見えた。

「あ……？」

かつて流浪の民だった女は階段を四足獣のような速さで駆け下り、中段から長い髪と教官服のスカートを踊らせて舞うように飛ぶ。

抜き身の剣を引いた体勢で空中で身をひねって三度回転――風を切る音に反応してバケモノが彼女を振り返った瞬間、回転によって蓄えた力を刃《やいば》にのせて、その喉元を通過させた。

ただ、一閃《いっせん》。ほとんど音すらなく。

まるで踊るように。

バケモノはおろか、俺とミクの位置さえ越えて、彼女は着地する。それも、残る回転力を利用して、バケモノのいる方を振り返りながらだ。

だが、逆にバケモノは再び彼女を振り返ることなく、その両膝をついた。

遅れて頸部《けいぶ》がずれる。平行にだ。

「……っ」

どん、と鈍い音がして、バケモノの首が転がった。

頸部から上を失った胴体から、噴火のように血が上がったのは一瞬。数秒と経《た》たぬうちに収まり、首の横へと胴体部が倒れ込む。

ざぁと、赤い水たまりが広がった。

それを確認してから、女は剣を腰の鞘《さや》へと収める。チンと鍔《つば》が鞘を打つ音だけが静かに響いた。

俺は閉じかけていた目を見開く。

前世と今世の狭間で濁っていた思考が、瞬時にして現実へと引き戻された。

「リ……リ……？」

彼女は俺の側《そば》に膝をついて、上体を引き起こす。

「エレミア、無事⁉」

ああ、何ということだ。何ということか。

凄《すさ》まじい。その一言に尽きる。とてつもない腕だ。バケモノの硬質化した皮膚などものともせず、その欠片《かけら》すら砕くことなく、斬った。

切断面に一切の乱れがない。美しい。

ブライズを喪《うしな》ってから、リリは急成長を遂げていた。キルプスは、ブライズの弟子だからリリを剣聖にしたかったのではない。

正真正銘の剣聖だ。

この細腕では、ブライズのような剛力はないだろう。だがリリは己で考え出した技でそれを補った。斬撃力を高めるための先ほどの空中での三回転は、その最たる例だ。

わかるだろうか。彼女は理解しているだろうか。

それはブライズの剣技を継がなかったからこそ、つまり〝型無し〟であるからこそ、体得することのできた新たな力だ。

リリ・イトゥカは型無しの強さを体現した。これこそがブライズの求めた剣術の理想、その完成形の一角だ。ああ。これほど、これほど心躍る瞬間があるだろうか。ブライズは遺《のこ》せたのだ。血よりも濃い何かを、リリ・イトゥカの中に。

息衝《いきづ》いていた。形を変えたブライズの魂が。

俺は呻《うめ》く。

なって。


「……リリ……」

リリが微《かす》かに目を細めて、安堵《あんど》したように息を吐いた。そうして艶やかな唇を動かす。ジト目に
「イトゥカ教官、でしょう？」

この期に及んで。なんと強情な。

俺はため息をつきながら苦笑いを浮かべて言い直す。

「……すまない……。……助かった……。……イトゥカ教官……」

「オルンカイムも無事ね？」

俺の下敷きになっている少女が、俺の股ぐらから腕を伸ばして手を振った。

「へ～い」

おっと、すっかり忘れていた。ここはミクの上だった。

「そ。よかったわ」

俺が身体をどけると、ミクがもそもそと上体を起こした。

「あ～あ。エルたんなら、しばらくそのままでもよかったのにぃ」

「……おまえは十歳の子供を相手に何を言っているんだ……」

まったく。昨今の若いやつらときたら。

「そういうの、もうちょっと照れくさそうに言った方がいいよ。あたしが嬉《うれ》しくなるから」

「難しい注文をするな」

勘弁してくれ。またリリの視線が痛い。背筋のゾクゾクがたまらんぞ。

いつの間にか開いていた三層へと続く鉄扉から、他の教官たちが次々になだれ込んでくる。あの様

子から察するに、やはりこれはカリキュラム中に起きた事故だったようだ。それはそうだ。あんなバケモノを必修科目に放り込まれては、命がいくつあっても足りない。

重傷を負ったイルガやオウジンのもとには治療魔術の使える教官がついた。魔術をかけられながら担架に乗せて運ばれていく。

ようやく治療者から解放されたフィクスが、膝を折って崩れ落ちた。あのバケモノと俺たちが戦っている間も、フィクス・オウガスはイルガの治療を続けていた。

気弱なことを口走っていた少年が、なかなかどうして、大した度胸だ。セネカ・マージスもそうだが、やつも化けるかもしれない。

同じく重傷に見えるヴォイドは、教官らの治療を断り自らの足で立ち上がった。それどころか腰砕けのクラスメイトらを引き起こしている。

どこまでタフなんだ、あいつは。十代とは思えん肉体だ。

ちなみに潰された俺の右目も保健教官に治してもらった。患部が露出しているケガは魔術であれば治しやすいそうだ。まだ赤く霞《かす》んでぼんやりとしか見えていないが、そのうち元に戻るとのこと。

彼らの様子を眺めていたリリが、俺に問いかけてきた。

「みんな、揃《そろ》ってるわね？」

リリの言葉に俺はうなずく。

「ああ。一組総勢二十名、全員が無事に……とは言い難いが、生還だ」

そう言った直後、自分の言葉に笑いが込み上げてきた。

「……はは、ははは」

「何がおかしいの？」

いやなに、ただ前世の戦場帰りを思い出していただけだ。ブライズがリリとこういう話をしたのは、いったい何度目だろうか。

ブライズ一派は全員揃って生還した。どんな戦場からもだ。

「何でもない。安心したら少し笑えてきただけだ」

「そう。よかった」

少し言い淀《よど》んでから、リリがなぜか俺に頭を下げた。

「ごめんなさい。三層に設置された鉄扉の鍵は、入り口扉の鍵とは別だったから、崩落と同時に急いで学校に取りに戻っていたのよ。けれどまさか、ただの事故ではなかっただなんて」

そうか。リリはあのバケモノがいたことに気づいていなかったのか。

俺はうなずいて返す。

「ここで何があったかは、セネカあたりから聞いてくれ。俺はもう疲れた」

セネカ・マージスは委員長に向いていると思う。

「わかったわ。――オルンカイム、歩ける？」

「はぁ～い。歩けまぁ～す」

「じゃあ、マージスと手分けして動ける者をダンジョンの外に先導してくれるかしら。負傷者には手を貸してあげて」

ミクが一瞬俺に視線を向けて、不承不承に返事をした。

「……はぁ～い。――じゃ、また後でね。浮気はだめよ？」

「そのような関係になった覚えはない」

リリの前で変なことを言うな。猫娘め。

ミクが立ち上がる。擦り傷だらけだが、足取りはしっかりしている。去り際、俺はその背中に声を投げる。

「ミク」

「ん？」

「最後、助かった。感謝する」

壁に叩きつけられそうになったときのことだ。ミクが身を入れてくれなければ、十歳の薄っぺらい肉体ではどうなっていたかわからない。

大きくはない胸ではあるが、あれのおかげで助かったのは確かだ。肋《あばら》が折れていなければいいのだが。

「いいよぉ。じゃあもう、明日からは恋人同士だねっ」

「馬鹿を言え。意味がわからん。そもそも助けたのは俺も同じだ。というか、手柄を主張させるような格好悪いことを男に言わせるんじゃあない。もっといい女になれ」

「冗談じゃぁ～ん」

ほら見ろ。リリがまた、ませガキを見るような呆《あき》れた目で俺を見てるじゃないか。背筋がゾクゾクするぞ。

さっさと行けとばかりに手を振ると、ミクは楽しげに後ろ手を組みながら上層への階段を上がっていった。

気づけばクラスメイトの全員が、もう撤収していた。未《いま》だに四層で座っているのは、俺とリリだけになっていたんだ。

リリがつぶやく。

「エレミアは……歩くのは無理そうね」

「ふん、抜かせ。歩けるに決まっている」

強がって立ち上がった俺だったが、膝がカクカク笑って折れ曲がり、尻から転んだ。

「……んぃっ」

変な声が出てしまった。まったく、これだからガキの肉体は。

リリが俺の前にしゃがみ、背中を向けた。

しばらく考え、意図を悟った俺は、顔面大発火で叫ぶ。

「冗談ではない！　そのような恥ずかしい真似ができるか！」

「十歳とはいえ男の子ね。でも、言わなかったかしら。わたしはあなたがどれだけ嫌がろうとも、師と同じことをするの」

「ふざけるなっ！　おまえは割とすぐに背中に乗ってきただろうが！」

「……え？」

あ……。口が滑り散らかした……。

「い、いや、いまのは……その、文献だ」

ぶわっと汗が滲《にじ》む。俺は頭を抱え込んだ。

「あの人、そんなことまで書き遺していたの？」

「あ、ああ。に、日記だったのかも……な？」

リリが首を傾《かし》げた。

「ほぼ同じ部屋で暮らしていたわたしでさえ、書いているところなんて見たことがなかったけれど。本当にあるのなら、ぜひ読んでみたいわね」

あるわけがない。なぜ俺が日記などという面倒なものを書かねばならんのだ。生まれてからこの方、一日たりとも書いたことがない。

「とにかく、俺は歩ける。手助けは無用だ」

もう一度立ち上がった俺だったが、いかんせん、地に足がついた気がしない。膝が重量を感じず、関節がまるで綿にでもなってしまったかのような頼りなさだ。

「んぃっ」

転んだ。

泣きそう。なぜなら十歳だからだ。

リリが頬に手をあてながら困った母親のような目で見てきた。そうして、とんでもない選択を迫ってきた。

「級友たちの前で強引にお姫さま抱っこをされるのと、おとなしく背負われるのとではどちらがいいかしら。わたしはブライズからどちらもされた方だけれど……」

この足だ。到底、逃げ切れそうにない。何せ走れんほどの疲労だからな。

四《よ》つん這《ば》いのまま数秒考えて、俺は喉から声を絞り出した。恥辱にまみれた声を。

「……………おんぶ……だ……ッ」

このときに見せたリリの満足げな顔を、俺は生涯忘れることはないだろう。


ダンジョンの崩落という事故に遭った俺たち一組には、二日間の授業の免除が言い渡された。

事故の日の翌朝、正午を回ってから目覚めた俺が、疲労の抜け切らぬ中、リリの部屋から抜け出して食堂までいくと、片隅のテーブルに三班が揃って座っていた。

他に生徒らはいない。誰もだ。午後の授業中なのだろう。

俺に気づいたヴォイドが手を挙げる。

「よお、エレミア」

俺は軽く手を挙げてから、カウンターでAランチセットを頼んで受け取り、やつらの集う席に向かった。

ミクが他のテーブルから自分の隣に椅子を一つ持ってきて並べ、手招きをしている。

「ここ、ここ」

ちなみにヴォイドとオウジンが横並びだ。三人とも、すでに昼食は終えたらしい。空の食器はトレイごと片付けられていて、コーヒー、紅茶、あとはなんだ――古い溜《た》め池《いけ》のような緑色をした汁の入ったカップが並べられている。

ヴォイドがコーヒー、ミクが紅茶、オウジンが溜め池汁だ。腹を壊さなければいいのだが。

無視をするのもアレなので、俺はおとなしくミクの隣の席に腰を下ろした。

「ハァ～イ、エルたんっ」

「おう」

「おまえ、もう身体はいいのか？」

ヴォイドの問いに、俺はフォークでサラダを突きながら返す。

「元々大したケガはしていない。派手に吹っ飛ばされたが、オウジンの真似をして自ら吹っ飛ぶ方向に力を逃がした」

「え～？　眼球破裂してたじゃん？　右目、もう見えてる？」

「ああ、そうだったな。もう見えてるぞ。ちゃんとな」

俺はヴォイドを指さす。

「野犬だろ？」

ミクを指さす。

「こっちが野良猫」

オウジンを指さす。

「で、溜め池の汁をうまそうに飲む生物」

三人がほぼ同時にヤイヤイ俺に言い始めた。

俺は笑って「冗談だ」と返す。

肉の上にサラダをのせて、フォークでくるくると巻く。ここの食事はまだ数回しか食べてはいないが、まあまあうまい。だがこの肉体をブライズ級にまで戻すことを考えるなら、一食あたりの量は不足しているように思える。先は長い。

オウジンが溜め池――抹茶とかいう汁を啜《すす》ってつぶやく。

「そうか、僕の真似をして自ら飛《と》び退《の》いたのか。あれは空振一刀流の受け流しを、刀身ではなく身体で使う基本技だ。僕のように肉体に恵まれなかった小柄な剣士に使い手が多い」

確かに、俺がいまもブライズだったなら、流しもしなかった。力ずくで受け止め、さらに押し返していただろう。だが、さすがにエレミアの肉体では望むべくもない。

「だろうな」

「本来ならそんなぶっつけ本番で真似のできることじゃないんだけど、エレミアが言うならそうなんだろうな。岩斬りでバケモノの腕を飛ばしたんだろ。オルンカイムさんから聞いたよ」

「あれはヴォイドがやつの動きを止めてくれたから成功しただけだ。おまえの言う通り、動く標的にはできる気がしない。いまはまだな」

オウジンが岩斬りを繰り出す寸前に、わずかな溜めを必要としていた理由が、いまならわかる。敵の見極めと己の集中だ。こいつの流派には、あの技を溜めなしで放ってくるやつがいるのだろうか。だとしたら、中途半端な剣では刃ごと斬られてしまいそうだ。

「それでも大したものだと思うよ」

おっと。ずいぶんと買われているようだ。他流の剣士に褒められると素直に嬉しくなる。こいつは、この国の騎士どもとは大違いだ。

俺は肉のサラダ巻きを咀嚼《そしゃく》し、飲み込んだ。

「ああ。おかげで疲労はあるがピンピンしている。おまえこそ平気なのか？　リビングデッドのような顔色をしていたぞ」

オウジンが苦笑いを浮かべた。

「僕は保健教官に夜通し治療魔術をかけてもらったからね。この通り食事も摂れた。隣のベッドにはイルガがいたよ。あちらはもう少しかかりそうだったな」

「そうか。命に別状がないのならそれでいい。――それで、何かわかったか？」

ヴォイドとオウジンの視線が、ミクへと向けられる。

「うん。あのバケモノ、ホムンクルスっていうんだって」

「ホム……？」

パンを口に入れかけていた手を止めてしまった。

聞いたことのない魔物名だ。

「ホムンクルス。人造人間」

「……人間？　人造？」

紅茶を一口啜ってから、ミクがさも当然のように言った。

「お母さんの胎内じゃなくって、フラスコの中で産まれた人間だよ」

「馬鹿を言え。そのような奇天烈《きてれつ》があるものか」

「あるらしいよぉ。この国にはまだなくたって、エギル共和国には、もう、ね」

両手を後頭部に回して背もたれに身体を預けていたヴォイドが、ニヤけながら尋ねる。

「そいつぁどこの情報だぁ？」

「何？　ガセネタだって言いたいの？」

互いに顔は穏やかだが、ぶつかる視線に剣呑《けんのん》さを感じる。

「ここで因縁をつけるのはやめろ、ヴォイド。飯がまずくなる。ミクの父マルド・オルンカイム閣下は辺境伯だ。共和国との国境線上にある街を統治している。ミクが最前線の状況を中央の俺たちよりもよく知っていても不思議ではないだろう」

「ご名答。だから軍と繋《つな》がりを持つ教官たちも、薄々は気づいてたかもねー。リリたんなんて特に」

リリのやつめ。そういうことはちゃんと俺に報告しろ。

いや、無理か。俺はいま十歳で、一介の生徒にすぎないのだった。

しかしホムンクルスか。俺がエレミーに転生して、戦場に立たなかったわずか十年の間に、あのようなバケモノが出てきていたとは。あんなものが量産されたら、この王国など簡単に破壊され尽くしてしまうだろう。

いや、違うな。ミクの口ぶりや、情報の開示がまだなされていないことから察するに、出現はここ数ヶ月のことかもしれん。それが停戦後となれば、また厄介だ。

「でもでもぉ、さっすがは未来の辺境伯だねっ、エルたんっ。卒業したらすぐに式を挙げようねぇ～？」

「そんな未来はない」

ミクが大仰に嘆いた。

「そんなぁ～。……これはもう卒業までに既成事実を作らないとかぁ……」

「聞こえているぞ」

頬杖《ほおづえ》をついて、ミクが挑発的な目で俺を見る。

「聞かせてるんだもぉ～ん」

「阿呆《あほう》猫め。十歳に何を聞かせているんだ、おまえは」

「んふ」

ふと視線を感じて振り返ると、食堂の入り口からリリがちょうど入ってきたところだった。俺の視線に気づいたヴォイドがリリの姿を見て、まるで逃げるようにすぐに立ち上がった。

「んじゃ、俺ぁ先に戻らせてもらうわ」

「ああ。おまえも血を流しすぎたんだ。少しは休めよ」

「死にかけてたガキにゃ言われたかねえな。それにスラム上がりはそんなヤワじゃねえ」

背中を見せたヴォイドに声を掛ける。

「ヴォイド」

「あ？」

やつが怪訝《けげん》な表情で振り返った。

「昨日はあのバケモノ――ああ、ホムンクルスの動きを止めてくれて助かった。おまえがいなければ俺は死んでいたし、被害はもっと拡大していただろう」

「んで？」

「だから、その～、感謝している」

「はぁ？」

ヴォイドの眉が歪む。

「あ、いや……おまえに礼を言い損ねていたことを思い出してな」

「恥っずかしいガキだな、おまえ」

「う、うるさい」

歯を剥《む》いて笑ってからヴォイドが入り口へと向けて立ち去っていく。リリとすれ違う瞬間にお互い立ち止まり、何か一言二言を交わしているようだ。

だがただの挨拶だったらしく、ヴォイドはすぐに歩を進めて食堂から出ていった。

オウジンがつぶやく。

「素直ではないが、彼もキミに感謝していると思うよ。もちろん僕もだ。みんなキミに助けられた」

「わ、わかっている。そういうことをいちいち口に出すな。おまえも相当恥ずかしいやつだな、オウジン」

「ええ……、……八つ当たりはやめてくれよ……」

「にゃははははっ」

ミクが笑った。

リリはカウンターでサンドウィッチのセットを受け取ると、俺たちのテーブルではなく、別のテーブルにひとりで座った。

まるでブライズが彼女を連れ帰った最初の日のようだ。宿屋の酒場でな。リリは飯も頼まず、俺たちブライズ一派とは別のテーブル席にちょこんと座ったんだ。

きっと、どうしていいかわからなかったのだろうな。

もちろんその後、俺は首根っこをつかんで自分の隣に座らせ、その口に食いもんを山ほどねじ込んでやったがな。

だからだろう。懐かしくなった俺は、かつてのように声を掛けてしまった。あのときと、まったく同じ台詞をだ。

「なんだ、こちらにこないのか？　ひとりで食ってもうまくはないだろう？」

リリが少し驚いたような表情で俺を振り返った。

正体を明かすつもりはない。だが、これくらいは別にいいだろう。

彼女が表情を戻す。

「ええ。あなたたちの邪魔をしては悪いと思って」

「ヴォイドのことなら気にするな。あいつは不良だからな。色々素直じゃないんだ」

ミクが悪戯顔で俺を見た。

「その点、エルたんとリョウカちゃんは恥ずかしいくらい素直だよねぇ～？」

「そこ、やかましいぞっ」

「はは、もう勘弁してくれないか」

オウジンとミクに目配《めくば》せをして、三人同時に立ち上がった。

ミクがリリのテーブルから彼女のサンドウィッチセットをこちらのテーブルに運んだ。

オウジンが執事のように椅子を引く。

俺は戸惑うリリの手を引いて、こちらのテーブルへと導いた。

さすがに首根っこをつかんで運ぶのはもう無理だ。むしろいまだと、やり返されそうだ。

「なあ、リリ。これから先、俺は何度でも同じことをするぞ。おまえの師が、おまえにそうしてきたようにな」

「……その物言いは、意趣返しのつもり？」

「あたりまえだ。おまえが俺に散々してきたことだろうが」

しばらくは目を丸くして俺を眺めていたリリだったが、やがて少しうつむき、そうして――嬉しそうに笑った。

初めて笑顔を見せた、あの日の夜のようにだ。花が咲いたようだ。

で、例の台詞をつぶやくんだ。

「イトゥカ教官、でしょう？」

台無しだよ……。いまそれを言うなよ……。


朝。甘やかな香りの染みつくベッドの上に、暖かな日射しが降り注ぐ。

俺はリリの部屋のベッドに仰向《あおむ》けで寝転んだまま、伸ばした手を眺めていた。小さく、か細い手だ。

己《ひざ》のものでありながら何とも頼りない。

「……」

「どうかしたの？」

リリに尋ねられ、上体を起こす。

彼女はすでに着替えを終えて、教壇に立つ身支度を整えている。青の教官服だ。俺たちの制服と同じく金属糸で編まれている。男性用はパンツだが、女性用はスカート。胸元にはタイがあるが、いまは弛《ゆる》められている。

「情けない腕だと思ってな」

ちなみに俺はまだ寝間着だ。先日のダンジョンカリキュラムの一件のおかげで、崩落に巻き込まれた一組のみ、今日までの休暇が言い渡されている。

ちなみにダンジョンカリキュラムは全クラスで一時中止となった。再開は安全を確保できてかららしい。ダンジョンの安全確保とはなんぞや、と言いたいところだ。

さすがにあのホムンクルスが二体も潜んでいるということはないだろうから、ダンジョンが本来あるべき姿であることを教官連中が確認でき次第、といったところだろうか。

いずれにせよ、退屈だ。つまらん。

「力がない。まるで細枝だな。グラディウスでさえ両手でなければ満足に振れんとは」

オウジンはさておき、ヴォイドがうらやましくなる。まるでブライズが十代だった頃のような肉体性能だ。

リリが眼鏡を掛けた。

座学のときにだけ掛けるのだが、別段、目が悪いというわけではないらしい。ただの気分だそうだ。

ブライズが戦場に立つ際には、必ず赤の下着を身につけていたのと同じだ。たぶん。

「それはそうでしょう。まだ子供なのだから」

「わかってはいるが……」

思わず拗《す》ねて唇を尖《とが》らせてしまう。これでは本当の子供だ。

リリが俺を窘《たしな》めるように言った。

「焦って集中的に鍛えてしまってはだめよ。背が伸びなくなるから成長に応じて適切にやりなさい。手足の長さも剣では重要になるのだから」

「……うう……」

思わず、言葉が喉に詰まった。

リリが髪をかき上げながら、怪訝な表情で俺を見る。

「わたし、変なことを言ったかしら？」

「いや」

勘弁してくれ。それは俺が前世で十歳のリリに言った言葉だ。

教えというほどのものではなく、ただ幼い頃のリリががむしゃらに兄弟子らや俺と同じ鍛錬を積もうとするものだから、宥《なだ》めるための方便だった。あの頃のリリは、できないとすぐに泣いてしまうものだから。

走っては追いつけず、大剣は持ち上げられず、振るっては弾《はじ》かれ、いつも最後には悔し涙だ。いま思い出しても、ずいぶんと可愛《かわい》げのある娘だった。

ああ。そうだ。だとすれば次にくる言葉は。

「そうね、剣技を磨けばいいわ。剣を振るえば自然と必要分の力がついてくるし、技は力があろうがなかろうが、将来的に無駄にはならないから」

「……そうするよ」

こっちは方便ではなく本心からの言葉だった。

教えがほとんどなかった分、ちょっとした言葉でも覚えていてくれたようだ。切なくもあり、嬉しくもある。感情が複雑すぎて言葉では言い表せない。

だが、一つだけ確実にわかったことがある。

大人になったリリにとって子供になってしまった俺は、ブライズが見ていた少女リリと同じようなものなのだろう。

つまり、完全に半人前のガキ扱いだ。

リリが少し考えるように、顎に人差し指をあてて上を向いた。

「それとスト――」

「――ストレッチも続ける。わかっている」

切れ長の目が丸くなった。

「あら。聞き分けのよいこと」

「そらあな」

自分がかつておまえに言ったことだし。そう言えたらなんと気楽なことか。

なぜか悔しい。

おまえを育てたのは俺だし、そもそも俺は昔のおまえと違って、うまくできなくても泣いて駄々をこねたりはしない。なぜなら大人だから。

虚《むな》しい強がりだ。

うなだれ、ため息をつく。

「何?」

「何でもない」

苦々しく思っていると、リリが表情を弛めて背中を向けた。

「では、いってくるわね。しっかり休んでおくのよ」

「母親ぶるのはやめろ」

「それを望むなら、なってあげてもいいわ」

ああっ⁉

「じょ、冗談ではない！　俺をガキ扱いするのも大概にしろ！」

前世では擬似的にではあったが、リリが娘で俺が親だったというのに。

「まだ甘えたい年頃では？」

「そんなわけ――……。おまえはそうだったのか？」

リリが少し思い出すように視線を斜め上に向けた。そうして少し照れくさそうにうなずく。

「うん、そうね。甘えたかった」

「俺に⁉」

「どうしてわたしがまだ生まれてもなかった頃のエレミアに甘えられるの」

呆れたように言われて言葉に詰まる。

「あ、ああ、あいや、ああ、えっと……」

拾った犬くらい、やたら懐きやがると思ったら。あの頃のリリはブライズに甘えたかったのか。道理で、十代中盤になってもまだ同じベッドで眠っていたわけだ。

リリが楽しげに首を傾げる。

「いいえ、冗談よ？　正しく冗談。母親はね」

「趣味が悪いぞ……」

「ふふ、困っている顔が可愛かったわよ」

少し、打ち解けてきたように思える。

崩落事故が起こる以前のリリは、あちらはあちらで猫を被《かぶ》っていたらしい。どこか人間味が出てきたように見える。

「でもね、もしもエレミアに帰る場所がないのなら、それもいいかもしれないわね」

「おまえな――」

「どうせわたしはこのままだと結婚なんてできなさそうだし、一緒に暮らすくらいは構わないわ」

リリが笑いながら後ろ手を振って部屋から出ていった。遅れて顔面が大発火する。

あいつは関係性すら不明だったブライズという家族を、まだ引《ひ》き摺《ず》っている。

誰もいなくなった部屋で、俺はぽつりとつぶやいた。

「ちくしょう、リリめ……。安心くらいさせてくれよ……」

もう一度ため息をつく。

ベッドにあぐらを掻《か》き、少し考えてから、俺は枕をぶん殴った。

「いや、それ全部俺がリリにやってきたことではないか！　糞、ブライズの阿呆め！　いらんことばかり伝えおって！」

俺だよ。

言ったんだよ。いま思い出した。確かに言ったことがあった。子供だったリリに。

――どうせ俺は所帯など持てるような男ではないから、コブがあろうがなかろうがどうでもいい。

言われる方の身になって初めてわかることもある。

虚しい。虚しいにもほどがある。過去の己がいまの己を苦しめるとは。

「ああ～……」

もそもそと起きて、ストレッチを開始する。

実のところ、筋肉のなさなどあまり嘆いてはいない。

確かにブライズは比類なき剛の剣の使い手だった。あれは自賛ならずとも〝型無し〟の最終形態の一端だったように思う。

そう、一端だ。一端、あるいは一角にすぎない。

ホムンクルスの頸を一閃で斬ったリリの太刀筋は、彼女の師であるブライズの剛の剣ではなかった。むしろそれと対をなす柔の剣だ。しかもほぼ完成形に見える。

近いうちに手合わせを願えないものだろうか。まだ少し早いか。

未熟ながら硬質化した皮膚を斬る術《すべ》を教えてくれたオウジンの空振一刀流もまた興味深い。リリの使う柔の剣に近しいが、それとも少し違う。鋭の剣とでも言うべきか。

もしもキルプスが許してくれるなら、いつかオウジンについて東方に渡り、空振一刀流の〝剣鬼〟とやらにもまみえてみたい。

「ふふ、ははは」

自然と笑みがこぼれる。

王立レアン騎士学校に入って本当によかった。やりたいことが山ほど見つかる。

俺はいま、学生生活を最高に満喫している。

食堂に向かう。時間が遅いためか、学生の数はすでに疎《まば》らだ。みな授業に間に合わせようと、大急ぎで口に詰め込んでいる。

ふと見ると、食堂の端の方に女子が固まっている一角があった。

「……？」

レアン騎士学校の高等部には、特例で入学を果たした俺を除いて男子が八十名と女子が二十名在籍している。中等部と初等部に関しては知らないが、俺の視線の先には小中高をまたいだ様々な年齢の女子が固まっているように見える。おそらく十五名ほどか。

中心に何があるのか気にはなったが、まあ正体を知ったところで俺の興味を惹《ひ》くようなものではないだろう。ブライズと十代女子の中身が同じなわけがないのだから。

そう思い、席に着いてフォークをベーコンエッグに突き刺した瞬間、女子の塊に動きが見えた。その隙間を掻き分けながら、小さな人影が転がり出てくる。まさに這々《ほうほう》の体《てい》というやつだ。

小さいといっても俺ほどではない。黒髪に黒目、幼い顔つき。

あー、あいつなら見たことあるある。うん。やはり興味はなかった。よし、見捨てよう。

俺は後ろを向いて視線を逸《そ》らした。見つからないように。

だが。

「エレミア、助けてくれ！」

時すでに遅し。すでに見つかっていたようだ。

オウジンだ。どうやら女子の中心にはオウジンがいたらしい。しかも顔面が茹《ゆ》でたエビくらい真っ赤に染まってしまっている。

高等部、中等部、初等部の女子どもに揉《も》みくちゃにされながらこちらに向かってくるオウジンが見えた瞬間、俺は目玉焼きを咥《くわ》えた状態で己のトレイを持って早足で逃げた。

「おい、ちょっと！　待って！　待ってくれ、エレミア！　僕だよ！」

わかってる。わかってるから、その煩わしそうな集団をこっちに連れてくるなと言いたい。だが啞えた目玉焼きが落ちてしまってはもったいない。

「きゃあああっ、エルちゃんもいるー！」

エルちゃん。

この俺ともあろう者が、剣聖や戦姫に比べ、何と情けない渾名《あだな》か。

「見て見てっ、ほんとにお人形さんみたぁ～いっ」

「おねーさんたちと遊ぼっ。放課後空いてる？」

「あ～ん、してあげよっか！」

勘弁してくれ。

俺は手を使わずに犬のように頭を振って目玉焼きを口内に収め、逃げながら振り返って叫んだ。

「オウジン、恨むぞ」

「そんなこと言わないで助けてくれ！　僕は修行中の身だから、女の子には慣れてないんだっ！」

「剣士が恥ずかしいことを抜かすな！　男ならそれくらい自分でなんとかしろ！」

なんだ、その捨てられた子犬のような顔は。そんなだからおまえはモテるんだ。かわいいな、貴様。

だめだ。走ればトレイのスープがこぼれる。

俺は早足で逃げ回る。あいつは無数の手に服を引かれながら追ってくる。

「キミだって剣士だろ！　そんなこと言わないで頼むよ！」

「阿呆！　そんなもの俺にどうしろというのだ⁉」

まさか押しつけるだけ押しつけて、ひとりで逃げる気ではあるまいな⁉

ああ、ああ。

散々食堂を逃げ回ったあげく、俺たちはついに角に追い詰められた。総勢十五名ほどの女子にだ。

「ねえねえ、ふたり揃ったらめっちゃ可愛くない!?」

「オウジンくんとエルちゃん、尊い……」

「食べさせてあげるっ。お口あ～けてっ」

こちらからぶった斬ってやれない分、ゴブリンの群れよりも遙《はる》かにたちが悪い。

おそらく崩落事故の一件が原因だ。クラスの誰かがあの事故のことを、あることないこと吹聴《ふいちょう》して回ったのだろう。一組三班が身を挺《てい》して迎え撃ったと。

「ねえねえ、エルちゃんって小さいのにめっちゃ強いんでしょっ!? 十歳なのに新種の魔物を相手にひとりで大立ち回りしたんだって!」

「オウジンくんも、みんなを守るためにすんごくかっこよかったって！ ねえ、くーしん一刀流のお話、聞かせてよ！」

「お姉さんたち、お話聞きたいなぁ～」

俺がブライズだったら、小娘どもなんぞ何百人いようが適当に掻き分けてさっさと立ち去るのも簡単だ。だがこの十歳の小さな肉体ではどうにもならない。

もはや質問だか雑談だかすら聞き取れん会話が頭の上で勝手に交差している。オウジンも目を回しているようだ。というか顔面があり得ないくらい赤い。茹でエビどころか塗り潰したみたいになっている。

おまえそれ大丈夫なのか、血圧。

そのときだ。女子の集団の後ろから、彼女らを水でも掻き分けるように平然とヴォイドが入ってきた。

「おう、んな端っこで何やってんだ、おめーら？」

開口一番、俺とオウジンが同時に叫んだ。

「助けてくれ、ヴォイド！」

「助けてくれ、ヴォイド！」

「あ～？」

ヴォイドが気怠《けだる》そうな瞳で、頭ふたつ分ほど低い女子の集団を冷たい視線で見下ろす。

俺はおまえのその高身長が妬ましい。

だが逆にヴォイドを見上げる無数の視線は熱い。

「ちょーかっこいい……」

「悪人なのに、みんなのために身体張って戦ったらしいよ」

悪人ってなんだ。言ってもせめて不良だろう。あとそいつは悪そうに見えるだけで、俺などよりよほどデキた善人だぞ。

「ヴォイド様、正騎士並みにすごかったんだって！」

ヴォイド……「様」!?　こいつだけ、「様」!?

オウジンですら「くん」なのに、俺だけ「ちゃん」？

「あぁ、あの、つ、付き合ってください」

「あ～？」

まずい、ヴォイドも呑《の》まれる。そう思った。

かくなる上はヴォイドとオウジンを犠牲にして、俺だけここから脱出――。

「うぜえ、散れ」

──!?

俺とオウジン、そして女子たちが絶句する。

「さっきからギャアギャアギャアギャア。てめえら、うるさくて何も聞き取れねんだよ」

だが、それでも。めげない女子がいて。

「あの、ヴォイド様。もし彼女さんとかいなかったら、わ、わ、わたしにお弁当を作らせてくれませんか」

その言葉を彼女が言い終える前に、ヴォイドは耳をかっぽじりながら面倒臭そうに返した。

「あ～？　悪いな。おめえらみてえな乳臭え小娘にはこれっぽっちも興味がねえんだ。そうだなァ、十年ほど経ってから出直してくれや」

──!?

俺は息を呑んだ。

カ、カ、カッコイイ。お、お、俺がブライズだった頃でも言えないぞ、そんな台詞は。

しかしそんなふうに切り捨てては、言われた方の女子が泣いてしまうのではないか。そのようなことになったら、三班男子はもはやこの学校にはいられないぞ。

と、思ったのだが。

「……はぁん……」

彼女は真っ赤に染まった頬を両手で挟んで、くねくねしていた。傍目《はため》には喜んでいるように見える。

なぜだ……。

ヴォイドが纏《まと》わり付《つ》く少女を適当にあしらっていたまさにそのとき、集団の最後尾あたりから聞き慣れた女子の声が大きく響いた。

「あ～！　もうこんな時間だ！　大変、授業が始まっちゃう！」

瞬間、俺たちを取り囲んでいた女子たちの目に正気の光が戻る。

「あ！」

「やっば！　あたし一限目はリリちゃんの実技だわ！」

「あたしも！　遅れたらもったいないから早くいこ！」

戦姫の選択授業は大人気だ。大半の生徒が受けることを希望し、抽選で落とされ肩を落とす。学校でこれなら、へたをすれば国民人気は剣聖より高いのではないだろうか。まあ、美女と野獣ではやむなしか。

実際にリリの実技授業は男子からも女子からも評判がいい。ブライズと違って教え方がうまいのだろう。さすがに暴論精神論のブライズとは比べるべくもないか。

いや俺だよ。

周囲の女子たちが手を振る。

「またね、エルちゃん、オウジンくん！」

「今度一緒に遊ぼうね」

「あぁん、ヴォイド様ぁ～……」

潮が引くように、あっという間に去っていった。

風通しがよくなった食堂で、俺とオウジンが同時に長い息を吐く。周囲にはまだ甘ったるい匂いが残っていたし、頭蓋の中ではまだキンキン声が反響しているように思える。

だがこれで食堂にいるのは俺たち三名と、先ほど時間を知らせる声をあげてくれたミクだけとなった。

疲弊しきった表情でオウジンがヴォイドを見上げた。

「すまない。助かったよ、ヴォイド。オルンカイムさんも」

「くく、やっぱおめえ、エルヴァまで遊びにこいや。案内はしてやるから、スラムで女の扱い方を教えてもらえ」

「え、誰から？　ヴォイドが教えてくれるんじゃないのか？」

然《さ》も当然のようにヴォイドが言ってのける。真顔でだ。

「エルヴァはな、観光街から路地一本入りゃ、その手の商売で食ってる女なんざ山ほどいんぜ。組合があるから大半は気のいいやつだ。そいつらに頼めば喜んで教えてくれるぜ。稀《まれ》に騙《だま》して搾り取るようなやべえのも交ざってるけどな」

「い!?　や、ぼ、僕は、修行中の身で……そういうことは……その……」

ヴォイドがオウジンの背中を叩いた。

「ま、心配すんな。そういうやつは大体がスラムを牛耳ってるチームと娼館《しょうかん》組合に追い出されるようになってるからよ」

「そ、そういう問題ではないのだが……」

「だがまあ、エレミアにゃ、さすがにちょいと早ええ――」

ミクが慌てて俺とヴォイドの間に入ってきた。

「エルたんはだめだよ～？　そゆとこで遊んだら、ヴォイドみたいなろくでもない不良になっちゃうかんね～？　それにエルたんにはもう、あたしがいるもんね～？」

「いちいち抱きついてくるな！　唇をツ、近づけるなッ！　どういうつもりだ!?」

俺は持っていたトレイを慌ててテーブルに置き、例によってミクの顔面をつかんで押し離す。

「誰かにエルたんを盗《と》られるくらいなら、あたしが先に奪っとかないとぉ？　特に年増《としま》のリリちゃんとかぁ？」

「リリは関係ない！　変なこと言うのはやめろ！」

あいつはただの弟子だ。いまは俺が弟子のようなものだが。

ぐぎぎ、今日はやけに諦めが悪いな。そうか。いつもは止めてくれるやつが、今日はまだ作用していないからだ。

「吸うだけ！　ちょっと吸うだけだから！」

「何をだ!?　やめろ怖いっ！　――おい、ヴォイド！　早く助けろ！」

「あ～？」

ヴォイドが心底面倒臭そうな顔で俺たちを見下ろす。

ミクが怒る猫さながらに、いつものようにヴォイドを睨《にら》み上げた。

「何さ？　また邪魔しようっての？」

だが、意外や意外。ヴォイドはあくびをしながら肩をすくめたんだ。

やる気はないとばかりにな。

「いんや、好きにしろや。――悪いなァ、エレミア。その野良猫は俺の手に余ンだわ。ま、取って食うってつもりでもなさそうだ。いまは好きにさせとけや」

「お、おい」

いつもと態度が違うではないか。

それはミクも感じたようで、毒気を抜かれたような表情で、不信感を丸出しにしながらヴォイドに尋ねる。

「へえ？　あんたがあたしとエルたんの恋路の邪魔をしないなんて珍しいじゃん？　病気？　ホムンクルス戦で頭でも打ってたとか？」

「かもな」

ヴォイドからミクに対する警戒や敵意のようなものが、いまはまるで感じられない。これまではあからさまなくらいにあったものなのに。

ホムンクルス戦を経て、何かが変わったのか。仲間意識が芽生えてきたとか。

ミクが戸惑うようにつぶやいた。

「ふーん？　今日はやけに素直じゃん……」

どういうことだ。ちくしょう、ヴォイドのやつ。突然裏切りやがって。

俺は恨みを込めてヴォイドを睨み上げる。

「おまえ、面倒になっただけだろ!?　さてはミクから賄賂でも貰《もら》ったな!?　いくらだ!?」

「ククク、ガキの分際で賄賂なんて難しい言葉知ってんじゃねえか。――んなことよか、早く飯にしようぜ。何しに食堂にきたんだよ、おめえら」

ヴォイドが俺たちに背中を向け、カウンターへと歩きだした。

俺は恨みを込めて叫ぶ。

「誤魔化すなぁ！」

「はっはっは！　バレたかよ。ま、その必要がねえってわかっただけだ」

俺もミクもオウジンも首を傾げるしかない。

「どういうことだ。俺にはまるで意味がわからん」

「あたしもー。あ。これってもしかしたら、息子さんをあたしにくださいい的なことが認められたってことかも！」

「んなわけがあるかっ」

一組三班。俺たちのパーティが平和になることはいいことだ。チームワークも出てくるだろうし、連携も取りやすくなる。

だが。ああ、だが。

どこか違和感がある。ただの勘にすぎないが、これは戦場で培われてきた勘だ。そいつに頼ることで、俺は何度も命を救われてきた。もちろん同じ回数分の空振りもあったが。

ヴォイドとミク。このふたりの間には何か確執がある。そしていまこの瞬間、それが変化した気がした。

……良くない方にだ。

第六章 母ちゃんには内緒にしてくれ

ある日の夜、ブライズがとても身なりのよい男を一派の宿酒場に連れてきた。貴族様かしら。縮こまる彼の肩に野太い腕を回し、馴れ馴れしく顔を近づけて、安酒を強引に勧めている。お気に入りの果実酒と、わたしがブライズや兄さんたちのために作ったいっぱいの肉料理。

貴族様の舌に合う？

一口食べた彼は目を見開いて、今度はブライズの両肩に手をのせ、前後に揺する。ブライズが豪快に笑ってわたしを指さした。

わたしは貴族様に押されるように、握手をする。おかわりが欲しいんだって。いいよ。

彼がこの国の陛下であることをわたしが知るのは、もう少し先の話。

翌日、いつものように座学の授業に出ようとした俺を、ふいに呼び止める声があった。それは俺が女子寮の教官フロアへと部屋から出た瞬間のことだった。

「エレミア」

「ん？」

廊下から部屋の方へと歩いてきていたリリが足を止め、俺を手招きをした。

「ちょっといい？」

「ああ」

今朝、俺が目覚めたときにはすでにリリの姿は見当たらなかった。てっきり先に仕事に出ているものだとばかり思っていたが。

すでに教官服へと着替えは終えている。

「なんだ？　もう一限目の授業が始まる時間だぞ。教官が遅れては示しがつかんだろう」

「平気よ。一限目は自習にしたから」

「ダンジョン崩落後の、一組の最初の授業なのに？」

「ええ」

ふと、嫌な予感がした。

「朝早くから出ていたと思ったら、何か事件でもあったのか？」

「いいえ。ええ」

だからどっちだ。

「大したことではないわ。ある人を宿酒場まで迎えにいっていただけよ」

「ある人……」

「それはまだ言えないわ。そういう決まりだから。騎士学校のね」

「そうか」

リリが歩きだす。

俺は何となくついていく。階段を下れば学生のフロアだ。リリは相変わらず人気があるようで、女子寮を出るまで、生徒たちと交わす挨拶が収まらない。

先日の一件で俺を男子であると知った女生徒もいるらしいが、この見た目のせいか不思議と女子寮を歩いていても咎《とが》められることはなかった。リリとともにいるというのもあるのだろう。もっとも、まさか同じ部屋で暮らしているとまでは知らないだろうが。

女子寮を出ると、そこにはなぜかヴォイドとオウジン、そしてミクがいた。一組三班の揃い踏みだ。ミクが嬉《うれ》しそうな顔で手を振っている。

「エ～ルたんっ、おはよっ」

「ああ。なんだ？　みんな何をしているんだ？」

「たぶんキミと一緒だよ。僕らもイトゥカ教官に呼ばれたんだ」

オウジンが教えてくれた。

ヴォイドに視線を向けると、やつは顔を背けて、どでかいあくびをした。

「……かったりぃ……。……屋上で寝ようと思ってたのによぉ……」

「あんたもさぁ、授業くらい受けなよ、不良」

「必要ねえよ。おめえらとは頭のデキが違えからよ」

「は？　あたしがサボり魔の不良に負けるわけないじゃん！　んじゃ、次のテストで勝負だね！　勝った方がエルたんを好きにできる権利ね！」

「へいへい。好きにしろや」

ミクがヴォイドを睨《にら》むが、ヴォイドはどこ吹く風だ。

オウジンが代わりに答える。

「またホムンクルスの件で呼び出しみたいだよ」

「ああ、またか」

ヴォイドでなくともうんざりする。

昨日から何度同じことを言って聞かせればいいんだ。最初は教師連中に、次はレアン騎士団に、その次は王都からきた王国騎士団。さらにその次は誰だというのか。いい加減にしてほしい。

「今度は誰だ？」

「僕はそこまでは聞かされていないけど、ヴォイドは？」

「知るかよ。誰でもいいぜ、とっとと終わらせてくれんならな」

ヴォイドは不機嫌そうだ。

ミクが肩をすくめた。

「あたしも知んなぁ～い。だってリリちゃんが教えてくんないんだもん。この学校、秘密多すぎない？」

「わたしのことはちゃんとイトゥカ教官と呼びなさい」

ミクが言い直す。

「イトゥカ教官ちゃんが教えてくんないんだもぉ～ん」

俺はリリに視線を向けた。

「イトゥカ教官、俺たちは誰に呼び出されているんだ？」

「それは言えない。でも、会えばわかるわ」

会えばわかる？

エレミアには騎士団に知り合いなどいない。ブライズならば古い知り合いもいただろうが。

「ついてきて」

それだけを告げると、リリは歩きだした。

俺たちは顔を見合わせてから、その背中についていく。

授業が始まる直前の本校舎に入り、階段を上がっていく。今度は渡り廊下を通って男子寮だ。気のせいか空気がムサい。

ミクがリリに尋ねた。

「ねえリリちゃん。あたし、入っていいのん？　ここ、男の花園じゃん？」

その言い方はやめろ。

「特例で許可します。あとイトゥカ教官と呼ぶように」

「あいあ～い」

男子寮高等部フロアを抜けて教官フロア――のさらに上へと続く階段を上っていく。

屋上ではない。男子寮の四階には、一室だけのフロアがあることは外観から知っていた。

ドアの前に立ち、リリがノックをする。

「リリ・イトゥカです」

返事はすぐにきた。

「入りたまえ」

……？　この声、まさか……。

「失礼します」

リリがドアを引く。

隙間から見えた姿に、俺は目を丸くした。

なぜなら、そこにいたのは。

「一組三班をお連れしました。理事長」

「ご苦労だったな。イトゥカ将軍」

キルプス・オウルディンガムだった。

言わずと知れたガリア王国の国王、そして英雄ブライズの友であり、俺エレミー・オウルディンガムの実父でもある。

理事長。キルプスが理事長だったのか。レアン騎士学校を出資開設した張本人であることは兄から聞いて知っていたが、まさか謎の理事長が父だったとは想像すらしていなかった。

「……陛下、いまは一教官の身です」

「ああ、そうだった、そうだったな。イトゥカ教官」

どうやら俺の弟子は、相手が王でも容赦なく訂正させるらしい。何が彼女をそこまで駆り立てているのやら。

一方でキルプスは、王城で家族に見せる顔よりもずっと威厳に満ちた表情をしている。どうやらキルプスのやつも猫を被《かぶ》っていると見える。

最初に入室したリリがドアを押さえている間に、ミクを先頭にしてオウジンが、そしてヴォイドが続いた。

「へ？　え？　え、本物の……？」

キルプスの顔を見て、ミクがまん丸に目を見開いた。猫のように瞳孔が開いている。

続くオウジンもだ。

「キ、キルプス王⁉」

「……おいおい、マジかよ……」

それまであからさまにかったるそうな態度だったヴォイドまでもが、ぎょっとして立ち止まった。

まあ、いきなり何の前触れもなくこの国の王に対面させられたら、誰だってそうなるだろう。

リリがこの理事長室にくるまで黙っていたわけだ。

オウルディンガム家の、それも国王が来校しているだなどと外部に知れたら、とんでもない騒ぎになってしまう。

そんなやつらの様子を楽しげに眺めていたキルプスだったが、最後に入室した俺、エレミー・オウルディンガムの姿を目にした途端、三人組に勝るとも劣らない勢いで椅子を蹴って立ち上がり、眼球が飛び出すほどに目を見開いた。

「エレ――――⁉」

すんでのところで、キルプスは口を閉ざす。

リリが心配そうにキルプスに尋ねた。

「陛下？」

「……いや、なんでもないんだ」

明らかに目が泳いでいる。咳払《せきばら》いをして倒した椅子を起こし、何事もなかったかのように座った。

あ～、驚いてるなぁ……。

いますべてを理解した。

ホムンクルスと交戦した学生がレアン騎士学校にいると聞き、少しでも情報を得ようとして自ら学校に足を運んだキルプスだったが、まさか死闘を演じた班の中に、わずか十歳の愛する我が子がいるとは思いもしなかった、といったところだろう。

キルプスの顔面が青白く染まった。そりゃあ血の気も失《う》せる話だ。

「……」

「……」

めっちゃ見てるなぁ～。こっちを。やめろ、見るな。正体がバレるだろ。

あと、わかっているだろうな、キルプス。この件はアリナ王妃《母ちゃん》には絶対に内緒にしてくれよ。ホムンクルスと交戦したなどと知られたら、強引に王城へと連れ戻されてしまいかねないのだから。

俺を発見したキルプスは、まるで時間が停止してしまったかのように青白い顔で口を開け、こちらを凝視したままだ。

ドアを閉ざして姿勢を正したリリが、右の拳を胸に置いて堂々と告げた。

「陛下。彼らがエギル共和国のホムンクルスと交戦した一組三班の四名です」

その台詞は追い打ちだぞ、弟子よ。

あ。心臓を押さえた。

大丈夫だろうか。いきなり倒れないでくれよ。

「あ、ああ……」

キルプスの唇が紫になった。

一気に老け込んだみたいだ。すまない。

リリがミクに視線を向ける。

「順に紹介します。左端からミク・オルンカイム」

「お目にかかれて光栄ですわ。キルプス国王」

ミクがスカートの裾を指先で摘《つ》まんで、淑《しと》やかに膝を曲げた。

キルプスがどうにか調子を取り戻す。

「ああ、キミが。お父上、オルンカイム卿は壮健かね？」

「はい、とても。父マルドは齢《よわい》七十をこえましたが、身体を動かしていないと落ち着かない性分らしく、停戦後は毎日のように山岳の魔物狩りに興じておられます」

ああ見えてさすがは貴族の子女だ。普段を知っている俺から見れば、これこそが猫の皮なのだが。

ミクが少し困ったように笑って言った。

「少しはゆっくりなさっていただけると、わたくしも安心できるのですが」

「はは。それは心配だな。家族に心配をかけるのはよくない」

こっちを見ながら言うな。

「だがオルンカイム卿に限って妙なことにはならないだろう。大斧《おおおの》を担ぎ、あの剣聖ブライズと肩を並べて戦場を駆け回ったお方なのだから」

「ふふ、恐縮です」

それにしても、俺などとは比較にならないほど猫かぶりがうまいな、ミクは。

リリが視線をオウジンへと向けた。

「次が東方国家からの留学生、リコウカ・オウジンです」

「貴国の英雄ブライズ殿の剣技を学びたく、遙々《はるばる》海を越えて参りました」

オウジンが腰を曲げて頭《こうべ》を垂れる。

所作が美しい。

「うむ。存分に学んでいくといい。ガリア王国は東方国家ともいずれ友好関係を結びたいと考えている。ブライズの偉業をキミが祖国に持ち帰れば、それが足がかりとなるやもしれぬ。これからのキミの活躍に期待しているよ、リョウカ・オウジンくん」

「あ、ありがたきお言葉……！」

リリがヴォイドに視線を向けた。

「その隣が港湾観光都市エルヴァ、スラム街出身のヴォイド・スケイルです。成績優秀者につき、学費の免除がされています」

えっ、そうなのか⁉　き、聞いていないぞ⁉

ミクもギョッとした顔でヴォイドを眺めている。完全に猫皮が剥がれてしまっていた。試験で勝負を挑んだばかりだから、さぞや後悔していることだろう。

だがヴォイドは。

「……さすがに驚いたぜ。まさかここの理事長があんただったとはな」

ヴォイドは両腕を組んで、苦々しい表情でキルプスを見ていた。そこにはミクのような王に対する畏れや、オウジンのような敬意を宿した瞳の輝きがない。

わからないでもない。エルヴァはガリア王国で最も貧富の差が大きな都市だ。美しい海沿いを金持ちの貴族が観光街にしてさらなる金を生み出させ、平民以下は陸側へと追いやられている。

その最も内側、山岳側に位置しているのがエルヴァの闇、すなわちスラム街だ。平民ですらない者は、みなそこへ追いやられる。

キルプスはエルヴァのスラムを、未《いま》だ解消できずにいる。

金は力だ。貴族が徒党を組んで作っている観光産業の組合組織が強すぎるのだ。まさか自国に武力介入をするわけにもいかないのだから、王にとっては頭の痛い話である。

キルプスがうなずく。

「これまでは共和国との紛争に人と財力が大きく割かれ、エルヴァの件まではなかなか手を回す余裕がなかった。すまない。だが、約束しよう。少しずつではあるが、私はエルヴァを必ず変えてみせるつもりだ」

「くく、具体性を欠いて濁すなよ。別にいいんだぜ、気にしなくてもな。どうせ期待してねーからよ。スラムの誰もな」

和やかな口調ではあったが、痛烈な皮肉だ。だが、誰も反論はしない。できないんだ。

王を守る立場にあるリリですらヴォイドの無礼に目をつむり、苦い顔をしているだけだった。

キルプスが静かに囁《ささや》くように言う。

「怒りをぶつけても構わなかったのに、キミは大人だな。ヴォイド・スケイル」

「ガキが一匹で生きてける場所じゃなかっただけだ」

「……そうか。だが、諦めたわけではないことだけは信じていろ。これ以上の失望はさせせん」

ヴォイドが少し驚いたような顔をしたあと、目を閉じて笑った。

「そうかよ」

それだけだ。

このエルヴァのスラム問題を解消可能な方法はふたつ。貴族の組合組織の不正を暴いて公明正大に軍を入れるか、あるいはガリア王国の貴族制度そのものを撤廃するかだ。

前者はそもそも不正が存在しているかどうかもわからないし、後者は共和国の脅威にさらされている現状では絶対に不可能だ。国家の根幹が揺らぐ瞬間となるだろうし、エルヴァに限らず貴族らの抵抗も大きいだろう。

キルプスが何をどう考えているかは俺にはわからないが、おそらくヴォイドの言い分が正しい。

重苦しい空気を打破するかのように、リリが俺の背中を押してキルプスの正面へと立たせた。

「最後にですが、成績優秀で初等部中等部を免除され、十歳でありながら高等部に所属することになったエレミア・ノイです。そして、ホムンクルスの腕を断ったのも彼のようです」

黙考中に突然話を振られた俺は、大きく肩を跳ね上げてしまった。

「……お、俺か。あ～っと……よ、よろしくお願いしま……す？」

少し重くなってしまった空気が、あっという間に解消される。俺の挨拶が、あまりにも稚拙すぎたせいだ。別にいいだろう、十歳ならこんなもんだ。

大体にして、いまさらすぎるのだ。こちらから見てもあちらから見ても、実の親子なのだから。

苦い表情を引《ひ》き攣《つ》った笑顔で誤魔化しながら、キルプスが俺に手を挙げながらうなずいた。

「あ、ああ。そ、そうだな。ノイくん。うん。ノイくんは成績優秀で、武芸にも秀でている、と。それはとても素晴らしいことだ」

おい、動揺しすぎだぞ。正体がバレたらどうする。落ち着け親父《おやじ》。何ならもう一回スラムの話を蒸し返して落ち込ませてやろうか。

一度深呼吸をしてから、キルプスがあらためて顔を上げた。そうして、苦い表情で。

「だが真面目な話、あまり無茶なことはしないでくれよ。いくら能力に秀でていようとも、キミはまだ十歳なのだからね。ご母堂もさぞや心配されよう」

「わ、わかっている！　……ます！」

それを言うなよ。今世の俺が、唯一頭の上がらん人間なんだ。アリナ王妃は。

親子揃《そろ》って同時に深呼吸をする。否、ため息である。

そうして、キルプスが笑みを取り戻した。

「みんな、よろしく頼む。――それと、ご苦労だったな、イトゥカ将軍」

リリはいつもと何ら変わらぬ様子で、平然とつぶやく。

「はい。いいえ。軍部をすでに退いたわたしはもう、ただの教官にすぎません」

「そうだった。そうだったな、イトゥカ教官」

「はい」

この部屋に集ったリリ以外の全員が、様々な理由で動揺をしている様は、不思議とどこか笑えた。

結局のところ、キルプスは俺たちからホムンクルスの話題を聞くことはなかった。どうやらただ単に将来有望とされる四名の生徒の顔を見たかっただけのようだ。

――けれども、最悪の瞬間というものは、いつだって唐突にやってくる。

俺たちがキルプスからのいくつかの質問に答え、和やかな雰囲気で面談を終えかけたとき、席を立った俺たちの背中へと向けて、キルプスが声を発した。

「ああ、そうだ、オルンカイムくん。ひとつだけ聞き忘れていたのだが――」

「はい。何でしょうか、陛下」

ミクが微笑《ほほえ》みながら淑やかに振り返る。

だがキルプスが先ほどとはまるで違う険しい表情をしていた。そうして、低い声でその言葉をつぶやく。

「――キミは誰だ？」

「……!?」

瞬間だった。

リリが腰の剣を抜き放ち、目にも留まらぬ早さでミクへと斬りかかったんだ。

「～っ!!」

最初の一閃《いっせん》でミクの鞘《さや》ベルトを斬り裂いて武装を解除させ、間髪容れずに飛《と》び退《の》いたミクを追ってフロアを蹴る。

殺意のない一閃。おそらく剣速を加減し、頸部《けいぶ》でピタリと刃を止める気だったのだろう。だがそれが失敗だった。

刃がミクの頸部へと届くよりも一瞬早く、ミクはスカートを翻しながら後方回転し、キルプスのいるデスクの上へと音もなく着地する。

「ごめんね」

揺れるスカートの中。左脚の大腿部《だいたいぶ》に潜ませておいたマンゴーシュを抜き、その切っ先を国王キルプスの喉へと照準してだ。

俺は息を呑《の》む。

「キルプ――ッ」

「やはりそうであったか」

だがそのときにはもう、ヴォイドは俺の肩を押しのけて走っていたんだ。

「させるかよ、ボケッ！」

ミクの刺突が繰り出される寸前、ヴォイドによって乱暴に蹴られたデスクの上で彼女はバランスを崩し、理事長室の絨毯《じゅうたん》に背中から転がり落ちる。

「う……っ」

「ハッ！　やっぱそうかよ、てめえは！」

足を振り上げて飛び起きたミクは、リリの再度の斬撃を躱《かわ》すように後方へと跳ねて理事長室の窓を背中から突き破り、ガラス片を散らしながら校舎外へと落下していった。

「……」

「……」

あまりに一瞬の出来事で、俺とオウジンはただ呆然《ぼうぜん》としていただけだった。

フロアにはリリによって斬り離されたミクのレイピアだけが取り残されている。

「な、んだ……？」

リリとヴォイドがすぐに、少し遅れて俺とオウジンが窓に駆け寄って遥か眼下を見下ろした。

すでに彼女の姿はない。四階から落ちたとはいえ、ダンジョンでのあの崩落事故のときから考えれば、おそらく無事なのだろうが。

いや、そのようなことよりも、いま何が起こったんだ。目の前のことなのにわからない。いや、脳が事実を拒絶している。信じたくないと。

ああ、糞《くそ》。頭が混乱する。

ミクが親父――国王キルプスを暗殺しようとした？

それを示し合わせたようにリリとヴォイドが防ぎ、ミクは形勢不利と判断するや否や、そのまま姿を晦《くら》ませた？

心臓が馬鹿みたいに跳ね回っている。

鼓動が己の耳にも聞こえるくらいにだ。

「……オウジン、教えてくれ……。……これは夢か……？」

「……僕にもわからない……。……どうしてオルンカイムさんが……」

慣れた様子でリリがヴォイドに指示を出した。

「追うわ。スケイル、陛下の警護を頼めるかしら。オウジン、エレミアはスケイルの補佐よ」

ヴォイドがいつものように両腕を組んで壁にもたれ、目を閉ざす。

「いいぜ。引き受けてやる。多少は俺の領分とも被ってるからな。あんたもせいぜい気張れや、将軍殿」

「教官よ」

その言葉が終わらぬうちに、リリもまた四階の窓から身を投げ出した。

教官服のスカートを押さえながら男子寮の雨樋《あまどい》に足を掛けて勢いを殺し、着地と同時に地面を転がって衝撃を散らす。

すぐに起き上がったリリは、ミクを捜して走りだした。

理事長室にはキルプスと俺、そしてヴォイドとオウジンだけが残される。

キルプスが疲れた年寄りのように、ふぅと長い息を吐いた。

俺は親父に詰め寄り睨みつける。

「おい父上、これはどういうことだッ!?　なぜミクがあんたの命を狙った!?」

言ってから気づく。しまった。口調を荒らげてしまった。キルプスの前では、前世以降、素を出したことなどなかったというのに。

だがキルプスはそのようなことなど意にも介さず、理事長の椅子へと腰を下ろした。そうしてまた、重いため息をつく。

「ああ」

だめだ。答えるつもりがないのか、何かを考えているのか。

キルプスはただ一点を見つめ、口をつぐんでしまった。

「え、ちょ、ちょっと待ってくれ、エレミア。キミはいまキルプス王を父と呼んだのか……?」

「あ……」

ガシガシと頭を掻《か》く。

「〜ッ」

やってしまった。失態を重ねた。ここにはオウジンとヴォイドもいたんだ。

糞、あまりに混乱しすぎて二重に余計なことを口走った。俺が王家の人間だとバレてしまった。

ああ、もうめちゃくちゃだ。

「僕にわかるように説明してくれよ、エレミア」

けれど、オウジンの問いに答えたのは——。

「そういうこった。エレミア・ノイはこの国の第三王子エレミー・オウルディンガムだ」

——俺でもキルプスでもなく、ヴォイドだった。

俺はヴォイドを振り返る。

「おまえ、知っていたのか!? 俺がエレミーだってことに気づいてたのか!?」

ヴォイドは悪びれた様子もなく、至極当然のように口を開いた。

「ああ。俺はおまえの親父さんから直々におまえの身辺警護のために雇われた猟兵だからな」

「な――っ!?」

キルプスに視線をやると、やつは俺にうなずいて見せた。

護衛をつけられていたのか。それも規律正しい近衛騎士団とは大きくかけ離れたタイプの不良を。

さすがに予想外だ。

「おまえ、正騎士か？」

「ちったぁ落ち着けや、エレミア。たったいま俺は雇われの猟兵だっつったとこだろうが。それに、どこをどう見りゃ俺が騎士に見えんだぁ？」

ヴォイドが続ける。

「ついでに言うが、別に騙《だま》してたわけじゃねえぜ。エルヴァのスラム上がりってのも本当の話だ。黙っていたことはあるが、嘘《うそ》はついてねえ。一度もな」

「そうか。だからおまえはミクが俺に近づくたびに邪魔をしていたのか」

「当初は猫を、おまえの正体に気づいて近づいた怪しい女だと思って警戒していたが、どうやらそいつぁ俺の買い被りだったようだ。あいつはいまもおまえが王子だと気づいていねえ。ただ単に、エレミア・ノイというガキを気に入ってたんだろうよ。本気でな。だから俺は警戒を弛《ゆる》めた」

ダンジョンカリキュラム以降、ミクの俺への暴走に対し、ヴォイドが見て見ぬふりをするようになったのはそう判断したからか。理由はおそらく、カリキュラム内でミクが、身を挺《てい》して俺を救ったから。

ヴォイドは続ける。

「まあ何にせよだ。暗殺だか諜報《ちょうほう》だか工作だか知んねえが、おめえに危害が及ぶのを防ぐのが俺の仕事だ。それ以外は、あの猫がこの国に何をしでかそうが知ったこっちゃねえ。そっちはイトゥカや陛下の領分だからな」

「だがいま、おまえは父上の暗殺を防いでくれたぞ」

リリやヴォイドがいなかったらと思うと、ゾッとする。

俺は完全に気を許していた。前世のブライズだった頃ならば、ここまで気を弛めることなどなかったのに。

東方では、〝健全なる精神は健全なる肉体に宿る〟と言われているらしい。今回のことで身に染みた。俺の肉体はやはり未熟なんだ。それが精神にも影響を及ぼしている。

ヴォイドが半笑いで腕を広げた。

「勘違いすんな。いま陛下の暗殺を阻止してやったのは、依頼人が死んじまえば報酬がいただけねえからだ」

一度言葉を切って、ヴォイドは俺から視線を逸《そ》らす。

「それとこっちはおまけだが、エレミア。おまえがこの場にいたからってのもある。親の死を見ちまったら、ガキってのぁ消えねえ傷を負う。だから護衛の一環だと判断した」

ことヴォイドに関しては、おまけと本音が逆なのだろう。短い付き合いだが、こいつの性根が驚くほどまっすぐなのは見ていて理解した。

だが、そんなことはいまはどうだっていい。

頭を抱えたくなる。

なんだこれは。俺の知らないところで何がどう絡まっているんだ。

「ヴォイドはいつからミクの正体に気づいていたんだ？」

「最初は知らなかったぜ。ただおまえに近づく怪しい女だと思って警戒してただけだ。もちろん諜報員や工作員である可能性も視野に入れてな。だがダンジョンカリキュラムでホムンクルスに襲われた際、あいつは身を挺しておまえを守った」

やはりそこがミクに対する印象の転機か。

ヴォイドが肩をすくめる。

「その振る舞いを見て、俺はあいつがおまえに危害を及ぼす人間じゃあねえと判断した。だがその直後だ。陛下から鳥を使った言伝《ことづて》がきたのはな」

キルプスがヴォイドの言葉を継いだ。

「それについては私から語ろう。先日、本物のミク・オルンカイムを国境騎士団が保護したのだ」

「本物……？　本物の、ミク・オルンカイムだと……？」

問い返す声が情けなく震えた。

「じゃあ、あいつは……」

「そうだ。彼女はミク・オルンカイムではない。本物のミク・オルンカイムは、すでに実父であるマルド・オルンカイムの国境騎士団が無事に奪還保護した」

奪還……保護……。

キルプスの言葉に顔をしかめ、ヴォイドが髪を掻き上げた。

「正直焦ったぜ。俺が警戒を弛めたばっかの日に、あのホムンクルスから命がけでエレミアを救った女のクロが確定しちまうんだからよ。にしてもよ、まさか国王様ともあろうお方が息子可愛《かわい》さに、たった一晩で直々に乗り込んできやがるとは思いもしなかったがな」

「否定はしないが、公務や視察も兼ねている」

だめだ。頭が熱を持って思考に靄《もや》がかかる。

耳から入るふたりの言葉を、脳がうまく処理できている気がしない。

「にしてもよ、陛下。戦姫をこの場に同席させたのはよい判断だったぜ。もうちょっとで俺の報酬がパアになっちまうとこだ。もっと気ぃつけろや」

ヴォイドが己の首に親指を這《は》わせた。

キルプスの暗殺は、本来ミクの計画にはなかったはずだ。来校自体を知らなかったのだから。正体を見破られたことで焦ったミクが、突発的にキルプスの首を狙ったのだ。それを運良く防げたのは、リリのとっさの機転だった。

キルプスがうなずく。

「その件に関しては申し開きもないな。しかしイトゥカには何も事情を知らせていなかったというのに、真っ先に少女の無力化に動いてくれた。やはりブライズに匹敵するとてつもない逸材だよ、彼女は。私としては、すぐにでも軍に復帰してもらいたいものだ」

ああ、頭が痛くなる。

俺は呻《うめ》くように尋ねた。

「リリは？　リリも俺の正体に気づいているのか？」

「さあな、知らねえんじゃねえの？　だよなァ、陛下？」

キルプスがうなずく。

「たとえ味方であっても、情報を知る者は少ないほどいい。ゆえにイトゥカには何も知らせてはいない。彼女ならばそれでも十分に動いてくれるとわかっていたからな。いや、実際に動いてくれた」

暗殺の阻止か。

確かにリリは、ミクに嫌疑がかかった瞬間に彼女の鞘ベルトを斬って無力化させていた。レイピアが腰に残っていたら、キルプスの命は奪われていたかもしれない。

ミクが、キルプスを。殺していたかもしれない。

目眩《めまい》がする。

俺はこめかみを掌《てのひら》で押さえ、うつむいた。

「エレミー、この学校でおまえの正体を知る者はわたしとヴォイド、そしてたったいま増えた、そこのオウジンくんだけだ。だからおまえは少女と同じ班にいたのに殺されもせず、人質にもされなかったのだ。身分を隠しておいて本当によかった」

それまでずっと黙っていたオウジンが、力なくつぶやく。

「オルンカイムさんが……そんな……」

キルプスがうなずいた。

「そうだ。だが正確には違う。彼女はオルンカイムではない。先ほども言ったことだが、本物のミク・オルンカイムは、すでにマルド・オルンカイムの国境騎士団が奪還し、保護している」

俺の思考を遮って、キルプスは容赦なく続ける。

「彼女は――例の少女は本物のミク・オルンカイムがレアン騎士学校の受験に向かった際に仲間とともに馬車を急襲し、人知れずオルンカイム嬢に成り代わった、諜報工作を兼ねた暗殺者だ。目撃者もなかったことゆえ、誰もがそのことに気づくのに遅れてしまった」

暗、殺……。

剣聖ですら察知できない気配。一切の音を立てない猫足。異常な身のこなしに、気配察知能力。マンゴーシュという武器。いずれも剣士や騎士が求めるものではなく、むしろ暗殺や諜報活動に必須のものだ。

歯を食いしばり、俺は両手で頭を掻き毟《むし》る。

「〜〜ッ！」

いくつもだ。いくつもヒントはあった。

学生というにはあまりにも能力が高すぎた。だが、オウジンやヴォイドといった若い才能に紛れれば、看破するのは難しい。そういう学生もいるだろう。そんなふうに考えてしまっていた。

全身から脂汗が滲《にじ》んだ。

本物のミク・オルンカイムの誘拐。安全な暗殺ではなくリスクを孕《はら》む誘拐を選択したのは、オルンカイム家の令嬢ともなれば、あの猛将マルド・オルンカイムへの人質に使えるとでも踏んだのだろうか。

信じたくない。あいつが、そんな。

信じたくはない。だが。ああ、だが。

脳裏に浮かぶ。キルプスへとマンゴーシュの切っ先を向けた少女の姿が。

そして同時に、いまさらながらに気づいた。

俺はこんなにも、あの少女に対して強い絆《きずな》を感じていたんだ。

たとえそれがまやかしであったとしても。

全身から力が抜けていく。

頭を抱えていた両手が、するりと落ちた。そのまま肩を落とす。

キルプスが静かに続けた。

「誘拐が判明したのは、国境を防衛しているオルンカイム卿の騎士団が、たまたま共和国に向かう怪しげな一団を発見できたからだ。本当に偶然にすぎなかった。彼らはマルドの国境騎士団から逃れようと、共和国側に逃走を開始した。だからマルドは追った」

あの山岳でマルド・オルンカイム率いる国境騎士団から逃れられる部隊など、俺が知る限り存在しない。共和国にも、王国にもだ。

俺は靄がかる思考のまま、声を絞り出した。

「その中に囚《とら》われていたのが、受験のためにレアンへと出発したはずの娘、本物のミク・オルンカイムだった、ということか」

「そうだ。その一件が偶然明るみに出なければ、あの少女はミク・オルンカイムを名乗ったまま、ガリア王国に多大な損失を与えていただろう」

多大な……損失……。

だめだ……もう頭が回らん……。

「父上、言葉を濁すな。俺はあなたが思うほど子供ではない」

「そうか。要するに国王である私の死か、あるいは王子であるおまえの拉致。さもなくばレアン騎士学校と強い繋《つな》がりのある王国騎士団への工作、諜報による混乱。近しい例でいえば、ホムンクルスを街中に解き放つことさえ考えられる」

「……」

ヴォイドが壁にもたれて両腕を組む。

「あのホムンクルスを解き放ったのも、あいつだったんだろうよ。まったく、厄介な女だぜ」

その言葉に反論するように、オウジンが遠慮がちにつぶやく。

「そうなのかな。ホムンクルスはオルンカイ――彼女を殺そうとしていた。僕は彼女に救われたからわかる。彼女の刺突があいつの眼球にあたらなければ、僕は間違いなく死んでいた。そのときに彼女へと向けられたホムンクルスの殺気は、間違いなく本物だったように思う」

「かもな。何にしても楽観視はすべきじゃねえ。これから起こりうる最悪を想定しろ」

「そう、だね……」

わかっている。俺だってオウジンと思いは同じだ。

だが少女はダンジョンカリキュラムの存在を、ただひとりだけあらかじめ知っていた。でなければ、あのタイミングでホムンクルスを解き放つことなどできなかったはずだ。少なくとも学内では、少女にしかできなかったことだろう。

己の命を、危険に晒《さら》してまで……？

オウジンの言葉に突き動かされるように、思考が少し戻った。

ホムンクルスは間違いなくミクを殺そうとしていた。それはヴォイド自身も認めている。だからヴォイドは少女の警戒を解いた。

誰が、はいま考えるだけ無駄だ。ならば、ホムンクルスがレアンダンジョンに放たれた理由を先に考えるべきか。

「……王族の暗殺のため、ではないのだろうな。人質目的の誘拐ならば話は別だが、国の第三王子を殺害しても意味がない。殺すなら父上か、あるいは長兄のレオナールだ。ならばおそらくホムンクルスを放った理由は、兵器としての有効性の証明。あるいは殺傷能力の実験か」

ヴォイドがうなずいた。

「ヘッ、ようやく調子が出てきたじゃねーか。――そもそも猫にはおまえを暗殺や誘拐する機会なんざいくらでもあった。俺は最初っからおまえらを見ていたからわかる。あいつがそれを実行しなかったってことは、おまえが王子であることを知らなかった証《あかし》でもあるんだろうよ」

それで初日にあの曖昧な警告だったのか。

――オルンカイムにはせいぜい気をつけな。

ああ、まぬけめ。俺が一番のまぬけだ。

学生生活に溺れ、戦場での息の仕方を忘れていた。未熟な十歳の肉体が、思考まで幼くさせていた。

本来であれば感情を制御し、切り捨てるべきことなのだ。

わかっている。頭ではわかっている。

だが俺の幼い脳みそは、少女の救い方を模索し始めてしまっていた。

第七章 正直者には悪知恵を

いまが一番好き。

両親のもとで一生懸命に生きていた頃よりも、奏でる楽器に合わせて踊っていた頃よりも、ブライズや兄さんたちが戦場へと向かい、胸が圧し潰されそうな不安に駆られる夜があったって、きっといまが一番幸せ。

だから、あの大きな背中を追いかけると決めた。ううん、守ると決めた。二度と失わないように。

剣を取ろう。わたしはブライズのための剣となり、ブライズのための盾となろう。

ミク・オルンカイムを名乗った少女が姿を消して丸一日が経過した。あれから騎士団は少女を追い続けているが、発見は未《いま》だできていないようだ。

キルプスはレアン騎士学校に滞在している。へたに動くことができなくなったからだ。暗殺は移動中に多い。王都への道中、少女の襲撃がないとは限らない。

リリを王都まで護衛につけることも考えたそうだが、それでも暗殺を防ぐことは難しい。実行は易《やす》し、防ぐに難し。それが暗殺だ。

ゆえにキルプスはいま、王都から近衛騎士団を呼び寄せている。到着は明後日になるだろう。それまでの間、リリは夜を徹して理事長室前で護衛の任についている。

俺は表のリリには聞かれないよう、声を潜めて進言した。キルプスにだ。

「父上。少女が見つかるまで移動はやめておいた方がいい。いくら数十名の近衛騎士で囲ったとて、魔術師の大魔法を喰《く》らえば意味はない」

レアン騎士学校の理事長室だ。

リリはいまも部屋前の廊下に立っている。俺はまだ少し話が残っていたことにして、キルプスとの関係をリリに伏せたまま、この理事長室を訪れていた。

キルプスが難しい顔で返す。

「玉座を長期間空席にしておくことはできぬのだ」

「それはわかるが……」

「私の心配はいい。それよりエレミー。わずか数日でずいぶんと男らしくなったな」

俺は肩をすくめる。

しまった。再会してからずっと口調がブライズのままだ。

俺は他のやつらほど、猫かぶりがうまくないらしい。我ながら不器用さに嫌気がさす。

「あ。ああ、これは失礼しました。あらためます」

「いや、そのままでよい」

キルプスが自らの口を指さす。

「口調の話ではないのだ。顔つきが変わった。精悍《せいかん》になったと言いたかった」

「はあ」

ほっぺとかプニプニなんだが。

「ヴォイドの力を借り、おまえがホムンクルスの腕を斬ったそうだな。あれの表皮は鋼鉄鎧《よろい》ほどの硬度を誇る。なかなかどうして、大したものだ」

「ああ。さすがにリ――――ん、んんぅ」

危ない危ない。

「リ？」

「イトゥカ教官のように、スムーズにはいかなかったけどな」

空振一刀流の岩斬りだ。オウジンのあれを見ていなければ、おそらくできなかっただろう。むしろ正騎士の中でも、あのバケモノを倒せる腕を持つ者がこの王国に何人いるやら。

もしも停戦協定が共和国側から一方的に破られ、あれを戦場に量産投入された日には、王国に勝ち筋はない。

キルプスが口角を上げて目を細める。

「比較対象を間違えるな。リリ・イトゥカは剣聖ブライズと並ぶ戦姫だ。引き換えおまえはわずか十歳。嘆く必要がどこにある。私は誇りに思うぞ。おまえをイトゥカに預けて正解だった」

そうか。

ブライズの記憶が残っているがゆえに、地続きに思えていた転生年齢だったが、実際にはほとんどやり直しに等しいのだった。筋力も瞬発力もだ。持ち越せたのは幾ばくかの知識と機転のみ。

「しかし我が子に剣才があったとはな。正直驚いたよ。レオやアランにもあるのだろうか」

「どうでしょうか」

あの兄弟にはないだろうな。強きを直視せず、弱さも直視せず、ただただすべてを見下すのみでは成長すら見込めない。

苦笑いで誤魔化すと、キルプスもまた苦い笑みを浮かべていた。

「私にはなかったものだ。そのことでブライズにはよく笑われたものだったな」

そういえば前世で、キルプスが木剣を振るから教えろと言ってきたことがあった。まあ何というかへなちょこな太刀筋だった。無駄な力を入れすぎて刃が綺麗《きれい》に立たず、藁束《わらたば》すらろくに斬れずに吹っ飛ばしてしまう始末だ。

これなら剣より棍《こん》を持った方がマシだ。その方が破壊力が出る。そう言ってやったのを思い出した。

あいつはいまと同じ苦い笑みを浮かべていたっけ。

同じことを思い出していたのだろうか。少し笑って、キルプスが表情を引き締めた。

「それで、今日は何をしにきた？　正体を知られる危険を冒してまで、私を楽しませるためではないのだろう？」

「……ええ」

ミクのことだ。いや、ミクを名乗る謎の〝猫〟か。

俺はキルプスに頭《こうべ》を垂れる。

「頼みがある。父上。彼女の身柄を俺に一任してもらえないだろうか」

国王の命を狙ったのだ。王国で捕まれば死罪は免れない。

次はリリも加減しないだろう。最初から全力だ。剣士と暗殺者が正面切って戦えば、暗殺者に勝ち目はない。少女がリリに勝つ可能性があるとするならば、虚を突く不意打ちが必要になる。

だがリリはもう決して警戒を解かないだろう。どこにいても、眠っていてさえもだ。

音。におい。温度。風。

それらすべてに注意を払えば、剣聖級である彼女に隙はない。正体が割れた時点で少女の敗北は確定している。遭遇、すなわち死だ。

しかしリリはいま、キルプスの護衛に全力を割かねばならない状態にある。ゆえに少女を追っている者は学園都市レアンに常駐する正騎士たちだけだ。

その上で、レアン近郊はいま騎士たちによって街道の封鎖がなされている。少女はまだ街中か、あるいはこの街の近くに潜んでいるはずだ。

リリが動けない状態のいましかない。つまり猶予はキルプスが学校に留《とど》まっている期間。今日と明日のみ。

俺が少女を先に発見し、彼女を――どうしたいのだろうか。

先に見つけてどうするつもりなんだ。逃がすのか。共和国に。わからん。わからんが。あの娘に死んでほしくない。

先ほどまで朗らかだったキルプスの声が、低く響く。

「エレミー、おまえは自分が何を言っているのか理解しているか？　子供の我《わ》が儘《まま》では到底許可できんことだ」

子供の我が儘。まったくその通りだ。こんな馬鹿げた願いなど、ブライズであっても拒絶する。

わかっている。だが俺はブライズじゃない。十歳のエレミーだ。頭では理解していても、心が追いついてこない。

視線がぶつかり合う。

こういうときのキルプスは凄《すさ》まじい威圧を放つ。剣士のものではなく、王者の威圧というものだ。

俺は喉を鳴らす。渇く。だが、張り付く唇をこじ開けて。

「……責任は俺が持つ……」

「十歳のおまえに何ができる。言ってみろ」

「その必要があると判断した場合には……、……俺が……彼女を斬る……」

キルプスはただ黙って、険しい視線を俺に向けていた。

「……」

「あいつと話がしたいんだ」

キルプスが吐き捨てる。

「ならん。王の暗殺は国家転覆の危機にも等しい。たったひとりの少女のため、何十万何百万の民を危険にさらすことになる。到底許可できるものではない」

エギル共和国は王の不在を見逃さない。それくらいはわかっている。だがリリがいる限り、キルプスが殺されることはない。

俺はデスクに両手を叩《たた》きつけながら、キルプスと額を突き合わせるように睨《にら》んだ。

「それでも、頼む！　父上！」

キルプスは微動だにしない。

俺ですら怖《お》じてしまいそうな目をしている。それはそうだろう。己の命を狙われたのだ。誰がそれを赦《ゆる》せようか。たまたまヴォイドがいなければ、リリがいなければ、キルプスはもうこの世にはいなかった。

だが己の命以上に、こいつは国家国民のことを背負っている。ゆえに退《ひ》かぬのだ。

キルプスは繰り返す。

「王の暗殺は絶対にあってはならんのだ。狙われてしまったことすら他国には、いや、自国の民にすら知られるわけにはいかん。私が列国より弱き王であると見なされれば、王国は他国に食い荒らされることとなる。共和国はいまこの瞬間も隙をうかがっているのだ」

「理屈はわかってる！　俺には頼むことしかできん！　頼む、キルプス！」

額がぶつかった。それでも互いに退かない。

ゴリゴリと互いの骨が鳴った。

「エレミー。おまえの頭は飾りか。この愚か者め」

「俺のことなら好きなだけなじってくれて構わん。だが、あの少女に生きる機会を与えてやってくれ」

瞬間、キルプスが首を引いた。

つんのめった俺へと向けて、再び額を勢いよく突き出す。ゴッと鈍い音が響いて、俺は額を押さえながら背後によろけ、尻餅をついた。

「痛ぁ～……」

頭突きをしやがった。

つぅと血が流れだす。キルプスの額からもだ。

「私は考えろと言っているのだ！」

「だから何をだよッ⁉」

大声を張りあげたからだろうか。

ドアがノックされる。向こう側からリリの声がした。

「――陛下、いまの声と音は？」

キルプスが椅子から腰を浮かせ、慌てて答える。

「ああ、何でもない。ノイくんと議論が白熱してしまってね。興奮してデスクの花瓶を絨毯《じゅうたん》に落としただけだ。割れずに済んで助かった。――そうだね、ノイくん？」

「あ、ああ」

しばらくすると、リリの声がした。

「……そうですか。お気をつけください」

ドアは開かれなかった。

俺とキルプスが同時に息を吐く。

「いいか、エレミー。剣だけではなく座学にももっと勤《いそ》しめ。知識よりも知恵をつけろ。頭を働かせるんだ。私がレアンに来ていることは内外問わずの国家機密だ。アリナですら知らぬこと。ならば昨日起こしたあの少女の罪とは何なのか、よく考えるがいい」

「……あ……！」

レアンにキルプスはいない。表向きそういうことになっている。

つまり少女の罪は、王の暗殺ではない。レアンの常駐騎士らは、自分たちがなぜ少女を追わされているのかさえ正確には理解していないということだ。

真実を知っているのはキルプスと一組三班。そしてリリだけということになる。

「一組三班とイトゥカには、当然昨夜のうちに箝口令《かんこうれい》を敷いてある」

キルプスが悪戯小僧のような笑みで、俺を指さした。

「少女を救いたければレアンの騎士団よりも先に見つけろ。ヴォイドやリリよりもだ。団の尋問にかけられては、余計なことを喋《しゃべ》るやもしれん。それは、いまならばまだ伏せておけることだ」

感動した。正直泣きそうになった。

「だが、あまり時間はないぞ、エレミー」

「キ、キルプスゥ～……」

「あと実の父を名で呼ぶやつがあるか」

あ……。

キルプスがチーフで額を押さえながら、椅子の背もたれに全身を預けた。

「おまえと話していると、不思議とブライズのことを思い出す。あやつも腕っ節はあったが、まるで悪知恵の回らん男だった。馬鹿正直でな」

ひぇ……。こっちにもバレそう……。

「おまえも王族ならば覚えておくがいい。上に立つ者にとって悪知恵は必須のものだ。正直者は政治に喰われる」

「き、肝に銘じておきます」

「うむ」

キルプスがうなずき、表情を引き締めた。

「――急げよ、エレミー」

「はいっ」

俺は少女を捜し始めるべく、理事長室を勢いよく飛び出した――瞬間に、廊下に立っていたリリに手をつかまれて止められた。

リリの目が丸くなっている。

「エレミア？　その額、どうしたの？　ケガをしているわ！」

「あ……」

しまった。ええっと。

ど、どう言えばいいんだ。そうだ。花瓶だ。

「いや、こ、これは。ああ～、陛下と花瓶を投げ合って遊んでいたら、お互いに額にぶつかっただけだっ」

ややあった。

しばらくしてからリリが左右の眉の高さを変え、首を傾《かし》げる。

「…………ちょっと何言ってるのかわからない……」

理事長室の中では、俺の言い訳を聞いたキルプスが頭を抱えていた。

だよな。そうなるよな。こんな言い訳、俺だってわけがわからない。仕方がない。ここは俺よりも悪知恵の働くキルプスにぶん投げた方がよさそうだ。

俺は理事長室のキルプスに声を掛ける。

「ですよね、陛下!?」

「え!?　………お、あ、ああ。な、なかなかの剛速球だったぞ、ノイくん」

――男ってほんとバカ。

そんな心の声が聞こえてきそうな表情をしながら、リリが若干の呆《あき》れと哀れみを含んだ視線をキルプスに向けたのが、とても印象的だった。

――すまん、親父《おやじ》……。

――覚えていろ、息子……。

俺は後ろ髪を引かれる思いで走りだすのだった。


翌日の授業を免除された。

名目は理事長室のキルプスに買い物を頼まれたというものだ。担任教官であるリリは訝《いぶか》しがってはいたものの、彼女自身もキルプスの護衛のために教壇に立つことができなかったためか、ほとんど追求されることはなかった。

ミク・オルンカイムを名乗った少女は、当然のように女子寮には帰ってきていない。学園都市レアンの宿という宿にはすでに騎士団の手が回ったが、彼女の発見には未だ至っていないようだ。

レアンの近郊には王都があるが、追われる身となった少女に乗り合い馬車は使えない。当然、宿場町もだから徒歩は論外。旅立ったとは考えづらい。

逆方向。共和国に逃れるとすれば、足となる馬は必要なはずだ。

その日は雨が降っていた。

俺は街を小走りで駆けながら、彼女を捜す。

馬売りの商人のところにも、レアンの常駐騎士らの手がすでに回っていた。鎧こそ着込んではいないが、腰に佩《は》いた剣を見ればわかる。客を監視するように、二名一組で張り付いている。

あれでは馬を購入するどころではないだろう。

「どこにいるんだ、あの阿呆《あほう》猫め」

雨足が強くなるにつれて、焦りが湧き上がる。

考えろ。考えろ。自分に言い聞かせる。

少女を手引きする仲間の存在は不明。オルンカイム閣下の国境騎士団が一網打尽にしてくれたと信じたいが、楽観視はできない。

だがいずれにしても、街道を集団で動いているならば騎士団がすでに発見しているだろう。

レアンからすでに旅立ったとするなら、それで構わない。生きて共和国まで逃れられるのであれば、それに越したことはない。

最も恐れるべきは、少女が再びキルプスの暗殺を試みてしまうことだ。成否にかかわらず、それは俺にとって最悪の結果になる。

雨を避《よ》けるように建物の軒下に入る。

「……いや、ないな……。……自暴自棄になるほど、大馬鹿者ではないはずだ……」

あいつは頭がいい。冷静になって思い起こせば、俺は少女の心理誘導を受けていた。

武器選びの際、少女はオウジンを見て、他国の諜報員《ちょうほういん》がレアン騎士学校に潜入していると語っていた。むろん、オウジンはそうではないだろう。誰がどう見ても、あいつはただの留学生だ。そんなことは百も承知の上で、あいつは俺に言ったんだ。

ならばなぜ自身に危険が及ぶようなことをわざわざ話したのか。いまになってわかったのは、自ら諜報員のことを口に出すことによって、将来的に自身に向けられる疑惑の目を逸《そ》らそうとしていたということだ。

ヒントはいくつもあったのに、俺は少女を疑えなかった。それどころか見事なまでに術中に落ちていた。少女に対しても己に対しても腹が立つ。

「はぁ～……」

雨足がさらに強くなった。このまま軒下にいても降り止《や》みそうにはない。

街から人々の姿が消える。騎士団連中だけを残して。

いないいな。街中にはもういないのか。街を出て少し捜索範囲を広げるべきか。

例の崩落事故以降、レアンダンジョンは立ち入りを制限されている。危険ではあるが、人目につかず、雨風をしのげる場所ではある。

「行ってみるか……。手間をかけさせおって……」

俺は学園都市を出て、雨の中を走りだした。

レアンダンジョンはそれほど離れた場所ではない。走ればすぐに到着する。

入り口の鉄扉は閉ざされていた。ため息をついて引き返そうとして、立ち止まる。

「……まさかな」

俺は鉄扉に両手を置いて、ゆっくりと押した。

ギィと重い音を立てて——開いた。鍵が開けられている。教官連中のダンジョン捜索の可能性も考えたが、いまはほとんどの教官が授業中だ。リリも護衛で動けない。

「ああ、糞《くそ》！　魔導灯を持ってくりゃよかった！」

闇に沈む階段。何も見えない状況では。だが引き返す時間が惜しい。それに、学校の備品である魔導灯を何と言って借りればいい。いまからひとりでダンジョンに潜るなどと言えるはずがない。むろん、少女がそこにいることもだ。

雨のせいで松明も作れない。最悪だ。

「……ええい！」

俺はぽっかりと口の開いた暗闇に、一歩ずつ沈み込んでいく。壁に手を添えながらだ。やがて階段が終わった。

地下第一層フロア。ダンジョン探索のスタート地点だったところだ。

ここまでくるともはや何も見えない。何もだ。濃度を増した闇が粘液のように絡みついてくる。

気配を読むしかない。

己の身から落ちる雨の雫《しずく》が、ダンジョンの湿った地面に落ちる。

ぴちょん……。

いまゴブリンの群れにでも襲われたら終わりだ。一体二体ならばどうにかなるだろうが、あの群れの数では。生き残りがどれだけいるかはわからんが。

少女はこんな状態でダンジョンに潜ったのだろうか。いや、あいつの隠形術ならばそれも可能なのか。いまにして思えば暗殺者なのだから、闇の中はお手の物だろう。

暗闇の中では、俺は少女に勝てないな。懸念はゴブリンだけではないか。

暗中模索。

呼び声を発するべきか。迷う。

グラディウスを鞘《さや》ごと抜いて、鞘尻で地面を叩く。

鞘を通して情報を得る。音の反響で情報を得る。においで情報を得る。だが、外からの雨音が、湿った土の臭いが、その邪魔をする。

やむを得ない。ゴブリンを集めてしまう恐れがあるが。

「……っ」

名を呼ぼうとして躊躇《ためら》った。あいつはミク・オルンカイムではない。名を知らなかった。くだらん。何を迷うことがある。他にできることなどない。

俺は深く息を吸う。そうして大声を出した。

「俺だ！　エレミアだ！　ここにいるのか⁉」

声が反響しながら消えていく。

しばらく待った。

だが返事はない。気配もない。少なくとも俺には感じ取れない。

ならばもう一度だ。

俺は闇に向けて叫ぶ。

「安心しろ！　ひとりできてやったぞ！」

また声が反響しながら消えていく。

己の呼吸音だけが残った。

いないのか。まさか階層を下ったのではあるまいな。だとしたら、さすがに明かりがなくては無理だ。俺の察知能力では捜索にもならない。

糞、もう一度だ。

「出てきてくれ！　話がしたい！」

同じく、声が反響しながら消えていった。

しばらく待つ。

また己の呼吸音だけが残った。

「～ッ」

だめか。

雨音と、水を含んだ土の臭いのみ。周囲に動く気配はない。

なかったのに。

「……エルたん……？」

「――ッ」

突然耳元にかかった吐息のような声に、俺はグラディウスを抜き――かけて、かろうじて踏みとどまった。

抜いてしまえば終わりだ。信用も何もあったもんじゃない。戦いにきたんじゃない。俺は話をしにきたんだ。

「ば、馬鹿やろう、脅かすな！」

心臓が恐ろしいほどに跳ね回っている。チビるかと思った。十歳の肉体が悩ましい。

だが、察するに少女はいつでも俺を殺すことができたようだ。何せ、そんな距離にいたことにさえ、俺は気づいていなかったのだから。

けれども、少女はそうはしなかった。俺の声を聞いて、刃《やいば》ではなく自らの声で応えてくれた。

ただ、弱々しく震えるか細い声で。

「エルたん……」

温かい手が俺の頭部に回された。そのままゆっくりと引き寄せられる。少女の胸の中へと。ホムンクルスによって壁へと叩きつけられかけた俺を救ってくれた胸だ。

耳に少女の心音が響いていた。

「ミクか……？」

「ううん、違うよ」

ぎゅうと、頭を抱きしめられる。

「……リオナ。リオナ・ベルツハイン。そう呼ばれてた」

雨に打たれた身体に、少女のぬくもりが心地よかった。

「リオナ・ベルツハイン。それがおまえの本当の名か？」

「ん～、たぶん？　わかんないや」

俺は苛立《いらだ》つ。

「この期に及んではぐらかすな」

「そうじゃなくって。いくつも名乗ってきたから、正確な名前なのか自信がないだけだよ。それにね、あたしがその子だったかは本当のところはわかんないんだよ。おまえはその子だよって、他人から聞かされただけだから」

「どういう意味だ？　何かで記憶を失ったのか？」

「違うよ。そんなもの最初から存在しなかっただけ」

互いの呼吸を感じる。

おそらく目の前に少女の顔があるはずだが、それでもまるで見えない。奇《く》しくも彼女の語る名前のようにだ。

「わからん。わかるように話してくれ」

「大変。エルたんべチョべチョじゃん。こっちきて。そのままだと風邪ひいちゃう。まず身体拭こ？　話はそれからでいい？」

「ああ」

リオナの手が俺の身体を伝って下がり、右手をつかんだ。両手で包み込むようにだ。そうして俺は彼女に手を引かれ、第一層フロアの一角に連れてこられた。

闇の中でも迷いなく歩く様は、紛《まが》うことなき暗殺者だ。

正直いつ刺されるかとヒヤヒヤしていたが、リオナに変わった様子はない。そのつもりがないどころか、驚くほどにいつも通りで。

「それにしても嬉《うれ》しいなっ、エルたんから逢《あ》いにきてくれるなんてぇ」

「まったくだ！　おまえからこい！」

「おー。んじゃ、今度夜に部屋いこっかなっ」

やめて！　俺の部屋にはリリがいるから!?

やはり俺がこの国の王子であることはまだ知らないのだろう。だとしたら、こいつの知る俺の秘密とは何だったんだ。ブライズのことじゃないよな。

「はい、脱ぅ～いで。まず鞘ベルトから外すよ？　いい？」

「……ああ」

抵抗はある。こいつを外せばグラディウスもスティレットも外れる。

抵抗はあったが、俺は両手を挙げた。リオナが手探りで鞘ベルトをつかむ。ガシャンと音がして、グラディウスとスティレットを収めたベルトが地面に落ちる。

これでもう丸腰だ。暗殺者を前にして丸腰とは、前世の俺からすれば考えられない危機的状況にいる。若返りもいいことばかりではないな。今回に限っては、あまり危険はなさそうだが。

「何してんの、早く脱いで脱いで。冷えちゃうよ」

上半身から服をすっぽ抜かれた。

ある意味、別の危険が残っていたかもしれん。いや、考えすぎか。

「ズボンも脱がすよ？」

「おお。いや、それは自分でやる」

「なんで？」

「ついでに触られそうだからだつまらんことを言わせるな阿呆」

早口で吐き捨てながら自ら脱いだ。

「ええ。信用ないなあ。んじゃパンツも脱いでねぇ」

「おお……ってなるかッ！　必要ないだろうッ‼　身体を拭くくらい、これで十分だわッ‼」

「あはっ、暗いから平気だよ？　どうせ見えない見えないっ」

「そういう問題ではない。というかおまえには見えていそうで怖い」

舌打ちが聞こえた。

こいつ……。己が置かれた立場をわかっているのか……。

「もうちょっとだったのにぃ」

「いいから、さっさと手ぬぐいをよこせ」

頭の上にのせられた手ぬぐいを広げて、俺は全身を拭く。頭を拭い、身体を拭ううちに、魔導灯の明かりが点《とも》った。

いや、違う。油と煤《すす》の臭いがしている。

それに明かりも切り取られたように広がるわけではなく、ぼんやりと減衰しながら半球体状にだ。

そこには昨日までと何ら変わらぬ姿と様子で、ミクが座っていた。いや、リオナ・ベルツハインか。

彼女の手の中には小さな炎の揺れるランプがあった。

「おい」

俺の額に血管が浮かぶ。

「ん？」

「暗いから見えないと言ったのは何だったんだ？」

「嘘《うそ》だよ。見ても減るもんじゃないから別にいいかなーって」

「減るか減らんかは俺が決めることだろ……」

「あたしはエルたんになら見られても減らないよ？　むしろ増えるくらい。あ、見る？」

キレそう。

いや落ち着け、俺。

ペースを乱されるな。人生二周目。小娘に大人の余裕を見せつけろ。

「油ランプか。今時珍しいな。レアンの骨董品屋《こっとうひんや》で売っていたのか？」

「ううん。……あたしが共和国から持ってきた私物だよ」

ああ。淀《よど》む。その言葉が俺の胸に重くのしかかってくる。

大人の余裕など消し飛ぶ言葉だ。

「…………そう、か……」

「…………うん……」

まったく……。

嫌になるな……。

服を絞って水を落としてから、白然石の上に広げた。

金属糸はその性質上あまり水を含まない。放っておけばそのうち乾くだろう。普通の繊維でできている肌着は別だが。

「ごめんね、寒いよね」

「ここは別におまえの家じゃないだろう。謝られる筋合いはない」

「火でも熾《おこ》せればいいんだけど……」

ランプの小さな火に両手をかざす。

ほんのりとしたぬくもりしか伝わってこない。

俺はため息をついた。

「ゴブリンを呼び寄せてしまうし、そうでなくともこの雨だ。薪《まき》になる木はないだろう」

「うん。なんかエルたんって、たま～に経験豊かなおっさんみたいなこと言うよね。山岳とかで遭難した経験があったりする？」

「……まーそんなとこだ……」

夜の山岳よりも恐ろしい戦場を、何日もかけて彷徨《さまよ》ったことなら何度かある。撤退し遅れた騎士小隊を単身で救出に向かったときは特にひどかった。

辿《たど》り着《つ》いた時点でみな死んでいた上に俺は共和国軍に発見され、追っ手を必死で迎え撃ちながら山岳地帯を逃げ回る羽目になった。馬を失ったせいで、泥水や枯れ草に潜って身を隠した。夜露を啜《すす》り、小動物や雑草を食《は》んで生き延びた。

数日後にリリたち弟子どもが捜索にきてくれなかったら、正直俺もどうなっていたかわからない。

生還した日の夜もひどかった。

ヘトヘトになった俺がふたりの弟子の肩を借りて自分の部屋にようやく辿り着き、いざベッドで眠ろうとしてドアを閉めた瞬間だ。

リリが泣くわ喚《わめ》くわ、怒るわ叩くわ、もう散々だった。

「エルたん笑ってる。どして？　遭難したのが楽しかったの？　そういう趣味？」

「え、いや。そういうわけではないが……。……まあ、生きてるってのは、いいもんだなぁって思ってな」

「ふぅん。またおっさんみたいなこと言ってる」

「……」

もちろん話すわけにはいかない。これはエレミーではなく、ブライズの経験なのだから。

リオナがどこから出したのか、硬そうなパンのようなものを差し出してきた。

「食べて」

「腹は減っていない」

「体温が上がるからだよ。大丈夫、毒は入ってないよ。あたし、毒物は専門外だから。ほら、見てて――」

そう言ってリオナは自分の口にパンを持っていった。俺はその手をつかんで阻止する。

「そんなことは疑っていない。おまえが俺に危害を加えるつもりがないことはわかってる」

リオナが最初からその気だったなら、ダンジョン一層に踏み込んだ時点で実行できていたはずだ。

だがこいつはそれをしなかった。

俺はパンを受け取って囓《かじ》る。

パキっと音がした。

甘い。砂糖が山ほど入っている。

そんな俺の様子を見ていたリオナが微笑《ほほえ》んだ。

「ありがとねぇ」

「ふぁんれふぉまえがぁ礼を言うんら」

「ん？」

リオナが首を傾げた。

俺は飲み込んでから言い直す。

「なんでおまえが礼を言うんだ」

「エルたんがあたしを信じてくれたからぁ」

「ふぅん」

パキッ。もう一口食べる。

鼻に抜ける爽やかな匂いと辛みはジンジャーだ。それにパンというよりはクッキーに近い。

形に騙《だま》された。立派な野戦食だ。少量で栄養が補給でき、肉体も温まる。ブライズだった頃に食ってきた野戦食より遙《はる》かに――。

「――うまいな。冷たいのに温まる」

不思議なものだ。ブライズは甘いものは苦手だった。野戦食は必要だから食っていただけだ。だが十歳の肉体を得てみれば、どうやら味覚まで変わってしまったらしい。

そういえば酒もコーヒーも飲まなくなってしまったな。

甘いもの、おいしいな。

「でっしょー！　あたしの手料理だよ！　これを毎朝食べたくなぁい？」

「いや、平時は普通の朝食で十分だろ……」

「そっかっ」

何をにこにこ笑っているのか。己の置かれた状況を忘れたわけではあるまいに。

クッキーを囓る俺の横へと、ランプを避けながらリオナが移動してきた。

「隣、座ってもいい？」

「好きにしろ。いちいち許可を求めるようなタイプではないだろう、おまえは」

リオナが唇をとがらせ、少し拗《す》ねたように言った。

「だ～って、もう警戒されてそうなんだもぉ～ん」

「警戒してたら裸になどならん。さっきも言ったが、殺す気がないことは重々承知している。俺がまだ生きていることが証拠だ。これで満足か？」

「え？　……ふふ、甘いなあ。甘いよ、エルたん。まだ暗殺者というものを理解していないようね」

リオナが俺を見下ろし、冷笑を浮かべる。

「パンツ一枚残してる人を、あたしは裸と認めない！」

……キレそう。

「あ、顔怖っ、ごめぇ～んネ？　あまり怒ったら血圧上がっちゃうよぉ？」

ストン、とリオナが腰を下ろした。

俺の腕とリオナの腕が触れ合う距離だ。

「何度も言うが警戒はしていない。それでなくとも、もう諦めた。どうせこの闇の中ではおまえに敵わん」

いまもランプを蹴り倒されれば俺に勝ち目はない。それ以前に裸の時点で勝ち目はないか。

「うん。危なく殺すところだった。実行前に叫んでくれたから、エルたんだって気づいてやめたんだもん。ほんとよかったぁ、掻《か》き斬る直前で叫んでくれて」

どうやらすでに背後から喉に刃を沿わされていたようだ。

ありがたすぎて言葉に詰まる。

「……それを聞いた俺は、どんな反応をすればいいんだ……」

「う～ん。プロポーズして？」

「飛躍がすぎる」

寒い。正直リオナの腕のぬくもりがありがたい。

そんなことを考えた瞬間、リオナが立ち上がって俺の背後に座った。両腕と両足を俺の身体に回し、すっぽりとその中に収めて。

暖かい。

肩に額があたる感触がした。

「……ごめん」

囁《ささや》く息がこそばゆい。

「何がだ？」

「色々、ぜんぶ」

ため息が出た。

静かな空間に、煤と少女と甘い小麦の匂いが混ざり合う。

俺はクッキーを囓った。

咀嚼《そしゃく》し、飲み込む。差し出された水をもらって一息つく。

「おまえは何のためにレアン騎士学校に潜入していたんだ？　陛下の暗殺が目的か？」

「ううん、あれは想定外。まさか国王自らが理事長をやっているなんて思ってもみなかった。だから正直、あの呼び出しにはびっくりしちゃった」

やはりか。あの驚きようは演技には見えなかった。

こいつがどういったルートでこれまで情報を得ていたのかはわからないが、キルプスと正式に組んでいたヴォイドですら理事長就任は知らされていなかったことだ。

「ならば目的は何だったんだ？　工作にしろ諜報にしろ、学校では割に合わないだろう？」

「そんなことないよ。あたしの任務は戦姫リリ・イトゥカの暗殺だったんだ」

「……！」

無謀だ。絶対に不可能だな。

その作戦を考え出したリオナの上官は、現場というものをまるで理解していない頭でっかちだ。一度でも剣を交えてみればわかるだろうに。命が残っていれば、だが。そうでなくとも、近づくだけでも絶望的だとわかるだろう。

リオナは続ける。

「退役したとはいえ、リリちゃんはブライズ並みの被害を共和国軍にもたらした人だから。年齢的にまた軍に復帰しないとも限らない若さだし、何より常勝無敗の戦姫の存在は王国の民や騎士たちにとって強い求心力になってる。その精神的支柱を折りたかったんだと思う」

「そんな他人事みたいに。あのな、単刀直入に言うが、おまえにあいつは殺せんぞ」

育てた俺が言うんだ。絶対に無理だ。力量差がありすぎる。

かつてブライズだった頃の俺を暗殺するくらい難しい。前世の俺は手練《てだ》れと言われる暗殺者を何度も返り討ちにした。それを難しいと思ったことなど一度もない。それどころか、暗殺者の襲来など生活の一部にすぎなかった。

剣聖級と呼ばれるようになったリリもまた、同じようなものだ。それに、リリの側《そば》には俺がいる。弱体化したとはいえ、これでも元剣聖だ。

そんなことは俺が許さない。たとえ相手がリオナであったとしてもだ。

「うん。そうなんだよね。隙がなかった。あたしが先に発見してるのに、近づいてるうちに絶対に気づかれちゃう。たぶん索敵範囲外から弓を使っても、飛来する矢に反応しちゃうよね、彼女」

「ああ」

入学試験の際に、俺の視線にすら気づいたくらいだ。それでもおそらくリオナほどではないのだろうが、少なくともブライズよりはリリは鋭敏だと認めざるを得ない。

実のところ、根拠もある。

俺やオウジン、そしてヴォイドも、気配とは五感を総合した結果だと思っている。武芸者の大半がそうだ。だが、それだけでは入学試験時にリリがやって見せたように、他者からの視線には反応できないはずなんだ。なぜなら視線には音も熱もにおいもないのだから。

つまりリオナやリリは、俺が体得していない技術を本能的に識《し》っているということになる。第六感とでもいうべき感覚だ。

「おまけにエルたんったら、なんでかリリちゃんと一緒に住んでるんだもんなー。人種も髪色も違うから親子や弟じゃないだろうし、戦姫には子供どころか家族さえいないって情報だったのに」

んん？　いま、さらっと何を。

「あー……。もしかしておまえが握っていた俺の秘密って……」

「そのことだけど？　ねえ、学生寮なのに、教師と生徒がふたりで爛《ただ》れた生活をしてたの？」

俺は額に手を当てて天を仰いだ。

糞がッ!!　どぉぉぉ～～～～～～～～～～～～～～～～～～～～でもいいわッ!!

こちとら子供ではあっても子供ではないんだ。そんなもの、喋りたければ勝手に喋れと言えてしまう内容だ。あと、爛れたことはしていない。

「もっと早く言え！」

「言ったら大した秘密じゃないことがばれちゃうじゃん……」

俺は頭を抱えた。

こいつは本当に心理誘導がうまい。

「ありゃ？　エルたん？　エ～ル～たん？」

「……何でも……ない……」

声が掠《かす》れた。

「んふ～ん、その反応」

猫のように頬をすり寄せて、リオナが耳元で囁く。

「まだ他に知られたくない秘密があるんだね～？」

「ああ、もういいもういい。あるよ、ある。だがおまえも諜報員なら自分で調べろ。じゃなきゃやめちまえ。情報を集める才能がないんだ。向いていない。暗殺にも時間をかけすぎだ。三流にもほどがある。どっちもやめちまえばいい」

こんな近くに王族がいるのだ。夢にも思うまい。

俺を人質にすれば、キルプスを殺せたかもしれないというのに。間抜けめ。

「うぅ～……」

微《かす》かにリオナが唸《うな》った。

俺はさらに続ける。声色を落として。祈るような気持ちで。

心から。願うように。いや、願いながら。縋《すが》るように。

「やめちまえ。そんなもの。暗殺も諜報もだ」

「エルたん……？」

ああ、まただ。嫌になる。男のくせにみっともない。

勢いよく、両手で両目を押さえた。

込み上げてくる。この転生体の弱さや脆《もろ》さに腹が立つ。腹が立つとまた込み上げてくる。すぐに眉間が熱くなり、目頭が痛くなる。

そして溢《こぼ》れるんだ。どうしようもなく。大事なことを言おうとすれば、いつも。

「……ちゃんと生きろよ。何やってんだよ、おまえ……」

声が震えて詰まってしまった。指の隙間から溢れた涙が肘を伝う。

リオナも、リリも。俺と関わった女は、なんでみんなこんなことになっちまうんだ。

「……」

「……ほんとに……何をやってるんだ……。……馬鹿やろう……」

沈黙が訪れた。

互いの呼吸と水滴の音だけだ。

やがてリオナが声を絞り出す。吐息のような声を。

「……こういう生き方しか……知らないから……」

「話せよ、全部。最初からだ。時間なら山ほどある」

「ごめんね、泣かないで……」

リオナはそう言って、震える俺を抱きしめてくれた。


リオナ・ベルツハイン。その名ですら確かではない少女は、エギル共和国の片田舎ウェストウィルで生まれた。農業と畜産業を生業とするウェストウィルを治める領主こそが少女のベルツハイン家だった。

当時泥沼化していた共和国と王国との戦争は、剣聖と呼ばれるひとりの男の登場によって、徐々に王国側の勝利へと傾き始めていた。それまで防戦一方だった王国が、共和国の領地をいくつか奪い取ったのだ。

ガリア王国の若き国王キルプス・オウルディンガムは、奪ったエギル共和国のすべての領地を共和国へと返還することを条件に、エギル共和国のルグルス・ネセプ大統領へと停戦の申し出を打診する。ネセプはそれを受け容《い》れ、停戦交渉は締結したかのように見えた。だがその年、戦地より遙か遠方に位置するウェストウィルに異変が起こった。

王国軍の猛将マルド・オルンカイム辺境伯の治める共和国との国境線からウェストウィルまでは、共和国の首都を通って横断せねば辿り着くことができない。馬に乗っても数十日をゆうに要する距離がある。

それゆえ、ウェストウィルは両国の戦争に巻き込まれることはなく、平穏無事に過ごせていたのだが、ある日突然蔓延《まんえん》した病によって、ベルツハイン家を含む住民すべてが、ウェストウィルの実り豊かな地とともに死に絶えた。

その後の共和国軍の調査により、水源からは共和国では産出記録のない毒物が検出される。ネセプ大統領は大陸に向けて声明を発表する。

――これは卑劣な王国軍による工作である！

キルプス国王は即座にそれを否定。だが彼が推し進めていた停戦交渉は、キルプス国王による共和国への領土返還がなされた後に、ネセプ大統領によって破棄される形となった。

領土返還の直後だったのだ。この〝ウェストウィルの異変〟は。

そうして戦争は再び泥沼化の様相を呈し、戦渦の中で剣聖は死亡。その数年後、彼に代わる戦姫リリ・イトゥカが誕生するまで、停戦交渉が再開されることはなかった。

いまでこそリリの活躍のおかげで停戦協定は結ばれたが、この一件は未だに両国の間で燻《くすぶ》り続けている。憎しみは消えていない。

だが俺の知るキルプスは、戦地から遠く離れた無関係の地を卑劣な毒で殺すような男ではない。ならば何者がウェストウィルを死の土地とさせたのか。

あまり考えたくはないが、領地の無条件返還を望む男がいるとするなら、それは共和国大統領ルグルス・ネセプの他にいないだろう。

小さな焚《た》き火《び》にあたりながら、俺は呻《うめ》くように言った。

「ベルツハイン家……。そうか、思い出した。おまえはベルツハインの生き残りか。公式発表ではみな死に絶えたとされていたが」

「よく知ってるね。そんな古いこと」

「あ。ぶ、文献を読んだ」

「そっか。本当のところはわかんないんだ。リオナ・ベルツハインらしいってだけ」

リオナが俺を背中から抱きしめながら、頬を寄せる。

「らしい？」

「うん。あたしは生まれたばかりだったから、正確なことは何も覚えてないもん」

「そうか。そうだな」

だからリオナ・ベルツハインであることさえ曖昧なのか。その上でいくつもの名を名乗って生きてきたとあらば、なおさらだ。

ああ。こいつは父の愛も母の愛も知らずに育ったのだな。愛し方を知らないわけだ。

「それからどうした？　リオナは赤ん坊だったのだろう？」

「あたしはベルツハインの生き残りとして、共和国政府に保護されたの。そこである程度まで育てられてからウェストウィルの事件を聞かされた。おまえの家族を殺したのはガリア王国のキルプス国王だって」

洗脳教育か。幼い頃からそう教わり続けてきたなら、そこから抜け出すのは難しいだろう。

「だから暗殺者として、諜報員としての訓練を受けてミク・オルンカイムに成り代わり、レアン騎士学校に潜り込んだんだよ」

「キルプスを憎んでか……」

リオナが少し笑った。

「ううん、そっちは別に。だって家族を殺されたって言われてもピンとこないもん。〇歳や一歳でしょ。両親の顔なんて覚えてないよ。……あたしが本当にベルツハインの娘だったかだってあやふやなんだから」

「ではなぜ、そんな生き方をしているんだ」

リオナが囁くような声でつぶやく。

「そういう生き方しか教わらなかったから。そういう生き方しか知らなかったから。この学校にくるまでは」

俺の後頭部にリオナの額がこつんとあたる。

「……あとはもう知っての通り」

「もうひとつだけ教えてくれ。あのホムンクルスはおまえが放ったのか？」

リオナが首を左右に振った。赤い髪が頬を撫《な》でて少しこそばゆい。

「ううん。違う。たぶんあれは他の諜報員。同じようにリリちゃんの暗殺が目的だったんじゃないかな。それでね、あれでわかったことがあるんだ」

リオナが少し言い淀んでから、弱々しい声を出す。

「……あたしも捨て駒だったんだってこと。……最初からリリちゃんの暗殺に期待なんてされてなかったんだ……」

為《な》せれば儲《もう》けもの程度か。まさに捨て駒だ。

「だろうな。あのバケモノには見境がなかった。へたをすればおまえも殺されていた。それは俺が保証する」

「……うん……」

「あれとリリをぶつけることが本来の目的、あるいはホムンクルスの力を試す実験だったのだろう。

だがあれがリリと接触する頃にはもう、俺たち一組三班がその力を大きく削《そ》いでいた。正しい実験結果など得られるはずもない。ざまあみろだ」

しかしそれでも。

剣聖の記憶を継ぐ俺や、突出した技能を持つオウジン、優れた肉体性能のヴォイドがいなければ、ホムンクルスは苦もなく一組全員を全滅させ、無傷のままリリと戦っていただろう。

俺の見立てでは、それでもリリが敗北することはあり得ないだろう……が、こうも水面下で動かれては、何とも気分の悪くなる話だ。

さて、大体の事情はわかった。

これから先どうするかの方が問題だ。この雨が降り止めば、レアンダンジョンにも騎士団の手が回る。

そんなことを考えた瞬間、リオナがまた語り始めた。

「でもあの子、少し可哀《かわい》そうだった……」

「あの子？　あの子とは誰のことだ？」

「ホムンクルス」

「ホムンクルスが？　かわいそう？」

「エルたんは覚えてるかな。あの子、人間が憎いって言ってたの」

そういえばそんなことを聞いた気がする。

あのときは俺も必死だったから、ほとんど聞き流してしまっていたが。思い起こせば、確かに言っていた。発声器官が未熟なのか、辿々しい言葉で。

「どういうことだ？」

「……たぶん、あたしと同じような育てられ方をしたんだろうなって」

ランプの小さな火が揺れている。

「フラスコから産まれてすぐに怖い大人に鞭《むち》で叩かれ、殺しの術《すべ》を叩き込まれたんじゃないかな」

「……ああ？　おまえ、どういう……」

そこまでつぶやいて、俺は絶句した。

俺の身体に回すリオナの腕に力が込められる。

「あたしもそうだった。そういう施設で育ったから。同じような子供がいっぱいいたんだよ。最初はね。仲のよかった子もいた。少ない食べ物を分け合ったりしてた」

物心つく頃にはナイフを握らされ、言葉を覚えると同時に殺しの術を叩き込まれた。うまくできなかったら鞭で叩かれ、その日の食事を取り上げられた。諜報のための知識を叩き込まれた。できない子はやはり鞭で叩かれ、食事を抜かれる。泣き叫ぶ子はさらに叩かれるから、施設はいつも静かだった。自分の近くにいる大人が怖かった。

「……もういい」

最初の日、動かない的にナイフを突き刺した。躊躇うと殴られた。殴られるのが嫌で刺した。大人が怖い。しばらくすると任務と称して何人も殺すようになっていった。躊躇ったり失敗をした子供たちは、逆に殺された。大人が怖い。三年が経過する頃には最初の数の半分も残っていなかった。仲良くなってもどうせみんないなくなるから誰とも喋らなくなっていった。

「もういい」

施設はいつまで経《た》っても静かだった。子供たちは三人にまで減っていた。女の子はあたしだけになった。時折大人たちの談笑が微かに聞こえる。手足がある程度伸びると別の用件で夜に呼び出されるようになった。黙っているとすぐに済むから、静かにしていた。

……だから……あたしは……いまでも……大人が……怖い……。

「聞こえなかったのか!? もうやめろッ!!」

絶叫した。もうゴブリンどもに聞かれようがどうでもよかった。

気づけばリオナの腕を振り払った俺は、歯を食いしばって真正面から彼女の口を塞ぐように、その頭部を胸の中に掻き抱いていた。

「エルたん……？」

糞、また馬鹿のように涙がこぼれる。まるで止まらない。

みっともない。泣いているところなど誰にも見られたくないというのに。

「わあ、嬉しいな。エルたんから抱っこしてくれるんだぁ。あたしねえ、エルたんは小さいから怖くないんだぁ」

「もう喋るな」

「うん。静かにしてるね。得意だから。おしゃべりも、静かにするのも、得意だから」

そんな国なら、そんな施設なら、前世で滅ぼしておくべきだった。あの頃のブライズとキルプスならば、それができたんだ。

なぜ停戦交渉などを選んだ。その結末がこの少女を生み出したのだぞ。俺たちが下してきた選択がいまのこの世界を創った。ならばいったい誰にこの子を裁く権利があるというのだ。

わかっている。わかってはいるんだ。この子を救うために共和国を滅ぼせば、その何千倍、何万倍もの痛みと不幸を生むことくらい。

なあ、誰か、教えてくれ。

「……俺は……俺たちは……どうすりゃよかったんだ……」

「エルたん？」

世界は残酷だ。

「もしかして、また泣いてくれてるの？」

「そんなわけがあるかッ」

「そうなんだ。ふふ、嬉しいなぁ」

己のすべてを吐き出したリオナは、それでもいつもと同じように笑っていた。異常なのだ。彼女を取り巻く何もかもが。リオナだけが正常だったから、おかしくなった。

しばらく、そうして。

ようやく涙の止まった俺は、リオナからゆっくりと離れた。

「……リオナ。これからどうするんだ？」

「どうしようかなー。捨て駒にされてたことがわかっちゃった上に任務にも失敗したし、もう共和国には戻れないや。でも王国ではお尋ね者だし、困ったな」

腕組みをして考えている。

「かといって自分から死にたくもないし、いっそレアンダンジョンに潜ってひっそり暮らそうかな。待ってたらカリキュラムでエルたんも潜ってくるんだもんね。そのときに逢瀬《おうせ》を重ねる、みたいな？んふふっ」

あえていつも通りにしようとしているのか、これが素のリオナなのかがわからん。

俺は呆れ顔でため息をついた。

「冗談で言っているわけではないぞ」

「あたしも割と本気だったんだけど……。変だった？　生存力は結構強いつもり。ゴブリンが生きられるような環境なら、あたしもたぶん余裕だと思う。燃料無制限の魔導灯は必要だけど」

俺は再度ため息をつく。

このまま共和国に逃がすつもりだったが、それは却下だな。おそらく無事に戻れたとしても、同じような任務で使い潰されるのが関の山だ。

……腹をくくるか。

「リオナ。俺を信用してるか？」

「うん。してるよ」

即答だ。ガキよりもずっと素直な目で。

「おまえの命を俺に預けてくれと言ったら？」

「いいよ」

「それはそうだろう。わかる。いくら信用できるとはいえ、十歳のガキに命を預けろと言われてそう簡単に――……いいの？」

リオナが不思議そうな顔で首を傾げた。

「いいよ？」

ヤバいな。

俺が言うのもおかしいが、命を何だと思っているんだ、こいつは。もっと自分を大切にしろと言いたいが、そんなことを言ったらまた「おっさんみたいなことを言ってる」と言われそうだ。

「そうか。よし。じゃあこれから学校に戻ってキルプスの――陛下のところへ向かう」

「……………………えっ⁉」

まあさすがに驚くよな。

先日殺そうとしたばかりの相手だ。

「あ、あたし殺されちゃう？」

「大丈夫だ。俺はこう見えて陛下に意見ができる立場にいる。温情を訴えりゃ、あのお人好《ひとよ》しならどうにか籠絡できるはずだ」

はずだ……。よな……。

「へ？　意見？　温情？　ええ？　それってどういう立場……実はお友達？」

「!?」

「そんなわけないか。年齢違いすぎるもんね」

惜しいとこを突いてくるな。冷や汗をかいただろうが。

「親子とか？」

「!?」

「それもないかぁ。エルたんって外見は王族でも通るけど、中身はすっごい凶暴だもんね。王族って感じしないし」

「あたあたたりまえだっ」

こっわ……。じわじわと真実に近づいてきやがる……。

俺がキルプスにできるのは、あくまでも意見止まりではあるが、あいつは下々を蔑《ないがし》ろにするような王ではない。俺を信じてリオナのところへと送り出してくれたように、必ずわかってくれるはずだ。

仮に親子ではなかったとしてもな。

さすがに少々楽観がすぎるか。

まあ、それでだめなら逃げればいい。リオナを連れて。

「ほら、さっさと立て。雨が降っているうちにいくぞ。止んだら騎士どもが街中に湧いてくる」

俺はリオナの手をつかんで歩きだした。

「あたしは嬉しいけど、でも服はちゃんと着てからの方がいいんじゃないかな。そんな素敵な姿をしてたら、あたしより先にエルたんが捕まっちゃうよ」

「!?」

……まったくだ。

立ち止まり、引き返し、俺は湿った制服に袖を通したのだった。

第八章　遙か遠き日の尻叩き

木剣を持ち、ブライズや兄さんたちの背中を黙って追いかけ、戦場にまで踏み入った日の夜のこと。

ブライズに救われ、命からがら逃げ帰ったわたしは、部屋に帰り着くなりいきなり抱え上げられ、強引にスカートと下着をずり下ろされた。

わ、わ。

けれども大方の予想を裏切って、わたしのお尻には大きな掌が叩きつけられた。何度も。何度も。

すっごく痛くて、わたしはいっぱい泣いた。

ブライズは言う。戦争は遊びではないと。そんなのわかってる。でもわたしはブライズの剣となることを決めたのだ。泣かされたって謝らない。絶対に。

わたしは次の戦場にもこっそりついていった。そしてまたお尻を叩かれる。次も、その次も。

結局、ブライズが根負けするまで続けてやったから、この勝負はわたしの勝ちだね。

服は生乾きだったが、どうせこれから雨に打たれるのだ。肉体が温まっただけで十分。レアンダンジョンから出ると、雨足はさらに強くなっていた。うんざりするくらいの土砂降りだ。よりによって。

学校を飛び出してくる際に雨除《よ》け用のローブを着てくるべきだった。

「滝のような雨だねぇ。あたしたちの愛の巣に戻ろっか」

「巨大なスライムが闊歩《かっぽ》し、無数のゴブリンの蠢《うごめ》く規模すら不明のダンジョンを巣にはしたくない。雨ならむしろ好都合だ。見回り騎士も出ていないだろう」

「そっかぁ」

俺もリオナも制服の上着を頭に被《かぶ》り、雨除けにして歩きだす。

雨は人々だけではなく魔物も嫌う。喜ぶのは植物くらいのものだ。おかげでダンジョンを出て学園都市レアンの門をくぐっても、人の姿はなかった。正確には門衛の姿はあったのだが、建物の中でぼーっとしていたから素通りできた。

足音も雨音が塗り潰してくれる。

街中を走り、俺たちはレアン騎士学校の門をくぐる。校舎に入る際にはさすがにリオナは躊躇《ためら》ったが、誰もリオナのしでかしたことを知らない旨を教えてやると、恐る恐る入ってきた。

どのみち授業中だ。ほとんどの学生は教室内にいる。ヴォイドやオウジンもだ。身を屈《かが》めながら本校舎を走り、渡り廊下を通って男子寮を上がっていく。

だが理事長室のあるフロアにまでやってきたとき、俺は自身の認識が甘かったことを思い知らされる。

そこには戦姫リリ・イトゥカがドアを守るように立っていたからだ。

リリはすでに抜いていた。おそらく近づいてくる俺たちの気配をつかんでいたのだろう。抜き身の剣を下段に構え、すでに膝を曲げていたのだ。

上がってきた俺の姿を見て、目を丸くしたのはわずか一瞬だった。

俺の背後、続いて上がってきたリオナの姿を見るや否や、リリはすでにフロアを蹴っていた。俺の腹部ほどの高さで滑るようにリリが急速に迫る。

「リ――――！」

声すら間に合わない。

リリは俺の脇をすり抜けると、背後のリオナへと長剣を一閃《いっせん》する。俺はとっさに抜いたグラディウスの切っ先で、その軌道を逸《そ》らせるだけで精一杯だった。

ギィンと音が鳴り響き、リリがフロアを両足で掻《か》いて反転する。

グラディウスをつかむ両腕がじんと痺《しび》れた。

「どきなさい、エレミア」

「待てリリ！　事情を――ッ」

俺がリリとリオナの間へと身を滑り込ませた瞬間、今度は俺の遥《はる》か上空を跳躍で越えながら、リオナへと刃を振り下ろす。

「屈め！」

「〜〜ッ⁉」

叫ぶと同時に後方へと跳んでいた俺は、小さく丸まったリオナを庇《かば》うようにグラディウスでその刃を受け止めた。

上方から押し潰されるような衝撃が全身を貫く。

「ギ……ッ話を……、……聞け……ッ」

重い。本気で殺す気だ。

リオナの手がガーターリングのマンゴーシュへと伸ばされたのを見て、とっさに叫んだ。

「抜くな！　リオナ！」

「……ッ」

「おまえが抜いたら何もかも台無しだ！　俺を信じるって言ったろう！」

直後、脇腹に踵《かかと》を入れられる。後ろ回し蹴りを貰《もら》ったんだ。リリから。俺は側頭部からフロアに叩きつけられ、転がって壁に背を打った。

「げあ……っ」

「エルたん！」

マンゴーシュを抜かなかったリオナへと、リリが疾走する。刃を引いて、濃厚な殺気を放ちながらだ。

俺はベルトから引き抜いた鞘《さや》を投げて、リリの足にぶつける。

「……っ!?」

リリがこちらに気を取られた一瞬を利用して再びリオナの前へ走り込みながら、長剣の刃をグラディウスで弾《はじ》き上《あ》げた。

金属同士のぶつかり合う音と火花が散った。

肉体に染み込む条件反射。

「～ッ」

「――ッ」

俺たちは互いに追撃に移ろうとして――躊躇う。

リリの相手は俺ではないし、俺にもリリを斬るつもりはない。だが構えは解けない。

膠着《こうちゃく》が生まれた。

俺はグラディウスを正眼に構え直す。ちなみにスティレットは鞘ごとベルトから抜いて捨てた。

重い。身を軽くしなければ、リリの動きについてすらいけない。

ああ。だが。

「そこをどきなさい」

「ふー……。この分からず屋め」

師を蹴り飛ばすやつがあるか。阿呆《あほう》が。

頭にきたぞ。ああ。頭にきた。久しぶりにケツでも叩いてやろうか。

あの日。黙って俺の後をついて戦場にまでのこのことやってきてしまったあの日の夜のように。

リリが再び地を蹴った。

「陛下を殺させるわけにはいかないの。それは巡り巡って何百万もの命に繋《つな》がる」

なおも俺を迂回《うかい》してリオナだけを狙おうとするリリへと、俺は横っ飛びで肩からあたっていく。

馬鹿が。この期に及んで俺を無視するとは。

「リ、リイィィィ！」

「あ――ッ」

意外な行動に面食らったリリが、わずかによろけた。その隙に斜め下へと引いていたグラディウスを、俺は力一杯跳ね上げる。

「ぐるあああああッ!!」

「ちょ――と」

むろん斬るためではない。刃の腹で、リリの尻を狙ってだ。

ぶおん、と風が巻き起こった。あたる寸前、一瞬早く飛《と》び退《の》いたリリが、戸惑うような視線を俺に向けてきた。

「な……にを……?」

すっとぼけた顔をしおって。

「避《よ》けるなぁぁぁぁぁ――――――――――――ッ!!」

「~っ!?」

雷轟《らいごう》のように怒鳴りつけてやると、ビクっとリリが震えた。

「頭にきたぞ！　俺の言うことを聞かん馬鹿者には、お仕置きだと言ったはずだッ!!」

「へ？　え、ちょっと待――っ」

だが俺のぶん回したグラディウスは、またしても空を斬る。リリの尻は遙か遠く。

昔であれば俺の腕は長く、リリがちょこまかと逃げ回ろうがその尻に届いたものだ。だが残念ながらいまの俺の腕は短く、リリの足は長い。

それがまた妬ましい。俺の尻についてくるばかりだったガリチビ如《ごと》きが。この俺よりも足が長くなるだなどと生意気極まりない。

「ぉぉお、らああああああ！」

俺は地を蹴って体勢をさらに低くし、絨毯《じゅうたん》の上を滑りながらリリの尻へと向けてグラディウスの腹をぶん回す。リリが自らの尻を両手で押さえながら逃げだした。

「待ちなさい！　待って！」

「もう遅いわァァ！」

ぶぉん、またしても空を斬――いや、叩く。

いまやリリはリオナを放置して、俺から逃げ回っている。

「待って、待ってブラ――イ？」

リリの言葉と行動が急停止した。

その隙に追いついた俺は、グラディウスの腹でリリの尻を叩き上げる。スパァンというよい音がして、リリが尻を押さえながら飛び上がった。

「ああっ!!　うぅ～……っ」

そのまま数歩、前によろける。尻を両手で押さえて。

ようやくあたった。あててやったぞ、はっはっは、ざまあみろだ。

リリの尻を叩き上げた満足感と同時に、俺の頭は急速に冷えてきた。

何をしてるんだ、俺は。それより先ほどリリはブライズと言いかけなかったか。色々とまずかったのではないか、これは。どう考えてもエレミアやエレミーの所業ではない。ブライズそのものだ。

俺はグラディウスの柄《つか》を握りしめて考えた。

しばし考えてから、視線を上げる。

「なかったことにならないだろうか？」

「……」

リリは長剣を持った手で尻を押さえたまま、背中を向けている。

何も答えてくれない。

「あ、ええっと……すまない」

リリがぐるりと振り返った。

羞恥か、怒りか。とにかく顔面が真っ赤に染まっている。女に囲まれて茹《ゆ》でエビ状態になったオウジンよりもだ。しかも涙目。その目が半眼になった。

ゾクゾクと背筋に悪寒が走った。

「エ・レ・ミ・ア～……？」

「ああ。俺はエレミアだ」

ブライズではないぞ。エレミーでもない。

怒っているな。それも相当だ。

しかしリリが口を開きかけた瞬間、理事長室のドアが開かれた。

キルプスは真っ赤になって尻を押さえているリリを見て、次に己を殺そうとした少女を見て、最後にグラディウスを抜いている俺に視線を向けて尋ねる。

「やけに賑《にぎ》やかだと思ったら……。ようやく彼女を見つけたようだな。ノイくん」

リリが大慌てで飛び跳ねて、キルプスを守るように立ちはだかった。

「陛下、お下がりください」

もちろん、俺からではなくリオナから守るためだろう。

だがそのリオナは。

自らスカートの中に手を入れて、ガーターリングごとマンゴーシュを落とした。

無抵抗を示すように制服のブレザーも脱いで。

そうして、深々と頭を下げた。

「ごめんなさい……」

キルプスもリリも困惑した表情になっている。

ここぞとばかりに俺はリリに言い放ってやった。

「だから俺は最初から話を聞けと言っていたのだ！　俺が自ら連れてくるのだぞ、すでに危険がないことくらいわかるだろうが！　そんなに俺は信用がないのか⁉　ああっ⁉　そもそもこれはキルプスの許可も取ってあることだ！」

「……」

呆然《ぼうぜん》としているリリを見て、キルプスがうなずく。

ようやっと、我が父上も状況を理解してくれたようだ。

「おい、キルプス！　なぜリリに話くらい通しておかなかった⁉　おかげで死にかけたぞ！」

「情報の漏洩《ろうえい》は作戦の失敗率を跳ね上げる。もしもイトゥカ将軍が私の警護から離れてキミを追っていたら、どうなっていたかを考えた上での質問かね？」

「う……」

ダンジョン外なら剣士であるリリが確実にリオナを仕留め、ダンジョン内の暗がりでは、そこそこよい勝負をしただろう。だが、リオナの暗殺術がいまのリリに通用するとは思えない。短時間ではあるが、刃《やいば》を交えてみてそれは確信に変わった。

我が弟子ながら、なかなかどうして大したものだ。へたをすれば全盛期のプライズですら手に余るかもしれん。誇らしいよ、俺は。

そのリリがつかつかと近づいてきて、俺の頭を掌で叩いた。

「あだ!?　何を――」

「エレミア。ちゃんと陛下とお呼びしなさい。それと、わたしのことはイトゥカ教官でしょう？

――申し訳ありません、陛下。なにぶんノイはまだ十歳の子供ですので、どうかお目こぼしを」

俺の頭を押し下げて、リリも頭を下げた。

糞《くそ》、また母親ぶりやがって。

キルプスはきょとんとしている。

「え？　あ。ああ、そうだな。実のち――あ、いや。私をキルプス呼ばわりするとは何事かね、ノイくん」

いまキルプスのやつ、実の父と言いかけやがったな。

「す、すまん」

「エレミア！　申し訳ありません、でしょう！」

またしても頭を叩かれる。

痛い！　ぽんぽん殴るな！　馬鹿になる！

「うぐ、申し訳ない～……」

ええい、この期に及んで呼び方などもはやどうでもいいだろうが！

どちらも言えないことだが、キルプスは友で父なんだよ！　むしろおまえがいま頭をボコスカぶっ叩いてるこの俺も、何気にこの国の殿下でおまえの師匠なんだからな！

すでに彼女の剣は鞘へと収められている。どうやらリオナに危険はないとわかってくれたようだ。

キルプスはひとつうなずくと、俺とリオナだけを理事長室に招き入れようとした。リリが慌てて止める。

「陛下。危険です。わたしも中へ――」

「いや、それには及ばない。問題はないよ。このノイくんは剣聖を返上した戦姫であるキミから見ても、とても優れた剣士なのだろう。ならば彼に守ってもらうことにするよ」

ホムンクルス戦の詳細報告は、すでにリリを通してセネカからキルプスへと上がっているはずだ。

リリが少し困ったような顔で俺を見下ろしてきた。また母親のような表情をしている。

「それは、確かにそうではあるのですが……しかしこの者はまだ未熟――」

俺は言葉を遮って言ってやった。少々、意地の悪い口調でだ。

「心配するな、イトゥカ教官。おまえの尻を叩き上げる程度には、俺だってやれる。先ほど実証して見せただろう」

キルプスが顎に手を当てて、「ほう」と声を漏らす。

「戦姫の尻を叩くとは、それは大したものだ。本当かね、イトゥカ教官」

リリの顔がまた真っ赤に染まった。怒りと羞恥の両方だ。

そして消え入りそうな声で恥ずかしそうにつぶやく。

「…………面目ありません……。……不覚にも勢いに圧《お》されました……」

「はっはっは、それは愉快だっ」

何だか睨《にら》まれている気がする。怖くて目を合わせられないが、背筋がゾクゾクしている。

むろん、正面からまともにかち合えば俺に勝ち目はない。リリが俺を迂回してリオナを狙うことを予想していたから、その動きについていけたにすぎない。その後に尻を叩けたのは、ただの気合いと根性と勢いのおかげだ。

ふ、まだまだ甘いな、弟子よ。

「……覚えてらっしゃい、エレミア……」

「……ぅ」

ゾクゾク……。

これは今晩部屋に帰ったらお小言だな。

それでもまあ、その程度の代償で世界から愛されなかった不幸な少女をもうひとり救えるのであれば、安いもんだ。


理事長室に逃れた俺とリオナは、あらためてキルプスに頭を下げた。

「すまない。彼女を救う機会をくれたことに感謝する、キルプス……陛下」

「ああ」

キルプスがデスクの席に腰を下ろす。

扉の向こう側ではリリが聞き耳を立てているだろう。だが聞かれて困ることを言うつもりはない。ここにはリオナもいる。

「リオナ。全部話すが、いいか？　施設の件も含めてだ」

リオナが素直にうなずいた。

あの喧《やかま》しい偽のミク・オルンカイムをよくよく知っている身としては、極めて新鮮な表情仕草だ。いつもそうしていれば、ちゃんとした美少女に見えるのだが。

「うん、平気よ」

俺は掻《か》い摘《つ》まむことなく、レアンダンジョンでリオナから聞いた話を可能な限り丁寧に、キルプスへと話した。ちゃんとリリにも聞こえるようにだ。

キルプスは時折うなずきつつも、だが話が後半に差し掛かるとうつむき、デスクに肘をついて眉間を摘まみながら聞いていた。

きっと、俺がダンジョンで考えたことと同じことを思っていることだろう。

己とブライズであれば、共和国の体制を叩き壊すことができたのに、と。だがそれは共和国で暮らす多くの罪なき民をも苦しめるやり方だ。俺たちが選べるはずがなかったんだ。

どうしようもなかったのだ。

最初からリオナ・ベルツハインを救う術《すべ》などなかったということだ。

沈痛な面持ちでうつむいているキルプスへと、俺は告げる。

「陛下。俺はこいつを共和国に送還すべきではないと考えている。むろん、この国の法にかけることなど以《もっ》ての外《ほか》だ」

王族の暗殺未遂は、例外なく極刑だ。王国でなくともだ。

「…………何を望むか、言ってみなさい」

「あまりこのようなことを言いたくはないが、リオナが共和国の暗殺者ならば、交渉材料に使える」

人質という意味ではない。リオナはすでに見捨てられている。おそらく有用な情報も与えられてはいないだろう。

だが、エギル共和国がガリア王国の戦姫に対して暗殺者を送り込んだという事実を、外交の牽制《けんせい》材料として利用しない手はない。それは無事に奪還できた本物のオルンカイム嬢の存在と同じく、明確な共和国の弱みになる。むろん、やつらは認めはしないだろうが、牽制くらいはできるはずだ。

俺はキルプスを睨む。

おまえが言ったのだぞ。悪知恵がなければ王族ではないと。

キルプスが視線を上げる。だが俺を通り越し、天井を見上げた。

「命を狙われ、頭にきているのはわかる。だが、頼む。この娘に生きる機会を与えてやってくれないか」

今度は視線を下げた。俺で止まった。口を開き、だが言葉は発さずに再び閉ざす。

しばらく視線を合わせた後、キルプスが再び眉間をつまみながら口を開く。

「おまえ、その娘と付き合っていたのか？」

質問の意味や意図がわからず、俺はしばらく呆然としていた。

ようやく絞り出した一文字がこれだ。

「……は？」

「恋人だったのかと聞いたのだ」

いきなりすぎる俗な問いかけに、俺は顎が外れんばかりに呆《ほう》けた。

「な……にを……？」

言っているのだ、キルプス。忙しすぎてついに狂ったか。

キルプスの視線がリオナへと向けられた。俺を指さし、今度はリオナに尋ねる。

「ふたりは付き合っていたのかね？」

「はい。真剣に」

はい!?

リオナまで真剣な顔で何を言いだしているのだ。

キルプスが腕組みをして、椅子の背もたれに背中を預けた。ギシリと椅子が鳴る。今度は視線を斜め下に向け、右の掌で口を押さえて思案している。

んんんん？

なんだこれぇ～……？　息子さんをあたしにください……？

ややあって、キルプスが視線を上げた。

「これはたまげたな。十歳にしては少々ませているとは思っていたが、まさかここまでとは」

だろうな。息子が暗殺者とデキていただなどと信じたくはないだろう。

いや、まったく以て事実無根なのだが。

「おい、真に受けるなよ、キルプス……陛下。いまのはこいつの冗談だ。そうだろう、リオナ？」

リオナが目を丸くする。

「あたし、エルたんのことは本気で好きよ？」

今度はキルプスが目を丸くした。

「エルたん……？　おまえは——あ、いや、キミはそう呼ばれているのか」

「え、ああ。まあ」

俺はリオナの腕を引いて理事長室の隅まで連れてきてから、小声で囁《ささや》く。

「おまえな。冗談ならもうやめろ。さすがに場をわきまえろ」

「本気だけど……」

「あのな、俺だってそのうち成長して、おまえが恐れている大人の男になるんだぞ。わかってるのか。ずっとチビではないからな」

「そんなのわかってるよ。でもたぶん平気。最初は確かにタイプだし強かったから近づいたんだけど、自分が思っていた以上にエルたんがかっこよかったから……」

確かにホムンクルス戦では身を挺《てい》して救ってくれたこともあったが、でもそんなことはお互い様だ。それにいまは色恋沙汰の話なんぞをしていられる状況ではないだろう。何を考えているんだ、どいつもこいつも。

リオナが少し恥ずかしそうに俺の手を取る。

「だからね、少しずつ一緒に成長できたら、きっと大人になっても怖くないと思うんだ。……あ、なんかすっごい面倒臭そうな顔した」

俺のあからさまな態度に、リオナが苦笑した。

「実際面倒だからな。所帯を持つことなど考えて生きてはいない」

「うんうん。でも、そゆとこも好きよ？　ほら、追われたり求められたりすると施設にいた頃を思い出してすっごく怖くなるけど、その点エルたんっていつもあたし自身には何も求めないでしょ？」

「ぐ……」

なんてこった。糞が。

これまでの俺の態度の概《おおむ》ねすべてが逆効果だったということか。いや待て。あるいはまた心理誘導をかけられているのかもしれん。

例えばだ。

いざここで俺の方から「実は愛していた」とか「いますぐ結ばれたい」と、リオナを求めるようなことを口走ったとしよう。冷静に考えて、それはこの小娘がたったいま仕掛けた底なしの罠に自ら嵌《は》まりにいくことにはならないだろうか。美しき朝露に彩られた蜘蛛《くも》の巣へと吸い寄せられる蝶《ちょう》のように、俺はこいつに言わされてはいないだろうか。

さりとて拒絶してもこいつの好意は強まるのだから、もはや無敵ではないか。

ならば俺は、俺はいったいどうすればいいんだ！

教えてくれ、ヴォイド先生！


――あきらめろや。

俺を冷たく突き放すような不良先生の声が聞こえた気がした。


理事長室の隅に待避していた俺とリオナへと、キルプスが声を投げた。

「お〜い、話は終わったかねー？」

リオナが振り返ってうなずく。

「終わりました。付き合ってます。あたしたち」

「終わってはいないが、平行線を辿《たど》りそうだからもういい」

諦観の念に囚《とら》われた俺とちょっと嬉《うれ》しそうなリオナが、揃《そろ》ってキルプスのデスクの前へと戻った。

キルプスが大きくうなずく。

「やはりそういう関係だったか。道理でベルツハイン嬢を救うために必死だったはずだ。ましてやあの戦姫と一戦交えてまでとなると、並大抵の覚悟ではあるまい」

「何をニヤつきながら見当違いのことを言っているんだ、あんたは……」

「いや何、若者の成長が喜ばしくてな。そう照れるものではないぞ。過度な否定は彼女の心を傷つける」

その程度で傷つくような女なら俺はここまで苦労していない。

だが恋人関係は事実無根でも、ここで必死になって否定したところで意味があるとは思えない。

ああ、面倒臭い。俺の周囲にはオウジン以外にまともなやつはいないようだ。

「――しかし」

キルプスの雰囲気が豹変《ひょうへん》した。

戯《おど》けた表情は鳴りを潜め、その目が鋭く変化する。

「そこの娘が私の命を狙ったという事実は、そう簡単に消せるものではない」

空気が重量を持ってのしかかってくる。

だがこちらも退《ひ》くつもりはない。

「ならば何のために、あんたは俺をいかせた。リオナを逮捕させるためだとでも言うつもりか。ああ、あんたの言う王族はずる賢くなければならないのだったな。……見損なったぞ。残念だよ、キルプス」

残念だ。本当に。身分を超えた友であると信じていたのに。

キルプスが微《かす》かに口元を弛《ゆる》めた。

「そうだ。ずる賢く振る舞え。裏を返せば、簡単ではないが事実を消すだけでよいのだ。猟兵ヴォイド・スケイルと留学生リョウカ・オウジン、そしてイトゥカ将軍には私から早期に箝口令《かんこうれい》を敷いておいたゆえ、一組のクラスメイトでさえリオナ・ベルツハインの真実は知らぬ」

「……え……」

俺は視線を跳ね上げる。

キルプスが片肘をついて顎をのせ、もう片方の掌を広げた。王城の家族の前では決して見せなかった、底意地の悪そうな笑みを浮かべて。

「そもそも理事長が国王であることすら、教官の極一部以外には秘匿事項だ。ゆえに学園都市で彼女を捜索していた騎士たちは、嫌疑不明の軽犯罪者を捜す任務についていると思って動いている」

「もったいぶるな。具体的に言ってくれ」

「有り体に言えば、レアン騎士学校から勝手に武器を持ち出し姿を晦《くら》ませた窃盗罪だ」

「あ……」

つまりは学内の備品泥棒か。

マンゴーシュだ。騎士学校の備品を勝手に学外に持ち出した少女の捜索ということだ。それならば後からなんとでも理由をつけられる。例えば街に侵入した魔物を追っていた等。騎士学校の学生であれば、なくはない事情だろう。

しかし、なるほど。騎士どもがたかが雨如きで捜索を一旦打ち切っていたのにも納得がいく。やつらは王族を狙った危険な暗殺犯ではなく、ケチな窃盗犯、それも嫌疑をかけられただけの少女を追っていたんだ。

キルプスは続ける。

「国境のマルド・オルンカイム将軍は、彼の娘である本物のミク嬢を誘拐し成り代わっていた少女の容姿や名を知らんし、そのミクもベルツハイン嬢の顔は見ていないそうだ。誘拐を実行した一派はすでにマルド自身が捕縛済み。何名かには逃げられたそうだが、そこは問題ではない。国境を越えられたところで、どうせ共和国自身が処理するだろうからな」

暗部による口封じ、あるいは長期監禁か。十分にあり得る話だ。

だとすればリオナは――。

「それはつまり……そういうことか？」

キルプスが深くうなずいた。

「そういうことだ。私を含むわずか数名が口を閉ざせば、暗殺未遂犯であるベルツハイン嬢に辿り着く者はいないということになる。ついでに窃盗罪の方も、彼女自身が先ほど学内に備品を戻した。どうやら学校側の誤解だったらしい、と理事長である私は認識した」

じわり、と温かいものが胸に込み上げる。

「キルプス、おまえ……！」

やはりキルプスは、俺にとっては最高の国王だ。こいつはいつだって権力や国家ではなく、あくまでも人を見ている。前世からそうだった。

仕えるならこういうやつでなくてはならない。こいつが王だからこそ、ブライズは躊躇うことなく存分に力を振るえた。たとえそれが人を殺す力であったとしてもだ。

キルプスならば、その力を人を生かす未来へと変えてくれると信じて戦った。

「ただし、先にも言ったが、私個人は自身の命を狙った暗殺者をただで赦《ゆる》すつもりはない」

「え……」

冷徹に、キルプスが言い放った。

「リオナ・ベルツハインには監視をつけさせてもらう。この国で生きている限り、一生涯だ」

「待て！　そんな罪人同様の扱いは――」

キルプスが俺の言葉を掌で遮った。

そうしてにんまり笑い、「わかっている」とでも言いたげにウィンクをしてきた。

「その役割を、おまえに命ずる」

「………………あ？」

「鈍いぞ、エレミー……あ。エレミア・ノイくん」

おい、いま本名で呼びかけたな。俺のうっかり癖はおまえ似か。

「どうせ付き合っていたのであれば、監視がてら添い遂げろと言っているのだ。愛しているのだろう？　なぁに、キミの父上にあたるノイ男爵の人となりは私もよく知っている。心配せずともキミが見初めた娘であれば、彼は認めてくれるだろう」

　それはよく知っているだろう。何せおまえ自身なのだからな。

目の前にいる偉大な王は、息子の嫁を見つけて喜んでいるただの父そのものだった。

「いまからもう卒業が楽しみだなぁ。はっはっは。キミのご母堂には私から伝えておこう。華やかになるぞぉ」

　俺はアリナ王妃《母ちゃん》の顔を思い浮かべ、ゆっくりと白目を剥《む》いた。

　なあ、キルプス……。

　……俺にとっておまえは、最低の勘違い親父《おやじ》だよ……。

　この日。

　俺は決して取り返しのつかない一歩を、踏み出してしまった気がしていた。


　昨夜は部屋に戻ってから、リリにベッドの上でこってり絞られた。

　当然だが、色気のある話ではない。時系列に順を追って説教をされただけだ。

　ひとつは、リリに秘密にして陛下と密談を交わしていたこと。

　自身の頭はそれほど固くはないから、これからはまずわたしに相談しろと言われた。自身はもう将軍ではなく教官なのだから、と。

　そうしたかったが、おまえを信用させるには、俺にはあまりにも話せないことが多すぎたんだ。そう言えたなら、少しはわかってもらえたかもしれない。

もうひとつは、陛下の額を割ったこと。

俺がリオナを捜索するために立ち去ってから、流血する陛下を見て目眩《めまい》がしたのだとか。不敬罪に処されても文句は言えない所業だったからな。そもそも相手がキルプスでなくとも、普通に傷害罪だ。

いや、俺も割られたが。

この件に関しては、むしろキルプスの頭突きを喰《く》らった俺が被害者なのだが、リリにそう言っても信じてはもらえなかった。俺はいかにもやりそうだが、陛下は立派な大人なのでやらなさそうに見えるそうだ。

おい、糞弟子ぃ……。

その次が、リオナを単身で捜索に出たこと。

陛下を狙うような危険な暗殺者を相手に、あまりにも無謀がすぎる。いくら腕に覚えがあるといっても、その身が十歳であることを忘れるなと、とても強く、そして優しく、粘り強く、しつこく、ただひたすらに、諭された。

そういった説教にどれだけ時間を掛けられても俺は生来気にするようなタイプではないが、それでもリリに過度な心配をかけてしまったことだけは、強く思い知らされた。

ああ。正直言ってこの夜は、これが一番堪《こた》えた。だから素直にうなずき、もうしないと誓った。

リリはブライズを喪《うしな》ったときのことを思い出していたのだろうか。

まだあるぞ。リリの尻をグラディウスの腹で叩き上げたことだ。

かなり痛かったらしい。それはそうだ。鉄の塊なのだから。

ブライズの生尻平手の方が遥かにマシだったと言われた。あと、女性の尻や胸は簡単に触れてはならないものだと、人生二周目のいまになって軽い性教育を施された。

勘弁してくれ。俺は子供だが子供じゃないんだ。いまさらそんな当たり前の知識を、異性の、それもかつての弟子からこんこんと説かれるなどと、得るものもないのにただただ気まずい時間でしかない。

そもそもあの尻叩きは、おまえが話を聞かずにリオナを斬ろうとしたからだぞ。まだまだある。陛下を危険にさらしたこと。

どのような理由があっても、暗殺者を陛下と引き合わせるなどということはしてはならない。それはそうだ。ぐうの音も出ん。ブライズならばたとえキルプスが許可を出そうとも、エレミーをぶん殴ってでも阻止していただろう。

だが十歳の肉体に宿るのは幼い精神だ。知識はあっても、心が追いつかなかった。

俺は救いたかったんだ。

どうしても。あの哀れな少女を。

ベッドに向かい合って座らされ、長い長い説教の時間がようやく終わった。

「すまなかった。反省している。今度からはできる限り相談する。だが、リリも俺をあまり子供扱いせず、ちゃんと話を聞いてくれると助かる」

「イトゥカ教官」

「イトゥカ教官も、だな」

リリがため息をつきながら、ようやく表情を弛める。

「わかったわ。これからはお互い気をつけましょう。――じゃあ、今日はこれでおしまい。明かりを消すわよ」

「ああ」

天井に備え付けられている大型の魔導灯のコックをリリがひねった。部屋が薄暗くなる。窓から射《さ》し込《こ》む月明かりを頼りに、ふたりしてベッドに潜った。

リリがこちらを向く。

「そうだわ、エレミア。明日、あなたのベッドが届くの。部屋は少し手狭になるけれど、やっと手足を伸ばして眠れるようになるわよ」

「ん、ああ。そうか」

何だか、いまさらだな。

腕を枕にして、仰向《あおむ》けで天井を眺める。リリは顔だけをこちらに向けていた。

いつものことだ。もう慣れた。というより前世を思い出して、割とすぐに慣れた。俺たちはずっとこうして暮らしてきたから。よくよく考えれば、リリと同衾《どうきん》など珍しくもない。

立場は逆になってしまったが。

「……俺の手足はそれほど長くない」

リリが目を細めた。

「あら。もしかして、わたしと寝ていたいの？」

「そういう意味ではない。そんな可愛《かわい》げが俺にあるように見えるか？」

「ふふ……」

笑って、天井を向く。

「可愛げはないけれど、可愛いとは思ってるわよ」

「やめろやめろ。それは男にとっての褒め言葉ではない。俺が横にいたんじゃ、おまえが手足を伸ばせないだろ」

「わたしは普段から伸ばして寝ていないから。ずっと昔、いまのエレミアくらいの頃は、身体の大きな人の隣で寝てたのよ。だから小さくなって寝る癖ができたわ」

俺も笑った。

そりゃあ、悪かったな。

キルトの中で手の甲が触れた。リリの指が動いて、俺の手を包み込む。

——ブライズ、手を繋いで寝てもいい？

——いちいち聞かずに勝手に好きなとこをつかんで寝ろ。

瞬間、前世の記憶がひとつ蘇《よみがえ》った。

俺はまた笑った。

あの頃のブライズの言い草たるや、ひどいもんだ。

「なんだ、寂しがっていたのはおまえの方か」

「……そうね」

「拾った犬に情でも湧いたか」

「ええ、湧いたみたいよ。エレミアといると、不思議と昔のことを思い出すからかしら。本当にブライズの隠し子じゃないのよね？」

「ああ。違う。血縁はない。残念か？」

「いいえ、エレミアはエレミアなのだから。……でも、少しだけ……」

素直だな。まるで子供だ。

夜の風が窓を優しく揺らす音がした。

「陛下からオルンカイム——ベルツハインを捜しにひとりで発《た》ったと聞かされて、気が気じゃなかったんだから。護衛がなければすぐにでも飛び出したかった」

「それでいきなり斬りかかったのか」

まったく。可愛い弟子だ。

しかし立場が逆か。我ながら言い得て妙だ。ブライズだった頃もそうだった。でなければ長々とともに暮らしたりはしない。

剣聖の称号を得て、最終的に金など腐るほど貯《た》まったが、結局追い出さずに一緒にいたくらいだ。

その頃にはリリもそこそこ稼げる剣士になっていたのに、あのムサかった男所帯から出て行こうとはしなかった。

唯一の女では、色々と不便なこともあったろうにな。

家族……だったのかな。あれは……。

俺は咳払《せきばら》いをひとつして、リリの方を向いた。端正に整った横顔は、あの頃よりも穏やかに見える。

「あ～……。ベッド、返却するか？」

「ふふ、バカね。エレミアがそうしたいなら、わたしはそうしてあげてもいいわよ」

「言ってろ」

同時に笑って目を閉じた。

雨の中、リオナを捜して疲れていた俺は、生温かい泥の中へと引きずり込まれるように、すぐに眠りに落ちていった。

繋いだ手のぬくもりは、正直言って心地よかった。

翌朝は週に一度の休日だった。

騒がしい声に目を覚ますと、リリはもう起きていた。誰かと話をしている。何だか揉《も》めているようだ。

眠い。身を起こすのも億劫《おっくう》だ。が。こうもうるさくては、おちおち寝てもいられない。

「……」

俺は上体を起こした。

開かれたドアの前に、リリが立っている。廊下側には知らない男が数名いた。俺は頭を振ってベッドから下り、リリの側《そば》にいく。

「困ったわね」

「すいやせん。こりゃあ完全にうちの手違いです」

俺はリリの背中に声をかけた。

「どうした？」

「ああ。あなたのベッドが届いたのだけど……」

何やら言い淀《よど》んでいる。

どうやら男たちは運び屋のようだ。家具屋から俺のベッドを持ってきてくれたのだろうか。リリの横から覗《のぞ》き込《こ》むと、廊下には組み立て式のベッドらしきものがあった。

屋内に持ち込んでから組み立てるものだ。ひとつひとつの部品はさほど大きくはない。

だが。

俺は眉をひそめる。指さして。

「……それ、部品は足りているのか？」

男たちが俺に視線をやって、悲観的な表情をした。それも一斉にだ。

小さいんだ。あきらかに部品が少ない、というより、小さい。

俺はリリを見上げて尋ねた。

「赤ん坊用《ベビー》ベッド？」

「そうらしいわ」

「いくら俺が小さくても、さすがに入らんぞ!?」

いまより手足が伸ばせなくなってしまう。

「そうよね」

ああ。そういうことか。

男は先ほど、うちの手違いだと言った。

そっちに視線を向けると男は帽子を取って、ばつの悪そうな顔で口を開いた。

「すいやせん、坊ちゃん。子供用と注文をお聞きした際に、うちの若え従業員がまだ腹の出てねえ母親さんだと思っちまったらしくて、早とちりで赤ん坊用のベッドを作っちまったんでさぁ。ああ、ほら、だって、あんたは――」

リリが慌てて付け加える。

「わたしも悪かったわ。もう少し丁寧に説明をするべきだった。エレミアとの同居は突然決まった話だったから、急いでいたのよ」

馬車で俺を宿まで迎えにきた日のことか。

男が首を左右に振った。

「それもそうなんですがね、ほら。あんた、あの有名な〝戦姫〟様だよね？　リリ・イトゥカ将軍？　レアン騎士学校に赴任したっていう。注文書の方にもその名が書かれてやしたし」

「あ、ええ。何か問題でも？」

「やっぱそうかい。そうある名じゃねえもんな。いや、ね。その～、てっきり退役したのは結婚か妊娠が原因だって、うちの従業員が思っちまったらしくて」

「あ～……」

リリがうつむいた。

「ごめんなさい、わたしが嫁ぎ遅《いき》れているばっかりに……」

「や、ややややや！　やめてくだせぇや！　あんたほどのいい女なら、引く手数多でしょうや！」

もうやめてやってくれ。

俺の弟子は本気で落ち込んでいる。見るに堪えん。

おそらくだが、できないことを落ち込んでいるわけではなく、しなかったことによってこんな妙な誤解が世間に生み出されていたことに対してだろうが。

「ベッドぁ、あっしらが責任持ってうちで作り直しやすんで。もちろんお代金はすでにお支払いいただいてる分だけで構いやせん」

「でも、赤ん坊用と大人用では差額があるでしょう？」

「や、今回のこたぁこちらの不手際、それも、英雄様に対して失礼なミスでしたから、お気になさらずってことで」

「でも、そういうわけには――」

俺は口を開く。

「ああ、もういいもういい。それよりも小さめのクローゼットを作ってくれないか。子供の服が入る程度でいい。それなら差額も大して発生しないだろう。それでいいか、リ――イトゥカ教官」

「……エレミアがよければ？」

家具屋の親方らしき男に視線を戻した。

「そういうことだ。話が二転三転してすまないが、ベッドはキャンセルでクローゼットを頼む」

「え、そりゃあ、うちはもちろんかまいやせんが……」

男がリリに視線を向けると、リリも小さくうなずいた。

そうして俺たちは、顔を見合わせて苦笑いを浮かべる。結局、俺たちは前世と一緒だ。

親方が不思議そうに尋ねてきた。

「……あんたたち、親子じゃないよな……？」

俺の肌は白く髪は金色。リリの肌はやや色濃く髪は濃紺色。

顔つきもまるで違う。そもそも俺がリリの子だったら、リリの出産年齢が十五歳になる。それはさすがに少し早い。

「立ち入ったことをお聞きしやすが、えっと、どういうご関係で？」

「わたしたちは――……」

リリが「ん」と小さく呻《うめ》いて、迷うように口をつぐんだ。

ヴォイド曰《いわ》く。たとえ合意の上でも、この年齢に手を出すことは犯罪らしい。言うまでもなく、俺たちはそのような関係ではないのだが。

その様子を見た男が、慌てて手を振る。

「あーいやいや！　すいやせん！　差し出がましいことでした。こりゃあ戦姫様のプライバシーだ。

もちろんあっしらはただの家具屋ですし、口外なんぞしやせんから。どんな形であれ、誰かのために何かをプレゼントするってのぁいいことだ。精一杯真心を込めて作らせていただきやすよ」

「おい、家具屋。いいものを作ってくれるのはありがたいが、妙な勘違いはするなよ」

だから俺が言ってやったんだ。笑いながら言ってやった。

リリが先ほど言おうとして、躊躇った言葉をだ。

「俺たちは家族だよ。血のつながりはなくとも。その関係に〝型《カタチ》〟などなくともな。だから、ともにあるんだ」

馬鹿な弟子が、そうではないかもしれないなどと考えてしまったであろう言葉を。

そして付け加える。この国の民ならば、おそらく誰もが知っているであろう少しだけ昔の話を。本来あるべきだった俺たちの関係を。

「……そうだな。さしずめ剣聖《ブライズ》と戦姫《リリ》のようなものだ」

そう言ってからリリを盗み見ると、彼女は嬉しそうに頬を染めていた。

書籍版書き下ろし番外編

はじまりの邂逅

どこの国家にも統治されていない辺境という地で生きる流浪の民には、常に危険がつきまとう。それは魔物であったり、山賊や盗賊の類であったり、自然災害であったりと様々だ。だからこそ彼らはひとつところに留《とど》まらず、価値あるものは手に持たず、広大な辺境で旅を続ける。

わたしはそんな流浪の民、イトゥカ一族の末子として辺境で生を受け、五つになる頃まで家族の庇《ひ》護下《ごか》で旅を続けた。

安全な地を見つけては開墾し、家畜を放して季節をまたぐ。そこに危険が迫れば畑を捨て、家畜を連れて広大な辺境を移動する。危険がなくとも一年を過ぎれば留まることはしない。長くひとつところに留まれば、噂《うわさ》が立って賊の類に狙われるようになってしまうから。

そんな暮らしを五年ほど続けたある時期、辺境のダンジョンより発生した古竜災害が世界を震撼《しんかん》させるという事件が起こった。宝物を賊に荒らされダンジョンより飛び立った怒れる古竜が、広大な辺境の面積のおよそ二割を灼《や》き払ったのだ。神話で数体の古竜が神々との戦いの中、その高熱で大陸を硝子《ガラス》へと変えてしまったように。

結局、周辺国家の連合軍が大きな被害を出しながらもどうにか古竜を討ち取ったものの、イトゥカ一族は運悪く、その年に開墾した畑も家畜もすべてを失ってしまった。

戦いを終えた後も、雨季が訪れるまで炎の残った辺境を、わたしたちは身を寄せ合ってただ見ていることしかできなかった。

そうして、わたしを含む一族の了供らのおよそ半数が、口減らしのために売られることとなった。

まだ労働力になれない年齢の子ばかりだ。

「ごめんね、リリ。みんなが食べていくには、こうするしかないの」

「……うん……」

母は何度も同じ言葉を繰り返していた。

運がよければ貴族に買い取られて実子同様に育てられる。父はそう言った。

けれども、運が悪ければ……どうなるのだろう。父も母も教えてはくれなかった。

ひとつだけわかったことは、わたしはそのどちらでもなかったということだけだ。わたしは国家をまたぐ旅芸人一座『砂《すな》の精霊亭《せいれいてい》』に引き取られることとなったのだから。

そこでは、子供はわたしだけだった。当初こそ寂しさでずっと泣いていたけれど、踊り子のお姉さんたちはみな親切だった。下働きだから日々やるべきことは多かった。その忙しさのおかげで、父母兄姉の顔を思い出す時間は徐々に減っていった。

おそらくだけれど、わたしは売られた兄姉たちの中でも、どちらかといえば運がよかった方なのだと思う。

母の顔を思い出しても寂しさが薄らいできた頃、踊り子のお姉さんたちから踊りを教わるようになった。全然うまくは踊れなかったけれど、わたしと同じく流浪の民の肌色を持つ踊り子のお姉さんは、笑いながら励ましてくれた。

「最初はみんなそんなものよ。慌てる必要はないわ」

踊りきる体力をつけるため、公演のない日は走ることにした。しなやかに見えるように肉体を動かすために、ある程度の筋力をつけた。バランス感覚を養うため、球体状の道具の上に片足で半日近く立っていたこともある。できることが増えると、この暮らしが少し楽しくなった。

お姉さんたちや座長が喜んでくれるから、もう少し、もう少しと頑張った。身体を動かすことは嫌いではなかった。あと、少し照れくさくはあったけれど、踊り子の纏《まと》うひらひらとした可愛《かわい》らしい衣装も好きだった。

もちろん嫌なこともあった。

それは夜。

踊り子のお姉さんや大道芸のお兄さんたちが、お金持ちの貴族さまたちと、借宿の二階へいくこと。一度だけ間違えて部屋のドアを開けてしまったことがある。すぐに閉めたけれど、ドア越しにでも響く嬌声《きょうせい》が怖かったのを鮮明に覚えている。

わたしも大人になったら、いつかああいうふうに夜に客を取らされるのだろうかと思うと、ひとりで吐いた。でも、これはいまのわたしが子供だからであって、成長して大人になるにつれ、こんな気持ちは消えていくものだと自分に言い聞かせた。

それ以外は概《おおむ》ね、満足のいく暮らしだった。好きなものの方が嫌いなものよりも、ずっとずっと多い生活だった。

そうして五年が経過した。イトゥカ一族を出る際にはまだ肩までだったわたしの髪は、腰に届きそうなほどにまで伸びていた。

わたしは十歳となり、一座の踊りや演劇に参加するようになっていた。花束をくれるお客さまや、演技を褒めてくれる座長、まだまだ追いつけない綺麗《きれい》で可愛い踊り子のお姉さんたち、みんなが大好きになっていった。

その日の演目は〝竜狩りのアリス〟。

女だてらに剣を振るう少女が踊り子から騎士を経て、やがて古竜狩りの剣士へと成長していく姿を描く、剣舞の物語だった。

わたしはそこでなんと、アリスの幼少期を演じさせてもらった。たぶん座長は、子役のために幼いわたしを引き取ったのだろう。

だったら、期待に応えたい。

重要な役を任されたのはこれが初めてのことだったから、自分が踊り子として『砂の精霊亭』のみんなに認めてもらえたようで嬉《うれ》しかった。そのせいだろうか。学んだ踊りの中では、剣舞が最も好きになった。

わたしたち『砂の精霊亭』は、国家をまたぐ旅芸人一座だ。王国での公演を終えれば、今度は共和国へと移動する。たとえ戦時中であっても、騎士たちへの慰労のために演目を行う。いいえ、戦時中であるからこそ、笑いや感動を届ける。

それが一座の誇り。

王国での最後の演目〝竜狩りのアリス〟を要塞都市ガライアで終えた『砂の精霊亭』は、その日のうちに王国北方に位置するトランド帝国へと旅立った。本当は共和国へ向かう予定だったのだけれど、ガライア領主〝王壁〟マルド・オルンカイムさまの忠告で、急遽《きゅうきょ》目的地を変えることにしたのだ。

何でも、ガライア西方で数日内に王国軍と共和国軍がぶつかり合う可能性が高いのだとか。

だから危険を避けるため、『砂の精霊亭』は予定を変えて北へと旅立った。

程なくして嵐がやってきた。真っ暗な空に月は姿を隠し、雨音は馬の蹄鉄《ていてつ》音を消すほどに馬車を殴りつける。わたしたちが休息のできる場所を求めて山岳地帯を彷徨《さまよ》っていたとき、ひときわ大きな雷鳴が轟《とどろ》き、馬車を引く馬が恐慌状態となって走りだした。

そのせいで、馬車はあっけなく崖から転がり落ちた。けれども運良くそれほどの高さではなかったことで、『砂の精霊亭』のメンバーはみんな無事だった。被害は壊れた馬車の車輪と、逃げてしまった馬くらいのもの。

翌日、雨が上がった。

わたしたちは狼煙《のろし》を上げて、壊れた馬車で助けを待つことにした。悲壮感はない。みんなそれぞれ、その状況を楽しんでいた。小川に足を浸したり、魚を釣ったり。最初は不安だったわたしも、何だか楽しくなってきて。

「リリ、滅多にできない経験はね、芸の肥やしになるのよ。今日を楽しみなさいな」

お姉さんは笑いながらそう言った。

夕暮れ時、ようやく蹄《ひづめ》の音が響いてきた。狼煙を見て助けにきてくれたのだ。

……みんな、そう思った……。

けれどもそこに現れた騎士の一団の胸鎧《きょうがい》には、王国紋でも帝国紋でもない、共和国の紋章が刻まれていた。わたしたちは共和国と戦争中の王国から旅立っている。

念のためにと、踊り子のお姉さんがわたしを壊れた馬車の裏へと背中で押し込んで隠してくれた。

「貴様ら、このようなところで何をしている？」

それはこちらの台詞だ。王国と帝国の間で、あなたたちは何をしていたのか。そう思ったが、誰も口には出せない。

座長がことのあらましを説明した。

怪しい者ではない。我々は『砂の精霊亭』という旅芸人の一座だと。

けれども騎士たちは訝《いぶか》しがる。

ひとりの騎士が無断で馬車の中へと踏み入り、両手で十数本の剣を抱えて出てきた。演目〝竜狩りのアリス〟の小道具だ。鉄製だけれど、刃は引き潰されている。でも騎士はそれを確かめもせず、座長の足下へと投げ落として。

「一座に扮《ふん》した王国騎士だな」

彼らは一斉に抜剣した。

座長が息を呑《の》み、弁明のために慌てて口を開いたところに刃が入る。

ズシュ。

聞いたことのない音がして、座長がゆっくりと膝をついて地面に倒れた。血だまりが広がる。お姉さんたちの悲鳴が響いた。次の瞬間、騎士はお姉さんたちにも斬りかかる。

大道芸のお兄さんはそれを止めようとしたけれど、あっさりと斬り伏せられて転がった。

悲鳴、悲鳴、悲鳴。

血まみれで倒れたお姉さんが、必死の形相でわたしに視線を向けた。声なき唇が動く。

――隠れなさい！　早く！

指先で馬車の下を指している。わたしは慌てて車輪の隙間から、身をねじ込む。そこから覗《のぞ》くと、お姉さんはもう事切れていた。

悲鳴、激しい足音、悲鳴。

わたしは震えながら耳を塞いだ。何もできない。アリスのように強くはないから。みんなが殺されていく中、わたしは恐怖で涙を流しながら隠れていた。

みんながわたしを助けてくれたのに、わたしは隠れていることしかできない。呼吸が苦しい。吸っても吸っても苦しい。怖い。怖い。怖い。

誰か助けて。助けて。

やがて悲鳴と足音が止《や》み、静寂が訪れた。

馬車の下から、滲《にじ》む薄目を開く。騎士の足が数人分見えた。

「よかったのですか？　おそらく本物の旅芸人一座だったかと。あの剣もおもちゃだ」

「構わん。我々がいまここにいることを王国や帝国に知られることの方が問題だ。ひとりも逃してはいないだろうな」

「ええ、そのはずです。あ〜、女は、ちょっとばかりもったいなかったですがね」

数人分の下卑た笑い声がした。

はぁ、はぁ、はぁ……。

呼吸が苦しい。胸が痛いくらい心臓が脈打っている。

わたしの真上、馬車の中を共和国の騎士が歩き回っている。やがてその音が止んで、地面に騎士の足が増えた。

「小隊長、子供の服があります。どこか周辺に隠れているかもしれません」

「捜せ」

馬車の周囲にあった騎士の足が、慌ただしく動きだした。しばらく方々を駆け回っていた騎士たちは、やがて再び小隊長と呼ばれた人のところへと戻ってきた。

「周辺にはいませんね。馬車の下を掘って隠れてるってことはないと思いますが」

「子供の身だ。隙間にだって入り込む。念のために調べろ」

ああ、だめだ。わたしもここで殺されるんだ。

そんなことを考えたとき、突然蹄鉄の音が聞こえた。瞬間、騎士たちが叫んで抜剣した。けれど、ほんの数秒。たったの数秒だ。

剣同士がぶつかり合う音ですらなかった。

先ほどとはまるで違う音。人を斬る音というより、叩き潰すかのような恐ろしい轟音《ごうおん》が鳴り響き、胸鎧ごと破壊された騎士の骸《むくろ》が馬車の周囲に転がった。上半身と下半身が別々に。別の騎士が気合いの声とともに走ったと思った直後、またしても雷轟のような音が鳴り響き、今度は頭から股間までを縦に裂かれた人体が地面に落ちた。

わたしはあまりの恐怖に息を呑む。

悲鳴をあげて逃げだした騎士らを、遅れてやってきた騎馬が取り囲み、次々と骸へと変えていく。

「なんだぁ？　共和国のやつらがこのようなところで野盗ごっこか？」

そんなつぶやきが聞こえた直後、ドン、と重々しい音を立てて馬から大きな足が降り立った。

その人は馬車の幌《ほろ》を乱暴に剥ぎ取って中を確認し、舌打ちをする。

「生存者はなしか。糞《くそ》、途中の交戦でちょろちょろと逃げ回られたせいで、手間取っちまった」

怖い、怖い、怖い。助けて、助けて、助けて。

大きな足が踵《きびす》を返す……が。わたしが安堵《あんど》する暇もなく。

「ん？　気配が……」

その人は膝を曲げ、地面に這《は》うようにして馬車の下を覗き込んできた。

目が合った。まるで獣のような目——が、細められる。

「よう。隠れてたのか。もういいぜ。大丈夫だ、出てこいよ」

腕が伸ばされた。丸太のように太く、ゴツゴツとした腕が。

わたしは恐怖のあまり、必死で後退《あとずさ》りして遠ざかる。

「おいおい……」

若い男性の声がした。

「はは、ブライズ先生は顔が怖えんすよ」

「……ぶっ飛ばすぞおまえ」

振り向いて文句を言っている。と思ったら、またこっちを向いた。

わたしはびくりと震えて、なるべく彼から遠ざかる。限界まで。

顔、怖い。身体、大きい。あの怖い騎士たちを一瞬で殺した、もっともっと怖い人。

けれども、その怖い人は。

何やら胸元をごそごそとしている。

「あ～。キャンディは好きか？　出てきたらやるぞ」

「ちょちょ、ちょっと、先生、それじゃ誘拐犯みたいっすよ」

「いちいちうるせえな！」

声、大きい。演劇中の演者よりも。

「見ろ、カーツ！　おめえのせいで嬢ちゃんが怖がって出てこねえじゃねえか！」

「ええ、俺のせいっすか？　先生の顔が怖えのは、親御さんのせいじゃないっすかね？」

「……いや、おまえ、まじで……」

なんかちょっとおもしろい。

「おら、キャンディはここに置いとくぞ。食いたきゃ出てこい」

そう言って、馬車の横の地面に直接キャンディを置いた。土と雑草の上に。

「先生、アホな犬じゃないんすから」

「ああ!?　ああ、そうか……」

素直。

置いたキャンディを自分で食べて、今度は地面にチーフを敷き、その上に新たに取り出した別のキャンディをのせる。

「ほら、今度は砂などついていないぞ。綺麗で甘くてうまぁ～いキャンディだ。まあ、酒の方がうまいがな」

「……」

この人の目には、わたしはどう映っているのかしら。

お腹《なか》を空《す》かせた子犬なの？　少なくとも人間ではなさそう？

こんなときなのに、不思議とそんなことを考えてしまう。

「むう、餌にゃ釣られんってか。賢い嬢ちゃんだ」

「いやこの状況じゃ普通そうでしょ……」

カーツと呼ばれた若い男の人も、馬から地面に降りた。

「言えよ。先に」

「言いましたよ」

「いつだよ」

「犬じゃないんすからって言ったでしょ」

ケンカし始めた。

「それはおまえ、砂のついた食べ物の話じゃねえのかよ」

「違いますよ。餌置いて釣られる人間なんてブライズ先生くらいのもんです。たぶん将来的に毒殺されると思うんで気をつけた方がいいですよ」

「この野郎……」

他にも数名、騎馬らしき人はいるけれど、何だか遠巻きに見ているだけ。ふたりのやりとりにクスクス笑ってはいるけれども。

「だめだ。出てこねえ」

「まあこんだけ怖い目に遭えば仕方ないでしょうね。俺、この後、ガライアでデートの予定があるんですけど」

「飴玉だからだめなのかもしれん。肉でも焼くか」

「ありませんよ、肉なんて。どうせ先生が腹減って食べたいだけでしょ。俺、デートあるんで先に帰っていいすか?」

「カーツ、おまえ、こいつら連れてそこらで獣か魔物を捕ってきてくれ」

この人、他人の話をまったく聞いていない。すごい。

「俺、この後デートあるんですけど。宿酒場のエリーさんと」

「ミノタウロスがいりゃいいが、オークでも我慢する。最悪、鳥でもいいや。頼んだ」

カーツさんの大音量のため息が聞こえた。

「おまえら、行くぞー……」

やる気なさげな声をあげると、彼は地面を蹴って馬に乗り、他の人たちを引き連れて去っていった。

どちらかといえば彼に残ってもらって、この怖い顔の人に去ってほしかったのだけれど。

確か、ブライズ先生と呼ばれていたっけ。また地面に這って、わたしを覗き込んでいる。というか、地面に片方の肘をついて寝そべり、普通にくつろいでいるように見える。まるでベッドの上にでもいるかのように。周りは自分で斬った死体だらけなのに。

ブライズがあくび混じりに口を開いた。

「どうやら俺の弟子はデートに行きたいらしい。剣士としては理解し難いくだらん用事だが、そろそろ出てきてやってくれるとありがたい」

「……」

わたしは首を左右に振った。

「ああ、言い忘れていたが、俺たちは王国騎士団――に、雇われている傭兵団《ようへい》だ。鎧や武器に統一感がないからゴロつきや山賊の類に見えるかもしれんが、共和国軍じゃないだけ怖くはないだろう。ほら、出てこいよ」

もう一度首を左右に振った。

「俺たちが正式な騎士団じゃないからか？」

首を振る。

あなたが怖い。顔が怖い。大きさが怖い。行動が怖い。

「何か言えよ」

言ったらきっと怒るもの。

だからわたしは黙っている。あなたが諦めるまで。

「あ。もしかして口が利けないのか!?　そいつぁ悪かった！」

早とちりしてる。

首を振った。

「黙ってるだけ？」

うなずく。

「そうかあ」

傷ついたみたいな顔をしている。相変わらず怖いけれど。

「おまえ、踊り子の見習いだったのか？」

うなずく。

「そいつはいい。踊りってのは剣術と通じる部分がある。剣舞は好きか？」

うなずく。

一番好き。〝竜狩りのアリス〟を演じたことだってあるんだから。

「あれはいい。体幹を鍛えた踊り子の剣舞は躍動的で実に美しい」

すけべなの？

「剣筋がな。踊り子のやつらは、きっといい剣士になれる。舞台で踊らせておくにはもったいないくらいだ。なぜ剣を握らんのか理解に苦しむ」

違った。ただの剣術バカだ。

沈黙が訪れた。

もしかして会話を探してる？　わたしに気を遣ってる？

ううん、大あくびをした。単に眠そう。この状況で眠くなるんだ。すごい神経。きっと背中に図太いのが一本通っているだけ。

この人が寝たら逃げよう。そう決めた。

「今度踊って見せてくれよ」

「……」

「ああ、俺が眠ってから逃げようと考えているならやめた方がいい。ここらにゃ魔物の他にも、どういうわけか共和国軍が彷徨《うろつ》いてる。何かを企《たくら》んでいるのは確かだ。それに、眠ってても気配が動けば俺にはわかる」

そうなんだ。ほんとかな。

「……流浪の民か」

うなずく。

「帰る家はあるか?」

首を振った。

イトゥカ一族はどこかで生きている、と思う。でも、辺境で生きる流浪の民は長くても一年以上、同じ場所には留まらない。五年も経《た》てば、どこにいるかなんてもうわからない。

ああ、そうか。わたしにはもう、帰る場所がないんだ。

途端に心細くなってきた。意図せず、涙がじわりと浮かぶ。いまになって、母の暖かさがまた思い出されてしまった。優しかった踊り子のお姉さんも、もういない。

「この〝砂の精霊亭〟が、おまえの家だったんだなあ」

うなずき、次に首を左右に振り、彼を指さした。

「俺が〝砂の精霊亭〟の名を知っていたことが不思議か?」

うなずく。

「なかなか頭の切れるやつだ。そういうやつは臨機応変だ。いい剣士になるぞ」

この人、何でも剣士に繋《つな》げちゃう。

「おまえ、ガライア領主のマルド・オルンカイム閣下は知っているか？　あ〜、〝王壁〟のマルド。オルンカイム辺境伯だ」

うなずく。

わたしたちが王国で最後の公演を行った場所が要塞都市ガライアで、国境騎士団の慰労のためだったのだから。

「俺たちはマルドのおっさんに依頼されて一座の保護にきたんだ。おまえたちが旅立ってすぐに、共和国軍に動きがあったからな」

悪い人ではないのかもしれない。そんなことを考える。

「だから危険はないぞ。踊り子の姉ちゃんたちを弔ってやりたければ出てこいよ。一座の遺体はガライアに回収する。こんなところに転がしといて魔物の餌にされちまうのも気の毒だ。だから、おまえもこい。あいつらの家族ならばな」

わたしはうつむく。今度はうなずくことも、左右に振ることもできなかった。答えが出せない自分が情けなくて、じわりと涙が浮かぶ。

「勇気が出ないか」

「……」

ブライズがため息をついた。

「日が暮れちまうな」

「……」

わたしだってお姉さんたちや座長と離れたくはない。でも、だけど。

うつむく。

「仕方がない」

肘をついて寝そべっていたブライズが、ふいに立ち上がった。

「なるべくなら自分から出てきてほしかったが――」

わたしは息を呑む。急速に不安になった。

置いていくつもりなの？　わたしをここに残して、みんなだけを連れて帰ってしまうの？

出ないと！　すぐにでも！

そんなことを考えた瞬間、ブライズの手が馬車の縁にかけられた。両手とも。

そうして。

ギシリ、馬車が軋《きし》む。

「え……え……」

「ぬ、ぐぅぅううううう！」

大きな大きな馬車が、軋みながらわずかに上がっていく。信じられない。大人が十数名は乗れる大型の馬車だというのに。

ブライズは持ち上げた馬車の縁を自分の肩にのせると、うつ伏せで呆然《ぼうぜん》と彼を見上げていたわたしの襟首を片手でつかんだ。

「ひゃ……」

「よ～し、捕まえたぞ。この犬ころめ」

そのまま強引にすっぽ抜かれる。いとも簡単に。その後、ブライズは肩から馬車を下ろして、首を左右に倒して笑った。

そのまま地面に下ろされることなく持ち上げられ、目線を合わせられ。

「はっは。手間かけさせてくれたもんだ」

「こ、こんなことができるなら、どうして最初から――」

彼は首を傾《かし》げる。

「そんなことを言わせるな。自分の頭で考えろ」

そしてわたしを地面に下ろした。

「カーツ、もういいぞ」

そう声をあげると、近くの草むらからいっぱいの騎士――じゃないや。騎士団のように統一感はないから。ブライズは鎧さえ着ていないし、カーツは胸鎧だけ。他の人もバラバラ。革鎧の人もいれば、長衣《ながぎぬ》姿の人も。武器なんて、斧《おの》の人も槍《やり》の人も剣の人もいる。

賊の類みたい。ほんとに。

とにかく、いっぱいのブライズの仲間たちが出てきた。てっきり狩りに向かったと思っていたのだけれど。

彼らは手際よく丁寧に、殺されてしまった踊り子のお姉さんや座長、大道芸のお兄さんたちの遺体をそれぞれの馬に乗せた。

カーツが苦笑いを浮かべる。

「この馬車が使えりゃ、ご遺体ももうちょい丁寧に運べたんですがね」

「贅沢《ぜいたく》言うな。おまえは文句ばかりだな」

ブライズがわたしを振り返った。

「悪いな。一芝居打たせてもらった。あんまり怖い顔がうじゃうじゃしてると、出てくるもんも出てこねえと思ってな。あいつら、追っ払っといたんだ」

あなたの顔が一番怖いです。

そう考えたわたしの言葉を、カーツが正確に口に出した。

「先生の顔面が一番怖えってよ」

「うるせえ！　さっさと行け！　エリーちゃんとのデートに遅れんだろ！」

「へいへい」

カーツは笑いながらブライズにそう返すと、他の人たちに声をかけて、先に馬を走らせ始めた。

「ったく、あの野郎は。弟子の分際で糞生意気すぎだろう」

お弟子さん！　わあ、変な関係！

「ふ、ふふ、ふふふ」

「お。ようやっと笑ったな」

ん。と、わたしは意図して笑みを消す。けれどもそんなこと、ブライズは気にも留めずに今度は馬の方に視線を向けた。

「さて、いくか。おまえ、馬には乗れるか？」

首を左右に振る。移動は馬車ばかりだったから。劇中での馬は、大道芸のお兄さんたちの被《かぶ》り物《もの》だったし。

「そうか」

ブライズがわたしの前で屈《かが》んだ。

「？」

「なら俺の背中に乗れ。そのまま馬に乗せてやる。馬は高いぞ。高いし、速い。風も気持ちいい」

大きくて広い背中。その肩に指先で触れて、その熱さに思わず手を引っ込める。まるで火に触れてしまったかのよう。

「どうした？」

「……」

わたしはもう一度ブライズの肩に触れる。

熱い。ううん、暖かい。冷え切った指先が一瞬で。

太い首に腕を回して抱きしめると、ぬくもりが薄っぺらいわたし身体の内側にまで入ってきた。

ブライズが立ち上がってわたしを宙づりにし、そのまま馬に乗る。

「腕を弛《ゆる》めてゆっくり腰を落とせ。落っこちるなよ」

「……」

言われた通りにすると、わたしのお尻が馬にあたった。馬も温かい。

「あとはしっかり掴《つか》まってろ」

「ど、どこに？」

「んなもんどこでもいい。つかめるところをつかんどけ」

わたしは思い切って、ブライズの背中にもう一度しがみつく。ぎゅうと両腕に力を込めて。

「よし、そんじゃま、帰るとするか」

そう言ってブライズは馬を走らせる。

わたしはといえば、しがみついた背中の暖かさに、また涙がこぼれだした。張り詰めていたものが切れてしまって、大声で泣きじゃくった。

「おおっと。言い忘れていたが、俺の名はブライズだ」

知ってる。

鼻を啜《すす》って、わたしはつぶやく。

「…………リリ……」

「リリか。ガライアまでの短い間だろうが、よろしくな」

嗚咽《おえつ》の隙間にかろうじて「うん」とうなずいて、わたしはまた泣いた。

これが五年もの付き合いとなる、わたしたちの出逢《であ》いだった。

あとがき

この本を手に取ってくださった方、はじめまして。ウェブから追ってきてくださった方、いつもありがとうございます。ぽんこつ少尉《しょうい》と申します。

私がこの物語の主人公と同じ年齢だった頃は、本当に何の取り柄もない子供でした。

運動神経がよいわけでもなく、勉強ができたわけでもなく、さりとて顔がよかったわけでもありません。さらに身長はクラスで一番低く、そもそもの考え方や語る話の内容からして同級生と比べればずいぶんと拙かった。

学校の授業をどれだけ注意して聞いていても、頭の中ですぐには理解に繋がらなかったのを、いまでも思い出します。

もちろん同級生の女子からはまったくもてません。

原因はおそらく、三月の末という早生まれにあったのだと思います。同じ学年の中では自分が一番年下なのだから、色々とやむを得ないことだったのでしょう。

ただ、かけっこで勝てない。腕相撲でも勝てない。これがとにかく悔しかった。いまになって思えば両方とも心底どうでもいいことなのですが、子供の頃の、それも男子のヒエラルキーなんて、概ねそんなものなのです。

そんなある日、母が私に言いました。

「あなたは何もできないのだから、人の倍やりなさい」

辛辣。そこに愛はあるんか。

父も私に言いました。

「他は全部捨ててもいいから、ひとつのことだけを極めなさい」

極論。そんなんでええんか。

そのときから私は、朝早く起きて走ることにしました。夜には仕事で疲れた親をつかまえて、わかるまで宿題を教えてもらいました。本を読むことは好きだったので、とにかく本に少ないお小遣いをつぎ込みました。

でも結局のところ、年を重ねて成長がある程度落ち着く年齢になるまでは、同級生に追いつくことはできませんでした。人生なんてそんなもの。ここらですぐに一発逆転ができるのは、それこそ物語の中の主人公くらいのものでしょう。

昨今、この界隈で多くの物語に出てくる流行の主人公像とは、大体が周囲より頭がよくて力も強く、優れた人格を持ち合わせて……いるかはどうかわかりませんが、まあ敵を相手に無双しまくるような存在ばかりです。

ですが、この物語の主人公は、そういったものとは大きくかけ離れています。かつての理想を追いかけるだけの、その年齢にしてはまあまあ強いけれど、本物の強者の中に入れば所詮は子供の域を出ないくらいの立ち位置です。

間違っても、強敵や大人を相手に無双なんてできません。

それでも食い下がる。とにかく食い下がる。泥を被ろうが地面を舐めようが食い下がり、そしてそこから這い上がる。

その必死で足掻く様を、半笑いで見守っていただければ幸いです。

まるでちゃんとしたあとがきのようなことを書いてしまっておりますが、あくまでもそこらへんのことは余談です。

先述の話にはまだ続きがあるのです。

子供の頃、両親からそれぞれ生き方のデタラメなアドバイスを貰った私は、十代後半となって同級生との産まれ月の差がなくなってからも、一点突破を倍にしてやり続けました。たとえ遊びであっても、あるいは勉学であっても、とにかくひとつのことを集中的に磨き続けるという癖がついていました。

その他のことはまあ……赤点でさえなければいい。

本を読むことはあいかわらず好きだったので、学生時代はとにかく読み続けました。ライトノベルに限らず、ミステリーにホラー、ＳＦ、アクション、アドベンチャー、コメディ、サスペンスとまあとにかく色々なジャンルを読み漁りました。

社会に出てからはじっくり読む時間が取れなくなり、一時的に読むことをやめていましたが、身体を壊して退職したことを機に、今度は自分でも書いてみることにしたのです。

そうして一点突破を倍やり続けた結果、気づけば私は職業物書きになっていました。詳しく記すつもりはありませんが、それは今日の話ではなく、もう何年も前の出来事です。もちろんぽんこつ少尉という名ではありません。

無責任且つ暴論ともいえるアドバイスをくれた両親は、早々に他界してしまったので、もうとっくの昔にいませんが、彼らが私に遺した言葉は、未だに自分という人間を形成する重要な要因となっているように思えます。

過去を振り返れば、何の取り柄もなかった子供の頃から、すべて地続きでした。私がもしまたこの先で別の仕事に就いたとしても、おそらくどこかで何かしらは書いていると思います。

時々、まるっきりの別人から同じような質問をされることがあります。

あなたはなぜ壁にぶつかっていくのか。なぜ迂回しようとしないのか。

正直に言えば、環境に合わせて自分を器用に変えていける人間の方が、遙かに生きやすい世の中だろうということは理解しています。

でも、まあ、こういう人間になってしまったから。なっちゃったからにはもう……ネ……。

こんなところまでお付き合いいただき、ありがとうございました。応援してくださるみなさまのおかげで、こうしてこの物語は日の日を見ることができました。

イラストをつけてくださったしあびす様、お声がけくださった編集様、そして最後まで読んでくださったみなさまに、厚くお礼申し上げます。

ぽんこつ少尉

あとがき

まず最初にここまで読んでくださりありがとうございます!イラストを担当させていただきました、しあびすと申します。

何を書こうか散々迷ったのですが、かなり前にあった超どうでもいい話を…。

今が月曜日だとして、友人から「次の水曜日の夜に食べに行こう」
という話がきて、これは今週なのか来週の水曜日なのか…。
これはどっちだと思いますか?!ちなみに僕は今週派だったのですが
どっちが多数派なのでしょうか?気になりますよね!!
気になってツイッターにてアンケートをとりました。結果は…
なんと来週派が7割、今週派が3割くらいと結構割れました笑
いやいやふざけんなよ今週だろ7割かヨォ!みたいな感情でしたが
今週来週関係なく予定は日時で伝えるようにしましょうね。。

というしょうもない話でした。
それではここまで読んでくださり、本当にありがとうございました。

［悪役のご令息のどうにかしたい日常］

著：馬のこえが聞こえる　　イラスト：コウキ。

わがまま放題で高笑いしてたとき、僕（6歳）は前世を思い出した。ここはRPGの世界？　しかも僕、未来で勇者にやぶれ、三兄弟の中で最弱って言われる存在——いわゆる悪役。ついてない。ひどい。混乱して落ちこんで、悩んで決めた。まずは悪役をやめよう！　良い子になって、大好きなお兄様や使用人たちと仲良くしてフラグを倒そう!!　悪役のご令息が破滅回避のためにがんばるゆるふわ異世界転生ファンタジー！

悪役令嬢の中の人

著：まきぶろ　　イラスト：紫 真依

乙女ゲームの悪役令嬢に転生したエミは、ヒロインの《星の乙女》に陥れられ、婚約破棄と同時に《星の乙女》の命を狙ったと断罪された。婚約者とも幼馴染みとも義弟とも信頼関係を築けたと思っていたのに……。ショックでエミは意識を失い、代わりに中からずっとエミを見守っていた本来の悪役令嬢レミリアが目覚める。わたくしはお前達を許さない。レミリアはエミを貶めた者達への復讐を誓い——!?　苛烈で華麗な悪役令嬢の復讐劇開幕!!

転生《てんせい》してショタ王子《おうじ》になった剣聖《けんせい》は、かつての弟子《でし》には絶対《ぜったい》にバレたくないっ
剣人帰還《けんじんきかん》

初出……「転生してショタ王子になった剣聖は、かつての弟子には絶対にバレたくないっ」
小説投稿サイト「小説家になろう」で掲載

2023年8月5日　初版発行

著者　ぽんこつ少尉《しょうい》
イラスト　しあびす

発行者　野内雅宏

発行所　株式会社一迅社

〒160-0022　東京都新宿区新宿3-1-13　京王新宿追分ビル5F
電話　03-5312-7432（編集）
電話　03-5312-6150（販売）
発売元：株式会社講談社（講談社・一迅社）

印刷・製本　大日本印刷株式会社
DTP　株式会社三協美術
装丁　モンマ蚕（ムシカゴグラフィクス）

ISBN978-4-7580-9572-3

おたよりの宛先
〒160-0022
東京都新宿区新宿3-1-13　京王新宿追分ビル5F
株式会社一迅社　ノベル編集部
ぽんこつ少尉先生・しあびす先生